〔唐〕閻立本《步輦圖》

〔北宋〕郭忠恕《臨王維輞川圖》

《輞川圖》是唐代王維所作壁畫，原作無存。圖中描繪了輞川二十景如孟城坳、華子岡、文杏館、鹿柴等，雲巒鬱盤，飛水動，意出塵外，怪生筆端。王維「詩中有畫，畫中有詩」的意境，影響了宋朝的文人畫。

——〔唐〕張萱《虢國夫人遊春圖》（宋摹本）

此圖描繪的是唐代天寶年間，貴妃楊玉環的三姊虢國夫人及眷從盛裝出遊的場景。

── 〔唐〕李白《上陽臺帖》──

唐代李白所書的自詠之詩，也是其唯一傳世書法真跡，宋徽宗趙佶題語評價道：「字畫飄逸，豪氣雄健，乃知白不特以詩鳴也。」現收藏於北京故宮博物院。

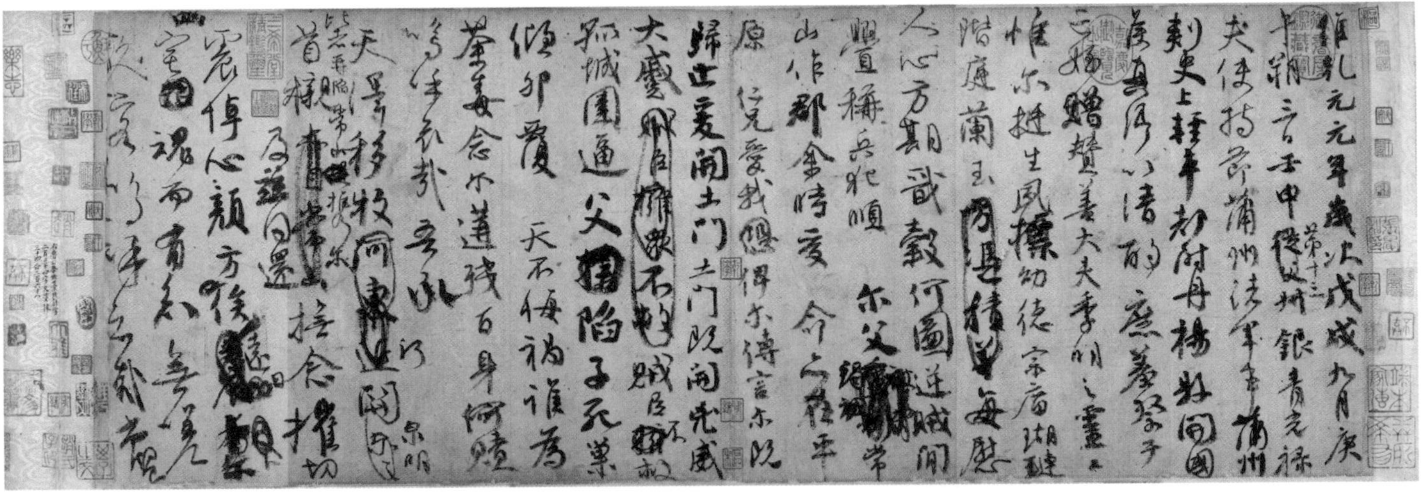

〔唐〕顏真卿《祭姪文稿》

唐代書法家顏真卿所作，又稱《祭姪季明文稿》，被譽為「天下第二行書」。現收藏於台北「故宮博物院」。

— 〔唐〕杜牧《張好好詩並序》—

　　唐代詩人杜牧所作，內容是杜牧自撰五言古詩，講述了一位能歌善舞、才華卓越的青樓女子張好好的故事，是一卷「感舊傷懷」的長歌。書法「深得六朝人風韻」，為杜牧唯一傳世真跡，現收藏於北京故宮博物院。

〔北宋〕宋徽宗趙佶《瑞鶴圖》

描繪了鶴群飛翔盤桓於汴京宣德門上空，繪畫技法精妙，群鶴姿態各異，莊嚴肅穆中透出神秘吉祥的氛圍。現藏於遼寧省博物館。

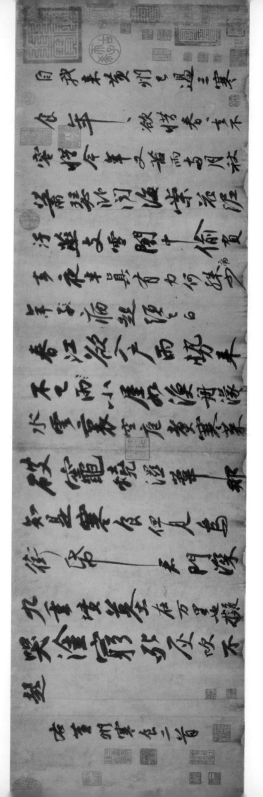

〔北宋〕蘇軾《寒食帖》

蘇軾詩、書、畫諸皆一流，書法為「宋四家」之首。該帖為蘇軾在黃州貶謫期間所作，被譽為「天下第三行書」，現藏於台北「故宮博物院」。

少年怒馬　著

唐宋詩人的
詩酒江湖

解衣怒馬
少年時

壹

瑞昇文化

目錄
Contents

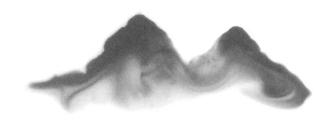

自序
詩歌，歷史的血肉

　　讀《水滸》，我一直不喜宋江，直到第三十九回潯陽樓題反詩，才對黑三郎有了一點好感。讀《紅樓》，不喜寶釵，直到她寫出「好風頻借力，送我上青雲」，才看到寶姐姐被壓抑的青春。

　　《三國演義》把曹操刻畫成一個奸詐的大壞蛋，但只要讀讀曹孟德的詩，很難不路轉粉。

　　原因不只是他們詩寫得好，而是詩歌令這些人物血肉豐滿。比如曹操，一個有血有肉的壞蛋，勝過一個面目模糊的好人。

讀歷史書就沒這麼幸運了。

歷代官方著史，大多是某年某地，某人某事，如同一條條新聞短訊，人物情感和細節嚴重缺失。那些可是影響歷史進程的人，他們身上一定有故事，有傳奇，有不得已，以及雞毛蒜皮的生活。可惜史書裡看不到。

大概從《詩經》開始，人們給詩歌定了調，叫「詩以言志」，詩歌就成了很個人化的表達。詩人們通常又沉淪下僚，於是，他們的詩歌，成了史書之外的東西。

由宋開始，直至明清，對唐詩的研究從未間斷，其中不乏時代大作。但這些書要麼是文學範疇，要麼是美學範疇，少有從歷史角度切入的。大概是認為，再大的詩人，在歷史進程面前也是小人物，況且詩歌又不夠嚴謹，全是主觀體驗。

讀唐史的時候，有段時間我鑽進府兵制、募兵制的學術海洋，差點淹死，腦中卻撈不出一個大唐普通士兵的形象。這也難怪，在時代大制度下，在王朝興衰的歷史浪潮中，誰會在史書上記錄一個普通士兵呢！

直到有一天，我讀到盧綸的《逢病軍人》，一個大唐普通士兵的形象立刻鮮活起來：

行多有病住無糧，萬里還鄉未到鄉。
蓬鬢哀吟古城下，不堪秋氣入金瘡。

與剛剛過去的盛唐詩相比，它不夠飄逸，也不雄渾。可正是這種娓娓道來，反而增加了真實性。順著詩人的目光，我們似乎來到大歷史裡那個微不足道的現場。

一個從戰場上歸來的士兵，拖著受傷的身體，衣衫襤褸，身無分文，來到一座城牆下。饑餓和傷病折磨著他，他蜷縮著身子，甚至躺在地上，哀號，呻吟。

　　但最艱難的時刻還不是現在，而是秋天過後即將到來的寒冬。詩人記錄的是一個片段，我們卻不難猜到後續的故事。這個士兵走到這裡，離家還很遙遠，他能活著走到家，幾乎不可能了，就算不病死、餓死，也會受凍而死。

　　如果是史書，我們就看不到這個「病軍人」，他只會化作冰冷的傷亡數字—某場戰役，死傷多少萬人。

　　這首詩給我的另一個驚喜，是對戰前詩歌的回應。李白的《戰城南》、杜甫的《兵車行》、「三吏三別」中的那些士兵，後來都怎麼樣了？

　　這首《逢病軍人》，是他們最有可能的結局。

　　於是我總在想，史書和詩歌，哪個才是真實的？從嚴謹的角度看，是前者；但從人的角度看，詩歌更能給我真實感。

　　《鮮衣怒馬少年時》壹＆貳這兩冊書裡的大多數篇目嚴格尊重正史，極少的篇目則通篇虛構，這麼寫是想跳出「翻譯＋注解」的條條框框，詩仍是主菜，史是配料，力求有趣。

　　本書一部分來自我的「少年怒馬」公眾號，修正校對後結集；一部分是首次發表，體例混雜，長短不一，隨性而寫。在一個長篇新作裡，我企圖用四萬多字說清安史之亂爆發的原因，並順便回答杜甫和李白誰更偉大。

　　希望這本書，能讓你對唐詩和詩人們產生新的理解。若你有那麼一刻能夢回大唐，在長安或洛陽的某個小酒館裡，我已等候多時。

戲精楊廣：會作詩，更會作死

歷史給過楊廣一個
成為偉大帝王的機會，
可惜，他卻用來揮霍。

　　西元589年的春風掠過長江，吹過建康城高大的城牆，一股血腥氣息。

　　南朝陳的皇宮裡，臨春閣珠光寶氣，成千上萬支蠟燭把這裡照得通亮。在一群歌女的簇擁下，一個叫陳叔寶的中年男人瘋狂搖擺。

　　歌女們正在唱的，是陳叔寶填詞的超級金曲，據說旋律很優美，歌詞是這樣的：

　　　　麗宇芳林對高閣，新妝豔質本傾城。
　　　　映戶凝嬌乍不進，出帷含態笑相迎。
　　　　妖姬臉似花含露，玉樹流光照後庭。

　　這首華麗麗的詩，其實就說了兩句話：我的宮殿很豪華，我的妃子們很漂亮。

　　一曲唱罷，陳叔寶瘋狂不已，舉起酒杯。「來，諸位說說，朕這首《玉樹後庭花》厲不厲害？」

　　一個守城官連滾帶爬跪倒跟前。「皇上啊，敵人打到我們後庭啦！」

　　「別怕，朕有妙計。」

　　「什麼妙計？」

　　「下井。」

　　這不是我瞎編，陳叔寶真的下井了。他跑到宮殿後院，安全帽都沒帶就躲進了井裡。

　　守城官所說的敵人，是隋朝的官兵。他們衝進皇宮，對著那口井大喊：「你聽說過落井下石嗎？」

　　井下傳來一個聲音：「別扔石頭，我出來了。」

　　隋軍放下繩索，從井裡拽出一個沉重的物體，這才發現，跟陳叔寶在一起的還有他的兩個妃子。其中一個，就是著名美女張麗華。

　　前線的戰報堆在床底下，連信封都懶得拆，敵人打上門了就知道往井裡躲，這大概是最早的「深井冰」。

　　南朝陳風流雲散，陳叔寶做了亡國奴，史稱「陳後主」。持續一百七十年的南北朝亂世，終於畫上句號。

　　在浩瀚的詩歌史上，這首《玉樹後庭花》空洞俗豔，原本成不了熱點，更上不了頭條。

　　然而，就連陳叔寶本人也沒料到，此後一千多年裡，他這首大作被文人詩客們不斷打榜，熱度從未降低。最出名的一句，是杜牧的「商女不知亡國恨，隔江猶唱後庭花」。

　　負責這次軍事行動的隋軍總指揮，是一個叫楊廣的年輕人，也是本文的主角。

　　後來，他有了一個更霸氣的抬頭：隋煬帝。

鮮衣怒馬
少年時 壹

02

　　楊廣是怎麼成為隋煬帝的？讓我們從一部教科書級別的宮鬥說起。

　　話說，隋文帝楊堅滅了南朝陳，統一全國之後，就非常重視接班人問題。當時的太子，是楊廣的哥哥楊勇。

　　楊勇這個人，在歷史上存在感很低，沒什麼才華，也沒什麼大錯。可是在楊廣眼裡，哥哥當了太子，就是天大的錯。

　　於是，中國歷史上最精彩的奪嫡之戰上演了。

　　老媽獨孤皇后最討厭男人花心好色，楊廣就冷落一眾姬姜，把自己打造成一個專一好男人，只跟正妻秀恩愛。而楊勇這個二貨卻整天搞選美。

　　老爹隋文帝和獨孤皇后每次派下人來，不管身份貴賤，楊廣夫婦都在門口迎接，臨走厚禮贈送，很會來事，簡直是孝子賢媳的楷模。

　　有了陳後主的教訓，隋文帝憂患意識很強，最討厭皇子們沉迷聲色，不學無術。楊廣就把樂器上的弦弄斷，任它落滿灰塵。這是在向隋文帝傳遞一個資訊：喏，我不喜歡聲色。

　　當然，這都是小事，還不足以讓老爹換太子。楊廣的奪嫡計畫裡，還差一個重要的人設 ── 詩人。

　　彼時，國家剛剛統一，文化一片荒蕪，文壇流行的是南朝盛行的宮體詩。

　　顧名思義，「宮體詩」就是在宮廷創作、寫宮廷的詩，這類詩一般格調低下，內容不是美女，就是美女的用品。用聞一多的話說，當時的詩壇「人人眼角裡都是淫蕩，人人心中懷著鬼胎」，這樣的詩是

「蜣螂轉丸」── 屎殼郎推糞球。

這樣的文學，顯然不符合一個大帝國的形象。隋文帝大筆一揮，不要寫小黃文了，要弘揚正能量。

怎麼弘揚呢？

幾百年前曾經有一個雄健俊朗的時代，那是文壇上一個響亮的名字：建安。

於是，隋朝集團的文人、朝臣們，開始了名為「重走建安路」的改革試驗。成績最好的一個，就是楊廣。

03

歷史書中的楊廣是被貼了臉譜的，人們只知道他是一個壞皇帝，卻不知道他還是一位好詩人。

在老爹的號召下，楊廣先交出兩篇大作，其中一篇就叫《春江花月夜》。沒錯，跟張若虛「孤篇壓全唐」的那首同名。這不是巧合，《春江花月夜》原本就是樂府舊題，它的首創者不是別人，正是上文的陳叔寶，不過陳叔寶寫的是豔曲，而楊廣用同樣的題目，寫出了完全不同的詩意，請看他的前四句：

> 暮江平不動，春花滿正開。
> 流波將月去，潮水帶星來。

詩人的趣味，終於擺脫了「妖姬」、「後庭」，擺脫了「淫蕩」、「鬼胎」，投向「春江」、「明月」、「星空」，清新疏朗，一掃俗豔。

還記得張若虛的頭兩句嗎？「春江潮水連海平，海上明月共潮生。」是不是類似的意境？

再來看他第二首詩，名叫《野望》：

> 寒鴉飛數點，流水繞孤村。
> 斜陽欲落處，一望黯消魂。

語言質樸，只用二十個字就描摹出一幅意境悠遠的孤村晚景。

這首詩有多厲害呢？許多年後，秦觀忍不住致敬，寫出了他的大金句——「斜陽外，寒鴉萬點，流水繞孤村。」

《天淨沙·秋思》也是千古名篇吧，請重讀一遍：

> 枯藤老樹昏鴉，小橋流水人家，古道西風瘦馬。
> 夕陽西下，斷腸人在天涯。

都是日落時分過孤村，看到烏鴉，寂寞蒼涼的詩境一模一樣。詩人叫馬致遠，所以多了一匹瘦馬。

這樣清新質樸的詩，在那個人人盡是「淫蕩」、「鬼胎」的宮體詩時代，簡直是一股清流。

這樣厲害的詩，加上楊廣「美姿儀」的顏值，他簡直是個集才華與美貌於一身、智慧與人品並重的絕世好男人。

不把皇位傳給他太可惜了！

在獨孤皇后和大臣楊素的攛掇下，隋文帝終於廢掉太子楊勇，楊廣晉級為大隋帝國的接班人。

04

西元604年，隋文帝稀里糊塗地死去，楊廣成為新皇帝。

人們這才發現，這個濃眉大眼的才子、品行端正的君子，原來是個大戲精。

楊廣即位後的第一件事，就是賜死哥哥楊勇。這時他老媽獨孤皇后也已死去，整個帝國，再沒有一個人能令他顧忌。於是，這位大戲精不再演戲，他決定放飛自我，幹一些大事，還給自己定了年號：大業。

幹大事當然要大手筆。楊廣一上位，就開始一個又一個大工程。

首先，他需要一個古往今來最偉大的都城，於是開建東都。先徵發壯丁數十萬，挖壕溝、修城牆，再徵發壯丁二百萬，建造主城。

光有皇宮還不夠，他還需要一座皇家園林，位置選在洛陽城西，史稱西苑。

這座西苑有多大呢？《資治通鑑》上說，方圓二百里。苑內種滿從南方移植過來的名貴樹木，還有周長十餘里的人工湖，湖上有三座假山，高一百多尺。

苑內有十六座宮殿，每個宮殿有兩三百個美女，設一個四品夫人

主持。楊廣最喜歡幹的事,是在月圓之夜,帶著幾千名宮女在西苑遊玩。我們讀《紅樓夢》時,總會被大觀園的規模震驚,如果把大觀園放到楊廣的西苑裡,不過是一個小花園。

然而,這麼大的園林,也裝不下楊廣那顆膨脹的野心。

他還有一個更大的計畫 —— 京杭大運河。

這可是三千五百多里的大工程,貫通海河、黃河、淮河、長江和錢塘江五條東西水系,僅用四年就完工了。

只是代價也很大。為這項工程服勞役的是五百一十萬人,工程結束,累死、病死、打死的壯丁「十之四五」。五百一十萬是什麼概念?隋文帝在位時,巔峰期人口不足五千萬。全國百分之十的人口,都在挖這條河了。

如果街頭採訪一個隋朝末年的老百姓,問問他這個工程屬不屬害,他一定會奪過你的話筒扔進身後的河裡。

但歷史總是以出其不意的方式上演。京杭大運河開通後的一千多年裡,歷朝歷代中國人都在受益,它讓中國的南北第一次有了真正意義上的交通大動脈。北京、揚州、蘇州、杭州的繁華,都是拜這條河所賜。

歷史給過楊廣一個成為偉大帝王的機會,可惜,他卻用來揮霍。

大運河開通後,楊廣在兩岸建了四十多座行宮,三下江南,每次的船隊「數千艘」,首尾相連「兩百餘里」。他乘坐的龍舟有四層,長二百尺,中間兩層有「百二十房,皆飾以金玉」,就是一座水上宮殿。

當時可沒有發動機,這些船全靠士兵和壯丁拉,這些縴夫有多少人呢?據《資治通鑑》記載,「八萬餘人」,都是民脂民膏呀。

晚唐皮日休有詩：

> 盡道隋亡為此河，至今千里賴通波。
> 若無水殿龍舟事，共禹論功不較多。

意思是：這條河確實厲害，如果不是楊廣拼命作死，他的功勞不亞於大禹。

楊廣的作死，僅僅在於豪華遊嗎？當然不是。

楊廣有一種「大哥情結」，非常愛面子。隋朝跟突厥、高麗的連年戰爭，就是大哥的面子之戰。

著名的三征高麗，就是因為高麗王不肯「跪下叫爸爸」，大哥很生氣，帶著一百一十三萬大軍就出發了。可惜，前兩次都敗了，第三次剛一開戰，高麗王實在打不動了：「哥，我認還不行嗎？」

在楊廣十幾年的皇帝生涯裡，不是建大工程，就是打仗。每次出征，他都喜歡用英雄體詩，來歌唱自己的千秋大業。比如這首《飲馬長城窟》，節選幾句：

> 肅肅秋風起，悠悠行萬里。
> 萬里何所行，橫漠築長城。
> 豈台小子智，先聖之所營。
> 樹茲萬世策，安此億兆生。
> ⋯⋯⋯⋯⋯⋯
> 千乘萬旗動，飲馬長城窟。

秋昏塞外雲，霧暗關山月。

．．．．．．．．．．

是不是看到了盛唐邊塞詩的影子？這首詩古樸蒼勁，很有帝王氣質。關鍵是他還很謙虛：啊，先人留下偉大的長城，是讓我們保護億兆蒼生。

再看另外一首，叫《白馬篇》：

白馬金具裝，橫行遼水傍。
問是誰家子，宿衛羽林郎。
文犀六屬鎧，寶劍七星光。
山虛弓響徹，地迥角聲長。

．．．．．．．．．．

簡直是建安和初唐的合體。沒錯，這兩篇從題目到詩境，都在向建安致敬。清朝張玉谷評價楊廣的詩：「……氣體闊大，頗有魏武之風。」真是好詩，真是好詩人啊！

可惜，他真不是一個靠譜皇帝。

05

楊廣曾以大哥的身份巡視突厥。

他坐在一輛豪華大車上，這輛車可容納數百人，帶輪子，可移動，「胡人驚以為神，十里之外，即屈膝稽首，無敢乘馬」，紛紛拜倒在他的車輪下。那一刻，楊廣覺得他的面子比草原還大，忍不住又吟詩一首：

「何如漢天子，空上單于台！」—— 漢武帝沒幹成的事兒，老子幹成了。

人有多不要臉，就有多打臉。

楊廣的驕橫自大，終於惹怒突厥。大老闆始畢可汗率領幾十萬騎兵突襲隋軍，包圍了楊廣。這個地方在山西，叫雁門。

聽名字，就是個打大規模群架的地方。

眼看要被團滅，楊廣再也不黑漢武帝了，趕緊發出SOS信號，號召各地勇士速來勤王。

一支穿雲箭，千軍萬馬來相見。

在雁門附近，一個地方長官正在招募勇士，他是為楊廣招募敢死隊，也是為自己招攬追隨者，他的名字叫李淵。一個十六歲的新兵剛剛入伍，他智勇雙全，有著遠超這個年齡的成熟，這個新兵蛋子叫李世民。

各地勤王大軍趕到，楊廣解圍，他的命保住了。但大隋帝國的命，已是危在旦夕。

其實，徵兆從一開始就有了。

建行宮、鑿運河、修長城、高稅收，征高麗、打突厥，一連串作死動作，早已搞得民不聊生。

先是民變，遍地都是陳勝吳廣。緊接著就是兵變，隋末英雄大混

戰已經上演。

後面發生的事大家都知道，這裡不多說。

單說楊廣。一個真正的王者遇到大混亂，應該會全力一搏，即使敗了，也是雖敗猶榮。

可是在楊廣身上，絲毫沒有這種素質。

他得意的時候像一隻老虎，殺戮、兇殘、六親不認；失意的時候，卻像一隻鴕鳥，沉浸在自己構建的大夢幻裡，混日子、末日狂歡，然後等死。

或許，他已經知道無力回天。

楊廣把他最後的日子，放在他朝思暮想的揚州。

那裡有他註定留名青史的大運河，有豪華的行宮、江南的暖風。當然，還有如雲的美女。一百多間宮舍，每間都有美女，楊廣每天換一間，一百多天不重複。

所有勸阻的大臣，楊廣都殺掉，所有來報前線失利消息的人，楊廣也殺掉。到最後，沒人敢在楊廣面前說一句真話。

無數個爛醉的夜晚，楊廣會摸著自己的頭，似笑似悲地說道：「多好一顆腦袋，誰來斬呢？」

「讓我來！」

一個聲音從門後傳來。說話的人，叫宇文化及。

在全國一片混亂之際，這個野心家終於不願再等了。他殺掉楊廣，又殺掉楊廣所有的宗室、外戚，包括臥床垂死的老者和吃奶的幼兒。曾經，他可是楊廣最聽話的心腹 ——— 不聽話的早被殺了 ——— 如今，他是楊廣的掘墓人。

楊廣死了。

沒有豪華陵墓，沒有隆重的國喪儀式，這個生前掌控天下財富的人，連個棺材都沒有，宮人拆下幾塊床板，給他拼成一個簡陋棺材，草草埋了。

白居易在《隋堤柳》裡寫道：

土墳數尺何處葬？吳公台下多悲風。

揚州的吳公台還在，大運河岸柳樹還在，楊廣卻無葬身之地。

幾年大動亂之後，李淵擊敗所有對手，拿下大滿貫，一個黃金時代即將開始，詩歌的巔峰期即將到來。

它的名字，叫大唐。

06

關於楊廣，歷史的評價應該是雙面的，不管怎麼推崇他的功，他還是個暴君。

具體不多說，就說一個數字：楊廣剛即位時，隋朝是五千萬人左右，唐朝建國後統計全國人口，只有一千五百萬人。超過三分之二的人，都死於隋朝末年。

雖然這些鍋不能讓楊廣一個人背，但如果列個殺人榜，楊廣一定

是Top 1。

　　古代中國有一部《諡法》，用來給死去的皇帝追認諡號。其中記載有「好內遠禮曰煬，去禮遠眾曰煬，逆天虐民曰煬，好大殆政曰煬，薄情寡義曰煬，離德荒國曰煬」，楊廣全占了。「煬帝」這個稱號，簡直是為他量身定制的。

　　隋朝之後，唐宋元明清有昏君，有庸君，有懶君，但沒有暴君。從這點看，歷史一直在進步。

　　老爹隋文帝生活節儉，平時吃飯，肉菜只有一個；衣服穿舊的，穿絹布，不穿綾羅；生活用品也不用金玉。他交給楊廣的，是一個國庫充足、人口眾多、兵強馬壯的國家。

　　然而，再牛的爹，也抵不過一個敗家子。這麼雄厚的家底，這麼好的一手牌，被楊廣打得稀巴爛，只用十四年就敗光了。

07

　　聊完歷史，再把目光轉向文壇。

　　讀過楊廣的詩，我們有理由相信，他是希望文壇有革新的。只是作詩和作死，在楊廣這裡可以完全分開。

　　楊廣登基的西元604年前後，文壇也發生了幾件大事。

　　這一年，俘虜陳叔寶在洛陽去世。隋文帝滅了他的國，但沒要他的命，陳叔寶晚年照樣吃喝玩樂，隋文帝給他的評價是：全無心肝。

　　西元603年，皇位交接前夕。一個叫王通的年輕人來到洛陽，給

隋文帝獻上一部《太平十二策》，這部嘔心之作，閃耀著一個偉大的思想：行仁政，明王道。他想憑此完成一個小目標 —— 做帝王師。

帝王師哪有那麼容易做，先做個教師吧！隋文帝隨口一句話，給王老師安排了一個小官，到四川任職去吧。

到四川？開麻辣玩笑吧？！以我的才華，到哪裡都是優秀教師。

王老師打點行囊，回了山西龍門的老家，在一個叫白牛溪的地方創辦了一所私塾。

沒有鮮花紅毯，沒有鞭炮齊鳴，沒有剪綵儀式，王老師的補習班開學了。

就在楊廣各種作死的那些年，王老師的學生和文友越來越多。

在課堂上，他很注重素質教育，善於啟發學生：「人沒有夢想，跟鹹魚有什麼區別？來，同學們告訴我，你的夢想是什麼？」

一個比王老師還大幾歲的年輕人站起來：「老師，我要輔佐明君！」

「很好，魏徵同學，獎勵你一朵小紅花。」

另一個學員也舉起了手：「老師，我要做大法官，讓天下沒有被冤枉的人。」

「法律是仁政的基礎，杜同學回答得也很好。」

這個杜同學叫杜淹，是隋朝的高級幹部，多年之後他被李淵挖走，做了大唐最高學府的教授。他有個侄子，就是大名鼎鼎的杜如晦。叔侄二人，最終都是初唐名相。

第三個學員也起立了：「王老師，我要學習你的《太平十二策》，安邦定國。」

王通心頭一痛，熱淚兩行：「唉……別提了。當今亂世，皇帝殘暴，靠仁政思想不行啊。」

　　這個要安邦定國的學員又默默坐下，繼續聽課，課本上寫著他的名字：房玄齡。

　　「那靠才華行不？」一個自信的聲音從後排傳來。

　　王老師仰頭望去，目光深邃。「當今這亂世，不是才華的事，主要是朝廷不仁啊。」原話是：「小人任智而背仁，為賊；君子任智而背仁，為亂。」

　　這個要靠才華的學員，名叫李靖。

　　課堂氛圍一時沉悶。王老師拿起課本，故作輕鬆：「同學們，下面讓我的弟弟，給大家分享一首詩吧。」

　　掌聲雷動。人群中一個年輕人走向講臺，緩緩唸道：

> 東皋薄暮望，徙倚欲何依。
> 樹樹皆秋色，山山唯落暉。
> 牧人驅犢返，獵馬帶禽歸。
> 相顧無相識，長歌懷采薇。

　　站在暮色裡的東皋，看不清前方的路。秋色深山，牧人獵戶，詩意盎然。在這個沒有知音的世道，我多麼想隱居田園。

　　這首寫在隋、唐交會點上的《野望》，在歷朝諸多唐詩集裡，都佔據了開篇第一把交椅。寫詩的年輕人叫王績，是王通的親弟弟。

　　是不是被王家人的才華驚到了？

　　別急，多年以後，王通還會有一個更具才華的孫子，名叫王勃。

　　這就是王通在隋朝末年的影響力。

　　上文提到的這些人，後來都投奔了李淵、李世民的父子組合，個個功勳卓著，出將入相。其中李靖、魏徵、房玄齡還被供在凌煙閣裡，那是大唐的功勳紀念碑。

　　《三字經》有言：「五子者，有荀揚，文中子，及老莊。」這個「文中子」，就是王通。能夠跟莊子並列，可以說相當厲害了。

08

　　說完王通的補習班，再回到楊廣的小朝廷。

　　這一年，王老師補習班來了一位插班生。他面容憔悴，形容枯槁，一副悲傷過度的慘相。他憤恨發誓，再也不為隋朝出力，要另尋明主。這個學生，叫薛收。

　　歷史書總喜歡把亡國之君的寵妃寫成紅顏禍水，這確實帶有偏見。但這個故事，我們還是要從一個美女聊起。

　　還記得本文開頭那個一出場就領了盒飯的張麗華嗎？

　　張麗華是超級大美女，據說有「七尺黑髮」，人也聰明，陳叔寶躲在井底逃命都帶上她，可見有多麼受寵。

　　巧了，楊廣也是一位長髮愛好者。建康城破，隋軍剛要大開殺戒，楊廣就傳下一道命令：放開那個美女，讓我來。

　　一個叫高熲的大將軍上前阻止：「晉王閣下（楊廣當時身份），

妖女必然禍國，不能留啊！你看當年姜子牙，就對妲己實施了肉體毀滅。」

當時的高熲身兼大隋帝國的宰相，是可以向隋文帝彙報工作的。前面說了，楊廣上位之前是個戲精，是個心機boy，他一番權衡，忍痛割愛，同意了高熲的提議。

劊子手手起刀落，張美女的長髮瞬間飄散在地上。

楊廣很心疼，對高熲說了一句意味深長的話：幹得漂亮，我以後會報復……不，會報答你的。

高熲不僅業務能力強，為人也很正派，敢講真話，諫直言。

楊廣登基後，各種鋪張，各種殺戮，高熲總是提出異議，給他看《一個皇帝的自我修養》。

於是，楊廣報答了他，將他殺頭，將其子孫發配邊疆。

高熲死後，很多人為他抱不平，其中一個，叫薛道衡。

提起薛道衡，很多人感到陌生，他是誰？跟唐詩有什麼關係？

要瞭解楊廣，瞭解隋唐轉型期的詩歌，薛道衡是一個繞不過去的人。

話說，如果在隋朝的大街上隨便問一個人，當今誰的詩最厲害？十有八九，答案是薛道衡。

先看他的幾首代表作：

> 絕漠三秋暮，窮陰萬里生。
> 寒夜哀笛曲，霜天斷雁聲。

　　這是他《出塞》裡的四句，深秋荒漠，寒夜聞笛，邊塞的悲壯蒼涼之氣撲面而來。這樣的詩，就算放在高適、岑參的詩集裡，也毫不違和，要知道，這兩位可是比薛道衡晚生了一百多年。

　　誰說當時的詩壇全是宮體詩，沒有一絲亮色？

　　再看他的一首小詩，《人日思歸》：

> 入春才七日，離家已二年。
> 人歸落雁後，思發在花前。

　　清新質樸，沒有一點宮體詩的毛病。

　　他不僅能寫大詩、小詩，還能寫情詩，在他的《昔昔鹽》裡，有四句是這樣的：

> 飛魂同夜鵲，倦寢憶晨雞。
> 暗牖①懸蛛網，空梁落燕泥。

　　這是站在一個思婦的角度寫的：男人外出打仗，女人獨守空房。夜裡聽到烏鵲叫，心驚肉跳，一夜無眠。窗戶結滿蛛網，梁上的燕子巢穴在往下掉落。

　　多麼細膩傳神的句子，真是好詩，尤其「空梁落燕泥」一句，一直是詩壇大名句。

　　不過，千萬別認為薛道衡只是個詩人，人家在隋朝的崗位可是開

---

①牖（一ㄡˇ），即窗戶。

府儀同三司，文散官最高級別。

這樣有才華的老同志，按說，完全可以協助楊廣搞文學創新吧。

然而，並沒有。

詩人大多直性子，不擅於玩弄權術，不懂權謀險惡。高熲死後，朝廷的很多法令沒人能做可行性評估。每當這個時候，薛道衡就會一聲長歎：唉，要是高熲還活著就好了。

這話傳到楊廣耳朵裡。什麼？你不服是吧，想見高熲是吧，來人，拿繩子，伺候薛詩人上吊。看你還能寫「空梁落燕泥」不能。

七十歲的薛道衡，被逼自縊身亡。

這樣的大詩人、老教授都被殺了。朝中人人心寒，最心寒的，就是前面說的那位薛收。因為，他是薛道衡的兒子。

在楊廣最後的日子裡，揚州城連空氣都是恐怖的。老臣、忠臣、直臣，殺的殺，閉嘴的閉嘴，朝廷裡留下的都是聽話的、唱讚歌的。

薛收完成學業，加入李世民麾下，成為秦王府「十八學士」之一。「十八學士」就是李世民宏圖霸業的智囊團。多年以後，薛收去世，已是唐太宗的李世民仍然懷念他，對房玄齡說：「收若在，朕當以中書令處之。」

楊廣嫌棄的人、隨意殺伐的人，在李世民這裡往往是國之重臣。

楊廣的生母，與李世民的奶奶是親姐妹，都是那個「史上最牛岳父」獨孤信的女兒。算起來，李世民得叫楊廣表叔。

都是一家人，做人的差距咋就這麼大呢！

09

隋朝的滅亡，很像秦朝的歷史重現。

都是結束大分裂統一全國，都是長子被殺，都是傳二世而亡，都是敗於殘暴不仁，也都留下了超級大工程。

更一致的是，取代這兩個朝代的，一個是漢，一個是唐，都是偉大的王朝。

這些隱藏在歷史褶皺裡的資訊，我們讀來，很容易產生一個疑問：楊廣開創「大業」的時代，正是用人之際，為什麼就不知道珍惜人才？楊廣能寫那麼好的詩，肯定也博覽群書，難道沒讀過孟子的警告「得道多助，失道寡助」？難道不明白「天時地利都不如人和」的道理？

要讀懂楊廣，只靠歷史學家不夠，還需要心理學家。

一個優秀詩人，如何同時還是個暴君？一個人的面子到底有多重要？人的欲望溝壑能不能填平？陳叔寶的棺材板還沒掉漆呢，為什麼就忘了前車之鑑？

最後，用一首詩收尾吧。

揚州在古代名稱繁多，南朝宋時期，大詩人鮑照又給它取名，叫「蕪城」，意為荒蕪之城。

楊廣在洛陽、在千里運河兩岸，有那麼多宮殿，但他仍嫌不夠，還打算定都揚州，再繼續南下到會稽。

他在洛陽的宮殿裡，令人捉了千萬隻螢火蟲，然後一起放飛，只

為博美人一笑。

他在運河兩岸種滿垂楊柳，「御筆寫賜垂楊柳姓楊，曰楊柳也」。

這一幕幕場景，都化進李商隱的詩裡。眾所周知，李商隱的懷古詩是一絕，晚唐夕陽下，他在《隋宮》裡寫道：

> 紫泉宮殿鎖煙霞，欲取蕪城作帝家。
> 玉璽不緣歸日角，錦帆應是到天涯。
> 於今腐草無螢火，終古垂楊有暮鴉。
> 地下若逢陳後主，豈宜重問後庭花。

長安洛陽的宮殿啊，極盡奢華，可楊廣還想把揚州當作帝王家。如果不是玉璽歸了李淵，楊廣的錦帆會遍佈天下。螢火蟲因他而瀕臨滅絕，垂楊柳上只有烏鴉。若在地下遇到陳後主，楊廣會不會也唱一支《玉樹後庭花》？

這兩位如果真的地下相逢，楊廣會不會唱《後庭花》不知道，陳後主肯定會一陣興奮，手拿話筒高歌一曲：

哦，原來你也在這裡。

駱賓王：怎樣精彩地罵人

不管怎樣，
他都沒在戰場上建功。
還好，
他在詩壇上留了名。

01

西元684年，初夏。

大明宮內正在早朝，女皇武則天高坐龍椅。她還沒過更年期，最近脾氣越發火爆，一言不合就殺人。

一位官員跪在地上，手捧文書，他渾身顫抖。「陛下，有人發文罵你。」

「又不是沒被罵過。抓到他，剁成餡兒。文章嘛，我就不看了。」

「不，陛下，這次罵得好 —— 不不，我是說，這次罵得精彩……」

「你也想死？」

「不是的，陛下，我是說這次罵得不一樣。」

「那就讀來聽聽。」

官員後背已經濕透，他擦了擦汗，清一下嗓子，開始唸：「偽臨朝武氏者，性非和順，地實寒微。」意思是：這個叫武則天的假皇帝，不是善茬，出身也不咋的。

這是當頭棒喝，下面的大臣戰戰兢兢，生怕女皇發飆。

但女皇喝了一口參茶，半個字也沒說。

官員接著唸：「昔充太宗下陳，曾以更衣入侍。洎乎晚節，穢亂春宮。潛隱先帝之私，陰圖後房之嬖。」意思是：當初她是太宗的妾，因陪太宗一起上廁所，才有了服侍的資格。後來竟然瞞著太宗，跟太子私通，成功上位，搞得後宮很亂啊。

見女皇還沒有發飆，官員似乎鬆了一口氣。他聲音更大了，又唸出了：「入門見嫉，蛾眉不肯讓人；掩袖工讒，狐媚偏能惑主。」

接著念出了：「……虺蜴為心，豺狼成性，近狎邪僻，殘害忠良，殺姊屠兄，弒君鴆母。人神之所同嫉，天地之所不容。」

句句都是實錘。

前面罵完，後面就是製造輿論：

班聲動而北風起，劍氣沖而南斗平。暗嗚則山嶽崩頹，叱吒則風雲變色。以此制敵，何敵不摧？以此圖功，何功不克！

大概意思是：喲！喲！喲！風在吼，馬在叫，寶劍已出鞘，戰士在咆哮。快加入我們的戰鬥吧，咱們組團，一定能把武則天幹掉！

這實在太反動了，大家等著女皇發怒。

但是，女皇就是女皇，她依舊喝著參茶，淡定從容。

官員唸得更起勁了，接著又唸出：「一抔之土未乾，六尺之孤何托？」甚至還唸出：「請看今日之域中，竟是誰家之天下！」這兩句太狠了，是說：先帝墳上的土還沒乾，太子還沒有依託。咱們這些拿李老闆工資的人，怎麼能不管呢？……再看看現在的大唐，到底是誰家的天下！

文章結尾，還不忘帶上八個字：「移檄州郡，咸使知聞。」意思是：大家快轉發起來，讓更多人知道，不轉不是大唐人。

剛唸完，只聽見「啪」的一聲，女皇摔了茶杯。

大殿之內，只能聽到喘氣聲。群臣等著女皇的狂風暴雨，下誅殺令。

果然，女皇站了起來，大聲咆哮：「這麼有才華的人，為什麼沒有給朕招過來！」

這一年，武則天剛剛登基。

這篇《討武曌檄》的作者，是一個大憤青，他叫駱賓王。

02

好好的文藝青年不當，駱賓王為啥非要造反？

讓我們回到二十多年前。

那是個風起雲湧的時代。為了做大做強，每個王爺都會儲備人才，詩人們也願意跟著王爺們做事，近水樓臺嘛。

比如，王勃跟過英王，王維、杜甫跟岐王走得很近，劉禹錫、柳宗元跟的太子以前是宣王，李白也跟過永王（李白：哪壺不開提哪壺，找事是不？）。

駱賓王是義烏人。那一年，二十歲的駱賓王，沒有回老家做小商品生意。他雄心萬丈，準備幹一番大事業。經朋友引薦，他進了道王

李元慶的幕府，但道王是一名不合格的HR，沒看出駱賓王的才華。

某天，道王要下屬們「說己之長，言身之善」：來來來，我要分配崗位了，大家有什麼才華，都寫出來。眾人馬上開啟自誇模式，比如在全球五百強工作過、參與過十億元的專案、獲得過「優秀班幹部」榮譽等等。

只有駱賓王站著不動，他輕輕吐出兩個字：「我不。」

「小駱啊，難道你不想升職加薪？」道王問。

「我想，但有沒有本事，是要別人說的，不是靠自己說的。」

當然，這是他說出來的話。沒說出來的話是：連我的才華都看不出來，這樣的老闆跟他作甚。

就這樣，駱同學裸辭了。

(03)

貞觀盛世，大唐牛氣沖天，哪裡不服打哪裡。

當時的有志青年，都想去戰場上建功立業。關於這一點，一個叫楊炯的大神說得很清楚：

> 烽火照西京，心中自不平。
>
> 牙璋辭鳳闕，鐵騎繞龍城。
>
> 雪暗凋旗畫，風多雜鼓聲。
>
> 寧為百夫長，勝作一書生。

這首《從軍行》，是大唐的衝鋒號角。

他說：烽火已經燒到長安了，我不服。將軍們身負命令，辭別帝都，在邊疆的風雪和戰鼓聲中殺敵。我也想去，哪怕做個小官，也比做個書生好。

這也是駱賓王的夢想。

社會我駱哥，人狠話不多。說去就去。

那年秋風蕭瑟，駱賓王出了長安，一騎絕塵，直奔遙遠的西域。在戰場上，他親臨一線，做了指導員。在一場又一場的拼殺中，揮灑著兇猛的青春。

烽火連天，人頭滾滾，鮮血染紅了腳下的黃沙。駱賓王在戰壕中拿出小本本，寫了一首首殺氣騰騰的詩：

> 平生一顧重，意氣溢三軍。
>
> 野日分戈影，天星合劍文。
>
> 弓弦抱漢月，馬足踐胡塵。
>
> 不求生入塞，唯當死報君。

是不是一樣的配方，熟悉的味道？

沒錯，這就是唐朝邊塞詩的開端，後來的「邊塞F4」組合──王昌齡、王之渙、高適、岑參，這會兒還沒出生呢！

後世知名的初唐詩人當中，駱賓王是唯一參加過戰爭的人。

數年之後，一個中年漢子走在長安西郊的渭城橋上。

他眼神犀利，鬍渣凌亂，臉上留有刀疤。駱賓王活著回來了 —— 在那個「古來征戰幾人回」的年代。

軍人轉業，通常都是進公檢法系統，駱賓王也一樣。到了長安，他做了一名侍御史，協助督導官員。這個官職聽起來很厲害的樣子，其實就是個正八品小官，人微言輕。

按理說，官雖然不大，畢竟是朝廷京官，有編制的，以駱賓王的才華，稍微靈活一點，慢慢來，肯定會高升的。

可如果是這樣，他就不是駱賓王了。

憤青的主要特徵就是：看不慣，就開撕。一般憤青面對的只是普通角色，駱賓王是憤青Plus（升級版），他開撕的人，是武則天。

(04)

那一年，已經到了退休年齡的武則天，還想發光發熱。她已經干政二十四年了，離真正的皇帝寶座就差一步。

她廢掉她的三兒子 —— 中宗李顯，另立她的四兒子李旦為皇帝。為啥選李旦？因為李旦有一項驚世之才：聽話。

薑，還是老媽的辣。果然，李旦比李顯聽話多了，馬上給武則天表態：「我當皇帝可以，但我不想管事。」

武則天很感動：乖，真是媽媽的好兒子。

不過在睿宗李旦的後半生裡，他經常會在某個深夜驚醒，擦一下冷汗，思考那個困擾了他一生的哲學問題：

親媽還是後媽，這是個問題。

不過這都是後話。當下，武則天已經是實質上的女皇了。任何人，不能說半個不字。比如，有個宰相叫上官儀，寫了一篇文章要彈劾武則天，就被抄家殺頭了。長安大街上，幾個人在喝酒，瞎聊什麼「牝雞司晨，惟家之索」，意思是母雞打鳴，敗家之兆。結果酒還沒喝完，一群官差破門而入。

太嚇人了！一般人，不敢亂說話。

但是，駱賓王要麼給朝廷上書，批評朝政，要麼就寫詩，明諷暗喻。

在雲譎波詭的權力漩渦中，憤怒之路的盡頭要麼是榮耀，要麼是災難。武則天當朝，正是言論敏感時期，最怕的就是悠悠眾口。於是，他莫名其妙下了大獄。

在獄中，駱賓王沒有寫懺悔信和保證書，而是表示不服，寫了一首《在獄詠蟬》：

> 西陸蟬聲唱，南冠客思侵。
> 那堪玄鬢影，來對白頭吟。
> 露重飛難進，風多響易沉。
> 無人信高潔，誰為表予心？

後四句是說：露水太重，我想飛也飛不高。風太大，我的呼聲都沉下去了。這世道，誰能相信我的清白人品呢？

估計他犯的事不大，沒到兩年，就出獄了，被貶到臨海（今屬台州），做了一個小縣令。

　　繞了一大圈，居然做了個縣令，駱賓王很鬱悶。難道就沒有建功立業的機會？

　　有。

　　一個打算脫離朝廷、獨立創業的老闆，給他發了offer（聘書），崗位很厲害，是總裁辦首席秘書。

　　這個老闆，叫徐敬業。

05

　　徐敬業大有來頭。

　　他的爺爺叫徐懋功，早年跟著太宗李世民一起打天下，與戰神李靖齊名。太宗太寵愛他了，就封他公爵，賜姓李。幾十年裡，徐家一直是受李唐朝廷寵信的，直到大唐改姓了武。

　　有句不俗的話，叫「一朝天子一朝臣」。武則天攝政後，徐家的地位一天不如一天，直到徐敬業被貶。他終於爆發了，扛起匡扶李唐的大旗，在揚州搞獨立。

　　新官上任，駱賓王意氣風發，一如在當年的西域沙場。既然要討伐武則天，就需要一篇厲害的檄文。這麼重要的文章，讓我來！

　　駱賓王連喝三杯，一揮而就，一篇罵人名文橫空出世，就是前文那篇。它的全名叫《為徐敬業討武曌檄》。

　　大軍終於出征，會青史留名，還是會死無葬身之所，駱賓王並沒有把握，畢竟，朝廷軍隊的戰鬥力他是見過的。但此刻，他必須給士

兵鼓氣。

秋風蕭瑟，江水寒冽，駱賓王登上城樓，又寫了一首五絕：

> 城上風威冷，江中水氣寒。
> 戎衣何日定，歌舞入長安。

有沒有感受到撲面而來的殺氣？

這首《在軍登城樓》只有二十個字，但詩意之激越、之悲壯、之質樸、之自信，都齊了。它就像硬派武俠一樣，沒有花拳繡腿，招招到肉；又像一把匕首，雖然短小，但鋒利無比，一點也不次於大刀長劍。

尤其是結尾的「歌舞入長安」，清代學者黃叔燦大讚：「五字何等氣魄！」

這就是駱賓王，把五絕也寫絕了。

06

是時候聊一下「初唐四傑」到底厲害在哪裡了。

如果站在初唐的時間點上，往前穿越一百年，就會遇到一位大神，他叫庾信。

沒聽說過他沒關係，只要知道他有個叫杜甫的死忠粉就夠了。

杜甫是這樣仰慕庾信的：「庾信文章老更成，凌雲健筆意縱橫」以及

「庾信平生最蕭瑟，暮年詩賦動江關」。

然後，再繼續穿越五十來年，又會遇到一個大神，他叫謝朓，字玄暉。

誰還沒個死忠粉呀！謝朓的死忠粉，是這樣仰慕他的：「蓬萊文章建安骨，中間小謝又清發」、「玄暉難再得，灑酒氣填膺」以及「三山懷謝朓，水澹望長安」。

他的死忠粉，叫李白。

謝朓和庾信，讓詩歌在南北朝達到一個頂峰後，就掛了。他們完成了歷史使命。如果這時候就有人接過他們的衣缽，唐詩的巔峰會更早出現。

然而並沒有。

在詩壇上撒歡的是南北朝另外兩個人：梁簡文帝蕭綱，以及他的弟弟梁元帝蕭繹。

平心而論，這兄弟倆才華還是有的，只是他們的口味太獨特了。他們也發起了一場文學運動：寫豔情詩。有多豔呢，聽名字就知道了，什麼《詠內人畫眠》呀，什麼《夜聽妓》呀，什麼《蕩婦秋思賦》呀，還成批成卷地寫。

對了，蕭繹的老婆，就是那個「徐娘半老」的女主角徐昭佩。

皇帝喜歡的，肯定上行下效。很快，這種末日狂歡的詩歌，就成了主流文學。由於它主要寫宮廷生活，又源於宮廷，所以叫「宮體詩」。

在此後的一百多年裡，宮體詩的本質沒有改變，只是在「度」上略有收斂，無非是從十八禁變成十六禁，從閨房內變成了庭院裡而已。

這種狀態一直持續著，直到大唐建立，直到王楊盧駱開始動筆。初唐四傑一掃齊梁詩的萎靡浮華，保留了宮體詩的形式美和韻律，在內容上大膽嘗試，追求言之有物。

這種打法很奏效，詩壇格局一新，聞一多稱這叫「以毒攻毒」。

從南北朝到唐朝的這一百多年裡，詩歌就像處於昏暗的山洞，沒有一抹亮色。初唐四傑是四個小孩，他們走進山洞，「嚓」，劃了一根火柴。火苗很短暫，很微弱，但它點燃了地上的枯草。

火勢開始蔓延，不久，吸引過來三個小孩，他們是陳子昂、劉希夷、張若虛（對，就是寫《春江花月夜》的那個大神）。火越燒越旺，幾十年後，「砰」的一聲，引爆了洞裡的沼氣，變成了熊熊烈火。

在烈火旁站著的，是另外一群小孩。他們幾乎在同一時期出生，名字是：王昌齡、王之渙、李白、王維、孟浩然、杜甫……

唐詩大潮，滾滾到來。

當時，有人對初唐四傑表示不服，一向敦厚的杜甫大叔挺身而出：

> 王楊盧駱當時體，輕薄為文哂未休。
> 爾曹身與名俱滅，不廢江河萬古流。

意思是：在當時的文化背景下，王楊盧駱的詩已經很牛了，你們這些「鍵盤俠」啊，還嘲笑人家文風輕薄。告訴你們吧，你們的詩都會變成渣渣，而四傑的詩，會像江河一樣萬古流芳。

現在，知道初唐四傑的厲害了吧。

07

看四傑的詩賦，雄健凌厲，汪洋恣肆，但他們的人生卻都很悲涼。

王勃乘船在海上遇到風浪，落水而死；盧照鄰得了麻瘋病，連好朋友孫思邈都沒能把他治好，最後投河自殺；楊炯終生不得志，還被貶，在孤獨悲憤中不到五十歲就死了。

至於駱賓王，他上錯了車。

徐敬業失敗了，他所謂的匡扶大軍，就是一輛沒有煞車的戰車，況且他還是個渣司機，最後落了個被部下殺掉邀功的下場。

駱賓王從此成為失蹤人口。有人說，他也被砍頭了；有人說，他在亂軍之中溺水而死；還有人說，他九死一生逃了出去，隱姓埋名做了僧人，四處雲遊。

不管怎樣，他都沒在戰場上建功。

還好，他在詩壇上留了名。

我們不知道，他臨死前腦子裡會想什麼。是二十歲的同學少年？是三十歲那年的大漠風沙？還是四十歲的城樓壯歌？不知道。

或者，僅僅是七歲那年的一群白鵝：

> 鵝，鵝，鵝，曲項向天歌。
> 白毛浮綠水，紅掌撥清波。

陳子昂：無敵是多麼寂寞

唐詩的江湖上，
也會有黑天鵝事件發生。
它出乎意料，
並產生重大影響。

孤單，是一個人的狂歡；

狂歡，是一群人的孤單。

—— 阿桑《葉子》

01

西元750年的一個秋夜，王昌齡坐在他的員工宿舍裡，周身寒徹。

彼時，他那些殺氣騰騰的邊塞詩，已經越過陽關，穿過陰山，陪著無數將士度過寒冷的長夜。

可是這會兒，他把目光從那些打打殺殺的臭男人身上移開：今夜不關心人類，我只想你。

他想到了女人。

別誤會，他只是要寫詩而已。

他選了一個特殊的群體 —— 後宮被君王冷落的女人。披衣起身，他寫了一組《長信秋詞》，其中一首是：

金井梧桐秋葉黃，珠簾不卷夜來霜。

熏籠玉枕無顏色，臥聽南宮清漏①長。

深秋寒夜，孤枕難眠。這首詩很好地說明了什麼叫「空虛寂寞冷」，堪稱宮怨詩的教科書。

在它之後，李益的「似將海水添宮漏，共滴長門一夜長」，劉方平的「寂寞空庭春欲晚，梨花滿地不開門」，甚至白居易的「紅顏未老恩先斷，斜倚熏籠坐到明」，都未能脫離這個套路。

一個邊塞文青，有俠骨也有柔腸，可以說相當厲害了。

不過，這可是在大唐。神人輩出，還一個比一個寂寞，神作從來都不缺。

$$02$$

一個非著名詩人上場了，他叫張祜。

你可能沒聽說過他，沒關係，因為這貨屬於不穩定選手，有平庸之作，也有靈光乍現的神作，比如「故國三千里，深宮二十年」。

張祜是個清高孤傲的憤青，跟元稹不和。

當時的皇帝很喜歡張祜的詩，要給他升職加薪，徵求元稹意見：「你覺得張祜的詩怎麼樣？」

---

①清漏：原理同沙漏，相當於古代的鐘錶。

元稹腦子裡閃過一個邪惡的小念頭,說:「跟我之間,隔了兩個白居易吧。」

唉,詩人何苦為難詩人。

張祜都已經做好起飛的姿勢了,被一道雷生生劈下來,不得不長期流落在外。

這一年,鎮江的金陵渡口,張祜住在山上的旅館裡。夜色如洗,江對面就是瓜州,只有零星的燈光。

寂寞,空靈的寂寞。一首《題金陵渡》瞬間閃現:

> 金陵津渡小山樓,一宿行人自可愁;
> 潮落夜江斜月裡,兩三星火是瓜州。

在張祜留下來的三百多首詩裡,這首是難得的精品。尤其是「兩三星火」四字,空靈而自然,寂寞得很文藝、很別致。

但這種寂寞,還不足以讓人讀了就發狂。因為它還停留在詩的第一境界,「看山是山」。這層境界之上還有一層,叫「看山不是山」。

另一位大神做到了。

03

這就是李白的《獨坐敬亭山》。

這首詩非常簡單，簡單到你讀了根本不會多想，搭眼一掃就過去了。它只有二十個常用字：

> 眾鳥高飛盡，孤雲獨去閒。
> 相看兩不厭，只有敬亭山。

這首詩的厲害，就在於「看山不是山」。

當時的李白，錯過了人生逆襲的大好機會，也是最後的機會，他萬念俱灰，一個人來到敬亭山上。想想看，一個人出去爬山，可比一個人吃火鍋寂寞多了。況且，那天的山上，連隻鳥都沒有，白雲也飄走了，任何會動的東西都離他而去。

跟他對話的，就剩下那座山。

這就是李白之所以是詩仙的原因，他永遠有新意，總是出其不意給你一個surprise（驚喜）。

沒有對比，就沒有傷害。讓我們傷害一下柳宗元。

同樣是一個人的孤獨遊，他的《江雪》是這樣寫的：

> 千山鳥飛絕，萬徑人蹤滅。
> 孤舟蓑笠翁，獨釣寒江雪。

不否認這同樣是一首好詩。

只是它太過沖淡，是一個隱士對這個世界的白描，如果沒有切身感受，一千多年後的我們，很難體會其中的況味。在城市待久了，甚至會覺得那是一次愜意的度假。

生命力，也是評判詩歌的維度之一。這就是偉大作品和優秀作品的區別。

可是請別忘了，在「看山不是山」之上，還有第三層境界，叫「看山還是山」。沒有一定的人生閱歷和感悟，是達不到第三層的。

那一年，一個近六十歲的老頭出手了，他叫杜甫。

那是杜甫生命中最後的時光。

李白、高適、嚴武一眾老朋友接連去世，而他「致君堯舜上，再使風俗淳」的小目標還沒有實現。

在從成都回河南老家的水路上，江水奔流，小船浮沉。他走出船艙，手扶桅杆望著星空，一種無邊的寂寞感襲來，深入骨髓。

這種情緒簡直為詩而來。一杯濁酒下肚，這首氣勢雄渾的《旅夜書懷》就誕生了：

細草微風岸，危檣獨夜舟；

> 星垂平野闊，月湧大江流。
> 名豈文章著，官應老病休！
> 飄飄何所似？天地一沙鷗。

詩的後四句是說：文章寫得好有什麼用，算了，不做官了，退休吧。想想我這一生，就像一隻小小鳥啊。

前四句寫景，後四句寫情。什麼叫情景交融？這就是。

這首詩厲害到什麼程度呢？這麼說吧，後世只要是解讀杜甫的大咖，都會獻上膝蓋。

明朝人說，「星垂平野闊，月湧大江流」，是李白「山隨平野盡，江入大荒流」的終極版，除了杜甫，誰都寫不出來。

超級大毒舌金聖歎評價：「千錘萬煉，成此奇句……」

蘇東坡倒是沒有點讚，而是默默寫下了：「小舟從此逝，江海寄餘生。」

為什麼說只有杜甫能寫呢？並不是說他比所有詩人都厲害，而是杜甫的經歷，其他詩人都沒有。

翻開杜甫的一生，每一頁都寫著兩個字：寂寞。還不是一點點寂寞，而是像「無邊落木蕭蕭下」，像「不盡長江滾滾來」。

不過，在我看來，《旅夜書懷》仍然不是最寂寞的唐詩，因為我們終其一生可能都不會有那種經歷，很難體會到什麼叫深入骨髓的寂寞。

唐詩的江湖上，也會有黑天鵝事件發生。它出乎意料，並產生重大影響。幾乎與杜甫《旅夜書懷》同時期，一首更能扎心的「黑天鵝」詩出現啦。

05

那一年，一個清貧的小詩人，從長安出發了。他要到吳越一帶，做一名小官。關於他的生卒年月、生平事蹟我們一概不知，只知道他的名字 —— 張繼。

他拿出的作品，是每個中國人都很熟悉的，叫《楓橋夜泊》：

> 月落烏啼霜滿天，江楓漁火對愁眠。
>
> 姑蘇城外寒山寺，夜半鐘聲到客船。

這首詩非常簡單，簡單到不需解釋。其實，只要你一解釋，這些文字就會變得索然無味。就像你非要把一個琉璃杯打碎來研究成分，只能得到一堆玻璃碴。

張繼去世得很早，一生流傳下來的詩只有三十多首。這首《楓橋夜泊》不僅在中國出名，還被日本選入小學課本。

當然，張繼最大的功勞，是為蘇州的旅遊事業做出了巨大貢獻。

一首詩越是被大眾認可，越說明它旺盛的生命力，從這點看，《楓橋夜泊》所謂的千古絕唱，就絕在這裡。

它的寂寞，能讓你感知得到。

可以想像，寫完詩的那一刻，張繼一定是站在船頭吼了一聲：

還有比這更寂寞的詩嗎？

這時，會從半空中傳來一個聲音：有。

那聲音穿過了五十多年的時光，低沉而渾厚。

06

　　讓我們把時針向前撥，從盛唐回到初唐。一個叫陳子昂的大神，正站在唐詩的十字路口：讓你們見識一下，什麼叫獨孤求敗！

　　他拿出的作品，就是那首大家都很熟悉，但都不太理解的《登幽州台歌》：

> 前不見古人，後不見來者。
> 念天地之悠悠，獨愴然而涕下。

　　這是一首最容易被低估的詩。先不急著解釋，來說一下，這首詩在唐詩江湖上的地位。

　　彼時，大唐剛剛過完五十周年華誕，大 boss 是女皇武則天。整個詩歌江湖，很崇尚浮華，出現了大量的「宮體詩」。這類詩可以簡單理解成「讚歌」，寫的都是「我大唐帝國多麼牛」、「皇帝陛下多麼聖明」、「山河多麼壯麗」、「人民多麼幸福」等等。

　　這個時候，初唐四傑出現了。雖然這「四大天王」寫出了很多好詩，但王勃死得太早；楊炯人微言輕；盧照鄰自己還沒有擺脫浮誇風；駱賓王更指望不上，早參加叛軍去了。

　　唐詩的春風，一直沒有吹來。

　　之後，歷史又選擇了一個人，就是陳子昂。當時，他做著一個不大不小的官 —— 幽州軍團參謀。

　　他先是宣導文風改革：要摒棄齊梁詩歌的浮華，繼承漢魏風骨，

寫文章要說人話。

然後又向武則天提議，不要任用不懂軍事的武攸宜做大將軍。武攸宜是武則天的侄子，她沒有同意。果然，武攸宜完美地詮釋了什麼叫豬隊友，他大敗而歸，還犧牲了先鋒官王孝傑。

沒過多久，陳子昂就在政治鬥爭中被降職了。

這一天，下著濛濛細雨，他登上幽州台。遠處，是已經被契丹攻陷的城池。他鬱悶極了：唐詩改革，沒人理我，殺敵衛國，也沒人理我。比我寂寞的，還有誰？

這就是《登幽州台歌》的誕生。

這首詩也不需要解釋，只需糾正一種誤解。「前不見古人，後不見來者」，意思不是「前無古人，後無來者」，而是我既看不到古代的大神們，也看不到後來的大神們，他們也都看不到我。

這是跨越時間、空間，與天地時空的對話。

這該是怎樣的寂寞！甚至連「幽州」這個地名，都讓人覺得寂寞。

如果說張祜的寂寞是一座渡口，李白的寂寞是一座山，杜甫的寂寞是一江水，張繼的寂寞是一陣鐘聲，那麼，陳子昂的寂寞，就是一個小宇宙。

陳子昂四十出頭就去世了，他沒有看到唐詩的春天。

但在整個唐詩的長河裡，他就是歷史轉折中的先驅。在他之後，唐詩才開始迎來萬物生長的時代。李白、杜甫、王維們，才開始打磨出唐詩的性感光芒。

現在發現了吧，「想留不能留」才不是最寂寞。無敵，才是最寂寞的。

高適樂觀，杜甫悲觀，李白顛覆三觀

人生的逆襲或落魄，
都是有原因的。

題　記

西元757年，高適發達了。

他做了淮南節度使，真正的地區一把手，很快就要當上散騎常侍，也就是皇帝的貼身顧問，三品大員。

可李白和杜甫，這一年特別糟心。

杜甫大叔丟了工作，四處流浪，房租都交不起。

李白更慘，正在流放夜郎的路上，就是要去貴州。要不是後來遇到大赦，我們的課本裡還會增加一首要背誦的詩，叫《望黃果樹瀑布》。

曾經，這三個老男孩一起「論交入酒壚」、「裘馬頗清狂」，那時一定不會想到，多年以後他們走到了三個極端。

高適是怎麼實現逆襲的？曾經一起喝酒擼串的老鐵，為啥別人都在那斯達克敲鐘了，李、杜還到處投簡歷？

當把這三人的歷程放在一起對比時就會發現，人生的逆襲或落魄，都是有原因的。

01

端倪在他們年輕時就有了。

年輕時的杜甫，跟後來我們認識的杜甫完全是兩個人。年輕時他也到處浪，很狂傲，落榜後覺得玩得不過癮，制訂了長期旅遊計畫，去齊魯大地。那時候的小杜還沒體會到中年的焦慮、現實的艱辛，他信心滿滿，「會當凌絕頂，一覽眾山小」。

李白就更不用說了，一個實力派旅遊達人，他偏偏玩出偶像派，靈魂和肉體一直在路上。

「峨眉山月半輪秋，影入平羌江水流」、「天門中斷楚江開，碧水東流至此回」，所謂盛唐氣象，他年輕時就開始吞吐了。

看看李、杜的旅行軌跡，會發現他倆目的性不強，在哪兒玩不重要，只要不在家待著就行。而高適完全不同，他的目的清晰明確。

二十來歲，他到了長安，找不到工作，二話不說就去了燕趙邊塞。燕趙重鎮在幽州，就是現在的北京，大唐的「雄獅」和北方的「狼族」正在那裡肉搏。

他看到火照狼山，戰鼓雷鳴，白刀子進去，血在朔風裡紛飛。

他看到百花深處的老情人，縫著繡花鞋，等著出征的歸人。

勇敢的士兵穿著腐朽的鐵衣在殺敵，而將領竟然在軍帳裡搞美女派對……

高適的內心是複雜的。所以就有了這首情緒複雜的大作《燕歌行》：

漢家煙塵在東北，漢將辭家破殘賊。
男兒本自重橫行，天子非常賜顏色。

將士們打仗很猛，朝廷重重嘉獎。

山川蕭條極邊土，胡騎憑陵雜風雨。
戰士軍前半死生，美人帳下猶歌舞。

契丹人也很猛，仗打得很艱難，可有些將領太腐敗了。

鐵衣遠戍辛勤久，玉箸應啼別離後。
少婦城南欲斷腸，征人薊北空回首。

軍嫂們在家苦等，她們的男人再也回不來了。

相看白刃血紛紛，死節從來豈顧勳？
君不見沙場征戰苦，至今猶憶李將軍。

這些大唐好男兒真心不怕死，只是很可惜，他們沒有遇到李廣、李牧這樣的大將。（潛臺詞：很顯然，我就是這樣的大將。）

這首詩完全暴露了高適的性格，沉穩持重，眼光銳利，有難得的克制力。要是李白來寫，肯定是另一番模樣。

　　唐詩雖然是中國文學的一座高峰，但在當時，朝廷更重視武力。所以楊炯說「寧為百夫長，勝作一書生」，岑參說「功名祇向馬上取」，李賀說「請君暫上凌煙閣，若個書生萬戶侯」。

　　這些，李白、杜甫不可能不知道，只是他們真的只是詩人，吹不慣大漠朔風，見不得人頭滾滾。

　　寫這首《燕歌行》時，高適三十四歲，已經向詩壇發出了自己的定位：

　　我的未來在戰場。

02

　　高適第二個特徵，是非常務實。從一件事上就可以體現。

　　在唐朝，縣尉是個很小的官，大概九品，屬於基層公務員。

　　那時候一個縣人口很少，過萬人就算不錯的縣，有的縣才幾千人。縣令（縣長）、縣丞（副縣長）負責安排工作，縣尉去執行，抓壞人、收賦稅、維持治安啥的，都是髒活累活。

　　做好一個縣尉，需要兩大技能：對上層往死裡拍馬屁，對下層往死裡鎮壓。這樣一個崗位，所有的詩人都不願意幹。

　　杜甫曾有過一個當縣尉的機會，在河西縣，可是他說「不作河西尉，淒涼為折腰」，真心幹不來，他寧願去兵器倉庫當管理員。杜甫不是不會低頭，「朝叩富兒門，暮隨肥馬塵」的事兒他也幹過，但就是不願意為了詩和遠方，在縣尉崗位上苟且一下。

換作李白會幹嗎？更不會，他是要做「帝王師」的。在玄宗眼皮子底下上班，都能「天子呼來不上船」，喝酒、曠工。一個小小的縣尉，收入不夠他買酒。

可是高適幹了。

> 只言小邑無所為，公門百事皆有期。
> 拜迎官長心欲碎，鞭撻黎庶令人悲。

這首《封丘作》，就是他做封丘縣尉時的心情筆記。這個崗位，雜事很多，簡直是浪費生命，每天要拜迎長官、鞭打百姓。

他幹得很痛苦。

但高適是知道的，這只是個小目標，「屈指取公卿」的大理想，得一步一步來。

果然，正是做縣尉的這段基層歷練，讓他得到了另一個機會。

一個叫哥舒翰的河西節度使（就是「北斗七星高，哥舒夜帶刀」的男主）給他發了offer。哥舒翰文武雙全，是朝廷特別倚重的一員猛將，主管河西、隴右兩大地區軍政。

這正是高適夢寐以求的。他趕緊奔赴前線，做了兩個地區的掌書記。這個職位類似於機要秘書，一旦有戰爭，是個很容易立功的崗位。

真是太巧了，唐朝最大的戰爭馬上就要開打，這就是聊唐詩不得不說的安史之亂。

$$\boxed{03}$$

安史之亂開始後，高適跟李、杜對戰爭的反應，也完全不同。

杜甫是馬上回家，先把老婆孩子安頓好，然後跑到唐肅宗的新政府尋找機會，做了左拾遺。他力挺的，是一個叫房琯的人。

杜甫知道什麼是好詩，但不知道什麼是好大將。

房琯好大喜功、言談浮誇，把四萬政府軍都折在戰場上。唐肅宗要革房琯的職，而杜甫不顧生死、不分立場出面營救。在唐肅宗看來，老杜同志是分不清輕重的，一點政治素養都沒有，算了，寫你的詩去吧。

李白情況類似，他帶著老婆從宣城一路南下，跑到浙江、江西，一邊逃難，一邊尋找新機會。病急亂投醫，上了永王李璘的賊船。

我不是要黑李、杜，而是說他倆真的只是詩人，他們的表現，有普通老百姓對戰爭的恐懼，也有對複雜政治環境的遲鈍。

高適不一樣。

他跟著哥舒翰抵抗叛軍，幾經生死。最後哥舒翰戰敗，投降了安祿山。

高適沒有跟著投降，他騎上一匹快馬，追上正在逃亡四川的唐玄宗。

玄宗：「高書記，快給我說說前線的情況。」

高適：「我上司哥舒翰投降是不對，但打敗仗是有原因的。他已經退休了，身染重病，你還讓他去打仗。士兵長期沒有訓練，刀槍都

生鏽了，也不發軍餉，這仗怎麼打？」

玄宗：「不是有十萬大軍嗎？」

高適：「老闆，你讀過杜甫的《兵車行》《石壕吏》嗎？老頭老太太都拉上戰場啦！」

玄宗一臉憂慮：「咋整？」

高適：「趕緊把國庫的錢拿來，招好兵、買裝備。」

玄宗：「我已經讓我的孩兒們分鎮各地了，守住城池，以後那都是他們的封地，這一招妙不妙？」

高適：「妙個屁，就算仗打勝了，大唐跟藩鎮割據有什麼區別？……」

玄宗：「高書記啊，雖然你說話很難聽，但很有見地，你就做諫議大夫吧。太子李亨已經強行上位了，我老了，玩不動了，你去幫幫李亨吧。」

靈武縣，唐肅宗李亨議事堂。

杜甫：「老闆，李白是個好人，肯定不會謀反啊。」

肅宗：「永王是我最疼愛的弟弟，他也是個好人。」

杜甫：「說不定，李白是被脅迫的呢？」

肅宗：「『試借君王玉馬鞭，指揮戎虜坐瓊筵。南風一掃胡塵靜，西入長安到日邊。』被脅迫的，能寫出這麼好的詩？」

杜甫：「他是個天才……」

肅宗：「別說了！高適，你說。」

高適瞄了一眼杜甫，無奈地搖搖頭，向前一步。「老闆，永王是不是謀反我不知道，但我知道他絕對會戰敗。」

　　肅宗露出了微笑：「老高，你說說看。」

　　高適劈里啪啦一通技術流分析……

　　肅宗非常高興：「討伐永王就你了，這是淮南節度使大印，接著。」

　　走出門外，杜甫、高適對視。

　　杜甫：「二哥，還記得大明湖畔的三兄弟嗎？」

　　高適神秘一笑：「兄弟保重。」

　　以上對話是我腦補出來的，但大致的歷史脈絡就是這樣。

　　杜甫站隊房琯，李白為永王吶喊，都是看不清政治形勢，這能「致君堯舜上」嗎？能「為帝王師」嗎？

　　其實就人脈資源而言，李白的朋友圈可謂藏龍臥虎，文壇政壇軍界通吃。

　　比如，他早年曾出手救過一個小軍官，誰也沒想到，這個小軍官後來人生逆襲，安史之亂中收復兩京，接著兩次打敗吐蕃，力挽狂瀾，救大唐於危難。

　　後來他拿到臣子界的奧斯卡──丹書鐵券，畫像凌煙閣，被稱為「再造王室，勳高一代」，他的名字叫郭子儀。

　　這個大腿夠粗吧，可李白沒有抱，愣是挽住了永王的小胳膊。

　　而高適，先入哥舒翰幕府，後堅決不降，千里追玄宗進諫，直到為肅宗平叛。每個節奏都踩得精準，簡直是個「太鼓達人」。

　　對於朝廷，他們最大的區別是，李白杜甫只能錦上添花，高適卻是雪中送炭。

04

另外，性格決定命運。

高適樂觀，杜甫悲觀，李白顛覆三觀。

杜甫骨子裡是悲觀的，悲天憫人，一草一木都是他的心頭肉。

「天邊老人歸未得，日暮東臨大江哭。」回不了家，哭。

「少陵野老吞聲哭，春日潛行曲江曲。」山河破碎，哭。

「戎馬關山北，憑軒涕泗流。」登個岳陽樓，哭。

「劍外忽傳收薊北，初聞涕淚滿衣裳。」太高興了，哭。

「牽衣頓足攔道哭，哭聲直上干雲霄。」、「夜久語聲絕，如聞泣幽咽。」也見不得別人哭。

「感時花濺淚，恨別鳥驚心。」花花草草跟我一起哭。

連誇李白，也是「筆落驚風雨，詩成泣鬼神」。

杜甫的才華，是從淚腺裡流出來的。對他來說，男人哭吧不是罪，是詩。

李白的性格，是太狂、太極端，狂到顛覆三觀。想好好活著的人，是不敢輕易用他的。

「千金駿馬換小妾，醉坐雕鞍歌落梅。」、「落花踏盡遊何處，笑入胡姬酒肆中。」美酒美女，我都愛！

「我本楚狂人，鳳歌笑孔丘。」孔子算個毛啊！

「仰天大笑出門去，我輩豈是蓬蒿人。」你們算個毛啊！

「黃金逐手快意盡，昨日破產今朝貧。」、「五花馬、千金裘，呼兒將出換美酒……」錢算個毛啊！

「且樂生前一杯酒，何須身後千載名？」名聲算個毛啊！

「安能摧眉折腰事權貴，使我不得開心顏。」權貴算個毛啊！

「仙人如愛我，舉手來相招。」我就不稀罕跟你們地球人玩。

有沒有覺得這些詩句，真的是神鬼莫測？杜甫說他「詩成泣鬼神」，不算太誇張。

這樣的人，還讓他做什麼工作！只能在盛唐的土地上把他供養起來，還得是散養，他想幹麼就幹麼吧，只要別讓他每天打卡考勤。

高適四十八歲才有了縣尉這個正式工作，五十二歲才進了哥舒翰幕府，按理說，他也完全可以鬱悶、買醉、痛哭，可他不是那樣的人。

他骨子裡有軍人的剛毅。

他有一類送別詩，都是在落魄中寫的。甚至他回到河南商丘種地，窮得要借錢吃飯了，還在每首詩裡寫滿謎之自信：

「舉頭望君門，屈指取公卿。」出將入相，早晚的事。

「丈夫不作兒女別，臨歧涕淚沾衣巾。」大丈夫，別像小兒女一樣哭哭啼啼。

「莫怨他鄉暫離別，知君到處有逢迎。」、「離魂莫惆悵，看取寶刀雄。」寫給朋友，也是寫給自己。

「王程應未盡，且莫顧刀環①。」這是在戰場上寫的，給自己打雞血，事業尚未成功，千萬不能回去。

①刀環，即刀頭上的環，古時「還歸」的隱喻。

「聖代即今多雨露，暫時分手莫躊躇。」機會一定有的，別猶豫。

當然，還有那句著名的「莫愁前路無知己，天下誰人不識君」。

自信的人，對未來會有一種掌控感。安史之亂爆發前夕，他好像有預感一樣，寫了一首《塞下曲》：

> 萬里不惜死，一朝得成功。
> 畫圖麒麟閣，入朝明光宮。

一生輾轉沙場，一朝獲得成功。雖然沒有畫像麒麟閣，但他贏得了玄宗、肅宗和代宗三代君王的信任，官越做越大，最後還被封了渤海縣侯。

高適，實在是高。

05

如果再深挖一層，高、李、杜三人表面上都是詩人，卻壓根有完全不同的底色。他們能成為朋友，全靠在詩文層面的彼此認同。

杜甫是儒生，是純粹的文人。他的爺爺杜審言，就是初唐的大詩人，也是個狂妄的老頭。杜甫最引以為傲的家底，即所謂「詩是吾家事」，寫詩這事兒啊，是我家祖傳的手藝。

杜甫，就是為詩而生的。

李白是道教徒，講究的是無為，是自然，是修道成仙，所以李白

是飄逸的，是鄙視人間煙火的。

當時的道家思想，就是放飛自我，美女、美酒、劍術、嗑藥，遊山玩水，縱橫四海。「人生得意須盡歡」，我不成仙誰成仙！

李白，也是為詩而生的，先天性工作過敏體質，做不了官。

高適的爺爺曾經也是一員大將，到他父親這代，開始家道中落。高適小時候，是在極度貧困中度過的，甚至還乞討過。但他貌似遺傳了爺爺的戰鬥基因，「喜言王霸大略」，一輩子癡迷戰場。

他更像是法家的信徒，鄙視道家的「無為」，也不屑於儒家的「窮經」，他是行動派，要法度、要重武、要強國。

這有點像岳飛、辛棄疾，會寫詩，但不能只會寫詩。

或許他從來就不是一個詩人，而是一個軍政大牛。只是碰巧，他隨手一寫，也是好詩。

盛唐，那一場吐槽大會

這些詩不僅沒有抹黑唐朝形象，
反而散發著大唐最性感的光芒。

大雪紛飛，長安裹了一層詩意。

朱雀大街的一家酒樓，進來三名男子。他們氣度非凡，談笑風生，徑直走向靠窗的座位。

乍一看，這是三個成功人士、社會精英，可如果細看，從他們皺巴巴的素袍上，能看出落魄的痕跡。

最年輕的那位叫高適，皮膚黝黑，一個月前，還在河南老家的莊稼地種麥子。穿青袍的叫王昌齡，剛剛做了江寧縣丞，官俸微薄，是個月光族。年長的那位一身白袍，腰間斜插一支羌笛，他已經辭官多年，名叫王之渙。

此刻，三人一邊落座，一邊爭論著一個話題。

高適：「說了半天，到底誰才是老大呀？」

王之渙：「當然是我咯。」

王昌齡伸手打住。「我不服！」

店小二滿臉堆笑，快步走來，高適一把抓住小二的手。「來，小哥你說，我們三個誰是老大？」

　　店小二兩手一抱。「三位爺，誰當老大我不在乎，我只想知道，誰買單？」

　　三人對視，空氣冷卻了三秒鐘。

　　王昌齡摸出四文大錢。「溫一壺酒，要一碟茴香豆⋯⋯」

　　店小二：「客官，我們不是咸亨酒店。」

　　高適趕緊解圍，只見他右臂一揚，手伸進袍子下面一通亂摸，竟掏出一支狼毫湖筆。「丈夫貧賤應未足，今日相逢無酒錢。小哥，能賒個賬嗎？」

　　店小二搖搖頭。「別以為你是詩人我就不敢轟你。」⋯⋯

　　說話間，絲竹鼓樂傳來，酒樓的重頭戲開場了，薄紗飄搖，映出一群歌伎的曼妙身影。

　　「啪」的一聲，王之渙把信用卡拍在桌上。「趕緊上酒，不差錢。」

　　店小二識趣退下，歌伎們緩緩登場。

02

　　先是暖場節目，比男人還爺們兒的梨園姑娘一通雜耍，青衣長劍，虎虎生風。

　　王昌齡抿一口酒，提議道：「誰是老大，咱們說了不算。一會兒歌伎小姐姐們上臺，唱誰的詩多，誰就是老大，如何？」

　　高適：「這個好。」

　　王之渙哈哈大笑：「走著瞧。」

幾杯酒下肚，只聽滿堂喝叫，口哨聲起，一個小姐姐走上舞臺。

她身披薄紗，長裙拖地，頭髮綰成高髻，上插一朵粉紅牡丹，那是長安最流行的裝束。絲竹聲起，小姐姐唇紅齒白，聲音帶著憂傷，只聽她唱道：

> 寒雨連江夜入吳，平明送客楚山孤。
> 洛陽親友如相問，一片冰心在玉壺。

頭一句尚未唱完，王昌齡就斟滿一杯，像在品酒，又像在品歌。一曲結束，他拿起粉筆，在牆上工工整整畫了一道。「我，一首啦。」

又一位小姐姐上場了。她梳著椎髻，身披錦帛，「拂胸輕粉絮，暖手小香囊」。一開口，聲音讓人黯然銷魂，她唱的是：

> 開篋①淚沾臆，見君前日書。
> 夜臺今寂寞，猶是子雲居。
> ‥‥‥‥‥‥

高適也將酒一飲而盡，笑聲裡裹著邊塞的風沙：「不好意思，我也一首了。」

第三個歌伎也上場了，眾人一片歡呼。顯然，這是一位網紅，她的服裝打扮與前兩位沒有太大區別，只是手裡多了一把團扇。

團扇姐姐一開口，王昌齡又笑了，因為她唱的是：

①篋（ㄑㄧㄝˋ），小箱子。

奉帚平明金殿開，且將團扇共徘徊。

玉顏不及寒鴉色，猶帶昭陽日影來。

多麼空虛寂寞冷的畫面啊，這正是王昌齡火爆長安的青樓必點金曲——《長信秋詞》。

王昌齡更得意了，在牆上又添了一道，衝王之渙說：「我，兩首了。」

王之渙淡定依舊，掃一眼臺上，又瞄一眼牆上，輕輕吐出一個字：「俗。」

「什麼俗？」王昌齡逼問。

「姑娘俗。」

「俗人也不唱你的詩呀。」

王之渙飲完一杯，胸有成竹。「這些姑娘都沒品位，看到那個頭牌了嗎？」

高適、王昌齡順著王之渙的目光望去，舞臺一側，今天壓軸的歌伎即將登場。

「如果這位頭牌不唱我的詩，我就認，要是唱了，你倆就向我磕頭拜師吧。」

高適、王昌齡是什麼人物？邊塞大神！會怕這個？就這麼定了。

琴瑟齊鳴，震天的歡呼聲中，頭牌緩緩登場。

03

　　這位姑娘一襲白衣，不施粉黛，全身唯一的豔色是她天然的嘴唇，姿態婀娜，宛若天女下凡。掌聲平息，她以清亮的嗓音唱道：

> 黃河遠上白雲間，一片孤城萬仞山。
> 羌笛何須怨楊柳，春風不度玉門關。

　　一曲結束，全場靜默，而後掌聲雷鳴。這首金曲，正是王之渙的《涼州詞》。

　　「服嗎？」王之渙問。

　　「不服。」

　　「我也不服，興許是運氣呢。」

　　說話間，現場狂歡未歇，眾人大叫：再來一個！再來一個！姑娘接連又唱了兩首，還是王之渙的詩。

　　「服嗎？」王之渙又問。

　　「今天我倆買單，師父。」

　　王之渙又是一陣爽朗大笑：「今天，不用買單。」

　　話音未落，剛才那位頭牌小姐姐，已帶著眾姐妹走來，到三人面前，低頭便拜：「三位哥哥，能一起喝個酒嗎？」

$$04$$

　　熟悉唐詩的朋友可能知道，這個故事叫「旗亭畫壁」，旗亭就是當時的酒樓。

　　大家聽這個故事，往往為這三個男人的才華所吸引，對詩的背景不太關心。其實，這場看似風流瀟灑的詩歌酒局，本質上是一場吐槽大會。

　　下面一首首看來。

　　當時正值開元盛世，大唐如日中天，看不出一點衰敗的跡象。然而，鮮花著錦的袍子裡，棉絮已經有了腐敗的氣息。

　　王昌齡的第一首詩，叫《芙蓉樓送辛漸》，這是對官場的吐槽。

　　眾所周知，王昌齡是邊塞詩人，因為他二十多歲就從軍了，去沙場磨鍊。然後到長安，先考中進士，再考進博學宏詞科，類似於考完碩士又拿下博士，相當厲害。

　　可是朝廷只讓他做了一個小縣尉，多年不給升職，最後他還被貶到十分偏遠的湖南龍標。寶寶心裡苦啊。李白有詩「楊花落盡子規啼，聞道龍標過五溪」，就是寫給王昌齡的，這時候他的稱呼，是「王龍標」。在龍標之前，他還曾被調往江寧做縣丞。火車票攢了不少，就是不升職。

　　在去江寧赴任的路上，鎮江芙蓉樓下，王昌齡要跟那個叫辛漸的好友分別了：哥們兒，洛陽的朋友如果問起我，就說我一片冰心，不會在官場上變油膩。

千百年來，這首詩最出名的就是這後兩句。其實從才華指數上，我覺得「寒雨連江夜入吳，平明送客楚山孤」更高。寒雨連江，楚山孤立。品品這意境，寫個景都能把人寫哭，「詩家夫子」的抬頭不是白拿的。

王昌齡是條硬漢，不知道那天哭了沒有，反正高適在送別朋友時真哭了。因為他的朋友死了。

這個死去的朋友，叫梁洽，在家排行老九。高適那首詩，就叫《哭單父梁九少府》。

梁洽是一個比悲傷更悲傷的故事。他是個超級復讀生，考了好多年，熬了無數個夜晚，才考中進士。職場第一份工作，是山東單父縣尉。可上任沒多久，就因病去世，命運很悲慘。

還好，他有高適這樣的朋友。

「開篋淚沾臆，見君前日書。」打開書箱，看到你寫的信，好傷心啊。

「夜臺今寂寞，猶是子雲居。」你在地下，一定很寂寞吧。你的家，也像揚雄的家一樣，冷冷清清。

這裡有必要解釋一下「子雲」。子雲，是西漢辭賦大咖揚雄的字，他留給世人的印象就三個：高冷、有才、窮。所以，後世文人只要覺得自己是揚雄體質，都會拿他說事。比如杜甫，寫簡歷說自己「賦料揚雄敵，詩看子建親」——我的才華，跟揚雄、曹植一樣厲害。孟浩然發牢騷：「鄉曲無知己，朝端乏親故。誰能為揚雄，一薦甘泉賦。」——我空有揚雄一樣的才華，可惜沒人引薦。劉禹錫被社會碾壓，也拿揚雄說事：「南陽諸葛廬，西蜀子雲亭」，「何陋之有？」李

白更厲害，族叔評價他：「馳驅屈、宋，鞭撻揚、馬。千載獨步，唯公一人。」──屈原、宋玉、揚雄、少年怒馬……哦不，是司馬相如，都被你超越啦！

再回到梁洽，在這首詩裡，高適還寫道：

> 常時祿且薄，歿後家復貧。
> 妻子在遠道，弟兄無一人。

沒權沒勢，做了小官也照樣窮。終南山超級大別墅，萬兩黃金，都不屬於高適、梁洽們。描寫這種階級矛盾，當時的高適筆力還不夠，要到十幾年後，杜甫用一句話概括：「朱門酒肉臭，路有凍死骨。」

高適哭梁洽，滿滿都是槽點，朝廷？社會？還是命運？或許都有。

男人不容易，那女人呢？

也不容易。

05

王昌齡的第二首詩，叫《長信秋詞》，是宮女的吐槽。

這首詩的信息量太大，讀之前，有必要先瞭解一下唐玄宗的私生活。

白居易爆過一個料，叫「後宮佳麗三千人」，其實老白很厚道了，

「三千」可能只是為了藝術美感,從數量看,也就是興慶宮一個宮。算上大內、大明宮,以及東都洛陽的大內、上陽宮,總共有多少呢?說出來嚇死人,妃嬪加宮女,四萬人。

這麼多女人,玄宗當然忙不過來,於是他發明了一個遊戲,叫「隨蝶所幸」。開元後期,每到春天,唐玄宗就在宮中舉辦大型宴會,讓嬪妃們在頭上插滿鮮花,玄宗捉一隻蝴蝶放飛,蝴蝶落在哪個嬪妃頭上,她就能得到皇帝的寵幸。一個嬪妃的命運,很可能被一隻蝴蝶改變。

這是中國古代版的「蝴蝶效應」。

王昌齡關注的,就是連蝴蝶都不待見的那個群體,叫「宮廷怨婦」。

所以這類詩,叫宮怨詩。

詩名既然是《長信秋詞》,故事就發生在長信宮裡。話說漢成帝有個妃子,叫班婕妤,一開始很受寵,後來漢成帝移情別戀,喜歡上了趙飛燕、趙合德姐妹,班婕妤就進了長信宮。一年又一年,空虛寂寞冷。

據說班婕妤寫了一首《怨歌行》,最後四句是:

常恐秋節至,涼飆奪炎熱。
棄捐篋笥中,恩情中道絕。

她很害怕自己就像那柄團扇,秋天一來天氣轉涼,就用不上了,丟棄在箱子裡,恩斷情絕。

《長信秋詞》其實是一組五首詩,歌伎唱的是其中一首。再讀一遍,就很容易理解了:

　　奉帚平明金殿開，且將團扇共徘徊。

　　玉顏不及寒鴉色，猶帶昭陽②日影來。

　　她住在長信冷宮。早晨殿門打開，拿著掃帚打掃衛生，閒下來，手持團扇徘徊，度過漫長的一天。再漂亮有什麼用呢？還不如那只烏鴉，它剛從昭陽殿飛來，羽翅上還帶著那裡的陽光，和君王的氣息。

　　雖然唐玄宗比漢成帝英明得多，但並不妨礙他給嬪妃宮女這個群體播下的怨氣。蝴蝶可以雙飛，烏鴉可以單飛，玄宗能怎麼飛！

　　所以對這種事，王昌齡也很無奈，只能寫得這麼委婉。

（06）

　　最後是「春風不度玉門關」。這首《涼州詞》，對其含意、江湖地位無須解釋，歷代幾乎所有唐詩讀本、名家大咖，把讚美的話說盡了。

　　如果它是一顆珍珠，不妨看看它誕生的背景。

　　唐史領域一直有個爭議話題，唐玄宗時期是不是窮兵黷武？這屬於戰爭動機的範疇，暫不討論。反正仗是打了，跟南詔，跟吐蕃、突厥、契丹，各種互毆，今天這個跪下叫爸了，明天那個又喊你孫子了，像打地鼠遊戲。

　　打仗這麼苦，朝廷能做好撫卹工作也行呀，然而並沒有。唐玄宗

──────────

②昭陽：指昭陽殿，當時趙飛燕的居所。

的後半生，廢寢忘食，淨忙著研究「蝴蝶效應」了。後來又專寵楊貴妃，更無心國事。軍隊、人民和朝廷的矛盾越來越尖銳。

有的士兵，十五六歲去北方打仗，四十歲打不動了，又被派往西線的軍田。杜甫有詩：「或從十五北防河，便至四十西營田。去時里正與裹頭，歸來頭白還戍邊。」

在軍營裡也不好過：「戰士軍前半死生，美人帳下猶歌舞。」

軍嫂也是一肚子怨氣：「忽見陌頭楊柳色，悔教夫婿覓封侯。」

要是戰死了呢？對不起，沒有撫卹金，甚至官府連派人慰問一下都沒有。玄宗後期，初唐那種「寧為百夫長，勝作一書生」的青春荷爾蒙指數直線下降。

現在再看王之渙的吐槽：「羌笛何須怨楊柳，春風不度玉門關。」典型的春秋筆法：前線的兄弟們啊，你們整天吹那幽怨哀婉的《楊柳曲》有啥用！君王的春風，是吹不到那裡的。

話分兩頭。吐槽歸吐槽，自古憤怒出詩人。相比明清文人，大唐的憤青們活得痛快多了。這些詩不僅沒有抹黑唐朝形象，反而散發著大唐最性感的光芒。從這個角度講，吐槽，是唐詩的第一生產力。

開篇那場吐槽大會，出自唐人薛用弱的《集異記》。看結尾，只能說王之渙太狂啦。

我可以不負責任地告訴你，真實的結尾是這樣的：

三大才子被這一群歌伎擁進總統套間，各種免單，求籤字、求新詩、求帶，並再次確立王之渙的大哥地位。

三人大醉一晚，歌舞狂歡。臨走時，王昌齡把那名頭牌姐姐拉到一旁：「姑娘，『秦時明月漢時關』，要不要瞭解一下？」

王維：沒見過風起雲湧，哪來的風輕雲淡

盛世中，
他烈火烹油；
亂世裡，
他冷靜清醒。

01

那一年，經歷了安史之亂的大唐，剛剛平靜下來。

長安郊區，終南山下，一棟別墅的大門緊閉。

一群人圍在門外。有的人還帶著被子，明顯在這裡等了一宿，腳下放著一塊牌子，寫著：代排隊，十兩銀子。

天已大亮，人群開始出現焦躁情緒，交頭接耳。

忽然，門開了。一個書僮手持垃圾桶，將一堆廢紙倒在門外。人群蜂擁而上，瞬間搶光。

有的人大喊：哇！是一幅畫，《輞川圖》草稿，我發財啦。

有的人喊：「空山不見人，但聞人語響」，哇，是詩稿。

還有人喊：居然是曲譜！我兒子的琵琶可以過八級啦，噢耶。

當然，有一些人很失望，打開紙團一看，上面寫著「狗仔隊去死」，或者Wi-Fi（無線網路）密碼之類。

一個時辰後，人群慢慢散去，別墅門口恢復寧靜。

一個大叔推開大門，倒掉茶渣，瞄了一眼被人群踩壞的草坪：老夫想得個清淨都不行。

這棟別墅，叫「輞川別業」。這位大叔是主人，他叫王維。

$$02$$

眾所周知，在任何時代，「雞湯文學」都有市場。

王維的山水田園詩，也一直被當作一鍋老雞湯。人們盤著手串，端著茶杯，念兩句「行到水窮處，坐看雲起時」，然後在國產壓路機的聲響中睡去。第二天醒來，內心依然腫脹。

可是，王維的詩，並不是這麼讀的。

那一年，十五歲的王維從山西老家到長安求取功名。跟他的煤老闆老鄉不同，王維一開始就立下了自己的志向：

我要用才華征服世界。

他沒有吹牛。自九歲起，王維就精通詩、書、畫，業餘時間還玩琵琶。別的孩子還在看動畫片，小王維已經是尖子生了。十七歲，別的孩子還在讀優秀作文選，王維已經憑藉「每逢佳節倍思親」，晉級一線網紅。二十歲，王維的人生已經開掛。在詩壇，他拋出了清新的「紅豆生南國，春來發幾枝」；在畫壇，他的作品超越很多老前輩，屢創在世畫家拍賣紀錄；在歌壇，他的《鬱輪袍》紅遍大江南北，從廣場舞到「大唐春晚」，都是壓軸曲目。

他，是一個全能選手。

而他的朋友圈，也從中產階級，延伸到名流階層。玄宗的兄弟甯

王、薛王、岐王，妹妹玉真公主，都為他站臺。大唐天王級歌手李龜年，都以唱他的詞為榮。

而此時的李白、高適、孟浩然們，還在到處投簡歷，杜甫小朋友還正在課桌上刻「早」字。

在一眾大佬的推薦下，王維順利保送狀元。大唐的夜空中一顆新星冉冉升起，散發著性感的光輝。

每到夜幕降臨，長安市民家裡都會傳來罵孩子的聲音：看看別人家的孩子。

看到這裡，是不是特別羨慕嫉妒恨：我怎麼沒王維的才華？

別急，還有讓你更羨慕的。

03

自魏晉到隋唐，中國有五大名門望族：崔、李、盧、鄭、王。其中崔姓有兩支，李姓有兩支，共七門，簡稱：五姓七望。

名門子女結婚，講究門當戶對。不然就算你在長安有五套房，也娶不到他們家姑娘。

在山西運城，一個王家的小夥子，和一個崔家的姑娘結婚了。他們的大兒子，就是王維。與王維同屬太原王氏一族的，還有王勃、王之渙、王昌齡。

所以，如果你穿越到唐朝，碰到姓王的和姓崔的，千萬不要亂叫「老王」、「小崔」，不然後果很嚴重。如果你鄰居碰巧是「隔壁老

王」，也一定要搞好鄰里關係。

總之，高貴的出身，全能的才華，加上「妙年潔白」的顏值，少年王維堪稱一個完美的男人。

所以，女人們罵完孩子，還會順便捎帶上老公：看看人家王維。

一時間，不管男人女人，聽到王維，都時刻準備獻上膝蓋。

在名流派對上，在詩歌座談會上，在音樂節上，經常能聽到這樣的對話：「請問先生貴姓？」

王維揮一揮手：

「免『跪』。我姓王。」

$$04$$

年少成名，春風得意。

此時的王維，渾身散發著殺氣，作品裡的每個字都熱血沸騰。他要建功立業：

> 新豐美酒斗十千，咸陽遊俠多少年。
> 相逢意氣為君飲，繫馬高樓垂柳邊。

一斗十千的好酒我買單，來吧少年，喝醉也沒關係，寶馬就停在樓下。

出身仕漢羽林郎，初隨驃騎戰漁陽。

孰知不向邊庭苦，縱死猶聞俠骨香。

我等望族，初入職場就是禁衛軍，跟著大將軍去漁陽幹仗。要是不讓我去，我就不爽。就算死了，老子也是有骨氣的。

還有「回看射雕處，千里暮雲平」、「十里一走馬，五里一揚鞭」，王維這一首首殺氣縱橫的詩，就算放在一流的邊塞詩裡，也絲毫不弱。

然而，命運是個相聲演員，冷不丁就給你開個玩笑。

就在王維將要走向人生巔峰之際，安史之亂來了。

05

眾所周知，安史之亂對詩人來說，相當於大規模殺傷性武器，李白、杜甫都沒躲過。

王維也一樣。

大軍閥安祿山攻入長安，搜刮一圈，一看，還能活捉一個超級大咖。不由分說，就把王維挾持到軍中，關進監獄。

在獄中，王維沒有勺子，也沒有邁克爾兄弟，幾度越獄都沒成功。

安祿山集團倒閉後，朝廷秋後算帳，要把王維當叛軍殺頭。

就在生死關頭，王維從口袋裡摸出一首詩：皇上，我真的是誓死不從，沒當叛軍啊。

這首叫《凝碧池》的詩，寫得非常愛國，非常感人：

> 萬戶傷心生野煙，百僚何日更朝天？
> 秋槐葉落空宮裡，凝碧池頭奏管弦。

這時的玄宗已經退位，新皇帝唐肅宗看到詩，感動得哭出鼻涕泡，立刻將王維官升四級，做尚書右丞。

唉，如果李白也這麼幹，興許就不會被流放夜郎。

不過，那就不會有「千里江陵一日還」了。

06

雖然有驚無險，但王維已經看透了。

此時的大唐，已經不是玄宗的開元盛世。官場鉤心鬥角，小人當道，老闆們只聽讚歌，不聽人話。

無數個夜晚，王維下班回家，坐在車裡，默默點上一支菸。菸頭明滅，照見一張中年疲憊的臉：

這苟且的日子，不要也罷。

於是，王維開始了另一種生活。

那個唱小情歌的少年不見了，那個大口喝酒、長劍殺敵的憤青不見了。他一頭栽進山水田園，用一首首鄉村民謠刷著屏。

一時間，人們像是喝到了滋補的雞湯：我也要淡泊名利，我也要喝茶養生玩手串，我也要看淡風雲。

每當這個時候，王維都會微微一笑：沒經過風起雲湧，哪來的風輕雲淡？

因為人們只看到他「行到水窮處，坐看雲起時」，卻看不到「偶然值林叟，談笑無還期」。

這是實現了財務自由、不用上班之後才能有的任性。

人們只看到他「獨坐幽篁裡」，卻看不見他「彈琴復長嘯」。

那是出走半生，歸來仍是少年的青春口哨。

人們只看到一個大叔「倚杖柴門外，臨風聽暮蟬」，卻看不到他「復值接輿醉，狂歌五柳前」。

那是快意人生後的滄海一聲笑。

人們只看到「空山新雨後，天氣晚來秋」，卻看不到「隨意春芳歇，王孫自可留」。

這是他在輞川別墅裡描繪終南山的景色。在長安終南山有別墅是什麼概念？想想上海的佘山、北京的西山。不是商賈巨富，不是貴族子弟，你能「自可留」嗎？

看到沒，你以為他焚香念佛就是超然世外了，其實人家只是遮罩了朋友圈，不想上的班，可以不上；不想見的人，可以不見。

他可以找樵夫村婦聊天，也可以找王孫貴族釣魚。高興了，他就「松風吹解帶，山月照彈琴」；想靜靜了，他就「迢遞嵩高下，歸來且閉關」。

此時的王維，只是不做大哥好多年。

其實，他依然是大哥。

（07）

　　論詩情才華，王維稍遜李杜，但論人生智慧，他可以秒殺一眾大咖。

　　盛世中，他烈火烹油；亂世裡，他冷靜清醒。

　　王維的風輕雲淡之所以迷人，那是因為他曾經叱吒風雲。

　　一事無成就看淡風雲，那是矯情；功成名就之後看淡功名，那才是境界。

　　所以，正確的讀詩姿勢是這樣的：

　　少年要讀李白，他讓你狂傲有血性；中年要讀杜甫，他賦予你人文關懷和責任感；至於王維，你什麼時候都可以讀。

　　他會告訴你，如何轟轟烈烈地入世，如何體面地出世。

崔顥：我不出大招，是怕你們傷不起！

他的大唐版『深夜電臺』，
在白熱化的唐詩圈，
殺出一條血路。

（01）

　　崔顥開通「公眾號」的時候，才剛過二十歲生日。彼時，大唐的詩壇上，已經是群星璀璨：

　　王勃給南昌地標建築滕王閣寫的廣告詞，被放在初唐詩賦的壓軸位置；

　　陳子昂在幽州臺上哭過了；

　　賀知章已經到了「少小離家老大回」的年齡；

　　同齡人當中，高適、岑參、王昌齡、王之渙組成「邊塞Ｆ４」，豪氣沖天，牛氣哄哄；

　　王維、孟浩然組建的「王孟傳奇」，專攻鄉村民謠。他們的《b小調雨後》，在南山南和成都的小酒館裡被青年們傳唱；

　　天生驕傲的李白，都快上天了，但因為作品足夠硬氣，誰都無話可說……

　　那是一個大眾創作、萬人寫詩的年代。

　　唐詩界，到底還有沒有藍海？

　　青年崔顥思慮良久，給自己的「公眾號」取了很低調的名字：

「小崔說情事」。

　　你們都寫大江大河大自然大男人，我就寫小女人的事吧。

02

　　很快，崔顥的才華使他像一匹黑馬。

　　他的大唐版「深夜電臺」，在白熱化的唐詩圈，殺出一條血路。因為定位精準，情感受挫內心委屈的女人們，都喜歡來找他傾訴。

　　遇到被君王冷落的女人，他寫了《長門怨》：

> 君王寵初歇，棄妾長門宮。
> ．．．．．．．．．．．
> 泣盡無人問，容華落鏡中。

　　你看，這個被君王拋棄的女人，多麼空虛寂寞冷。

　　遇到獨自在外打拼的女人，他寫了《川上女》：

> 川上女，晚妝鮮。
> ．．．．．．．．．．．
> 綠江無伴夜獨行，獨行心緒愁無盡。

　　嗯，單身女人在外不容易啊，大家要堅強。

遇到哭訴渣男的女人，他寫了《代閨人答輕薄少年》：

> 妾家近隔鳳凰池，粉壁紗窗楊柳垂。
> 本期漢代金吾婿，誤嫁長安遊俠兒。
> …………

好男人不會讓心愛的女人受一點點傷。姐妹們，遇到渣男要不要離婚？請關注我們的下期節目。

遇到淪落風塵的失足女，他寫了《邯鄲宮人怨》：

> 邯鄲陌上三月春，暮行逢見一婦人。
> 自言鄉里本燕趙，少小隨家西入秦。
> …………
> 十三兄弟教詩書，十五青樓學歌舞。
> …………

唉，多悲慘的命運啊，姐妹們還是不要入這行。

遇到沒有家庭地位，無奈討好男人的女人，他寫了《岐王席觀妓》：

> 二月春來半，宮中日漸長。
> …………
> 還將歌舞態，只擬奉君王。

姐妹們，女人還是要有自己的事業啊，不然就太依賴男人了。

當然，也有一些熱戀中的女人打來熱線，分享自己的小確幸：崔哥你好，我是個採蓮為生的平凡女孩。有一天，我在江上遇到一個男孩，好帥哦。我就鼓足勇氣跟他搭訕：你是哪裡人呀？我就住在橫塘，也沒啥事，停下船就是想問問你，可能咱倆是老鄉啊，親。

崔顥線上點評：「大家看，這個大膽撩漢的採蓮女子，勇敢追求愛情，多麼值得姐妹們學習啊。」於是，趕緊記錄下這個美好的橫塘愛情故事：

> 君家何處住，妾住在橫塘。
> 停船暫借問，或恐是同鄉。

就這樣，崔顥運營著這個情感小號，把自己塑造成女人們的男閨密。他享受這個過程，男閨密就男閨密吧，我這一款，在大唐還真稀缺。

直到他的影響越來越大，輿論中開始出現不一樣的聲音：

「這都是豔詩，不符合我大唐社會價值觀。」

「好色之徒！原來你是這樣的崔顥。」

「他的詩太輕浮了，是毒雞湯。」

…………

崔顥不淡定了。說我的詩浮豔？那好，我找個權威來評評理。

（03）

當時誰是權威？大唐著名書法家、作詩協會李邕。

李邕是什麼來頭呢？這麼說吧，在當時，大唐士子們要考科舉，案頭都有一本必讀的教科書，乃南朝梁太子蕭統主持編撰，叫《昭明文選》，簡稱《文選》。

《文選》搜集了六朝及以前八百年間的優秀詩文，難免有深奧難懂之處。到了初唐，一個叫李善的文壇大家開始了注解工作。工程浩大，李善一邊注解，一邊博採眾家之長。這其中，就有他的兒子李邕做的補益。

《文選注》完成後，成為朝廷官方認證的文學經典。包括李白、杜甫在內，後來縱橫大唐的詩壇巨星們，都是它的忠實讀者。

崔顥也不例外。

為了這次會面，崔顥做了精心準備。他要證明，即便是寫兒女情長，也可以寫出好詩。

這一天終於來了。崔顥帶來了他最新、最滿意的作品 ——《王家少婦》：

> 十五嫁王昌，盈盈入畫堂。
> 自矜年最少，復倚婿為郎。
> 舞愛前溪綠，歌憐子夜長。
> 閒來鬥百草，度日不成妝。

這首詩，把一個女人從芳華妙齡寫到懶得化妝的黃臉婆，寫得傳神極了。

他一定要讓李邕震驚。

結果，是震怒。

崔顥剛唸出「十五嫁王昌」這五個字，李邕就大喝一聲：「小兒無禮！這種庸俗之作就不要給我看了。」

當時，崔顥的內心是崩潰的。

這種崩潰的情緒，在數年後，被同樣遭李邕懟的李白說了出來：

> 宣父猶能畏後生，丈夫未可輕年少。

翻譯過來就是：今天你對我愛搭不理，明天我讓你高攀不起。

彼時的崔顥，也是同樣的內心戲：老子遲早有一天會證明給你看，我不出大招，是怕你們傷不起！

一個開掛的大神，是所向披靡的。

崔顥關了他的「小崔說情事」，開始遊歷名山大川，他在找靈感。

一個春天的下午，崔顥來到了湖北武昌。長江邊上，黃鶴樓巍然聳立。他登樓遠眺，滾滾長江，奔流東去，暮靄沉沉，江天一色。

他感覺到自己的小宇宙在爆發，於是，提筆一揮而就，寫下了

「崔顥到此一遊」，哦不對，寫下了一首七律。而後擲筆落地，甩袖而去。

然而這件事就像長江裡的一滴水，沒有引起任何人留意。

直到兩年後的一天，李白也來到了這裡。

地方官員聽說超級大咖來了，肯定不能放過，筆墨紙硯早已備好：「李白同志，我們的要求很簡單。滕王閣知道吧？碾壓它。」

「這黃鶴樓，之前有人題過詩嗎？」李白問。

「有一個。」官員輕描淡寫。

「何人？」李白也淡寫輕描。不管你多有才，反正都沒我有才。

「名字忘記了，詩在這裡。」說著，官員遞上了一張詩卷。

李白瞄了一眼名字，崔顥。「噢，好像聽說過，寫言情的。」

接著往下看：

> 昔人已乘黃鶴去，此地空餘黃鶴樓。

李白捋了捋鬍鬚，嗯，很普通嘛。再往下看：

> 黃鶴一去不復返，白雲千載空悠悠。

李白捋鬍子的手停了下來，嗯，有點意思了。迫不及待再往下看：

> 晴川歷歷漢陽樹，芳草萋萋鸚鵡洲。
> 日暮鄉關何處是？煙波江上使人愁。

五十六個字讀完後，李白怔住了。

官員連聲問話：「李白同志，怎麼了？」

「來根黃鶴樓，哦不，來杯酒，壓壓驚。」

文以氣為主。

這篇黃鶴樓，前一句平鋪直敘，當「黃鶴」第三次出現，立即奔流而下。全詩大氣深沉，前有浮聲，後有切響，一個bug也沒有。

這是多麼牛的一首詩啊！這貨是多麼牛的一個詩人啊！

05

這首《黃鶴樓》牛到什麼地步？

李白再也無心寫詩，不管腦子裡出現什麼句子，跟這首一對比，就得馬上丟進回收站。

算了，PK不過他，就給他點讚吧：「眼前有景道不得，崔顥題詩在上頭。」

你寫得這麼好，讓我怎麼接嘛。

離開黃鶴樓的李白，一直難以釋懷。盛唐除我的詩之外，居然還有這麼牛的七律，我要試著洗洗稿。

於是，李白寫了《鸚鵡洲》，前四句是：「鸚鵡東過吳江水，江上洲傳鸚鵡名。鸚鵡西飛隴山去，芳洲之樹何青青。」與崔顥的《黃鶴樓》如出一轍。

嫌不完美，又寫了一首──《登金陵鳳凰臺》：

鳳凰臺上鳳凰遊，鳳去臺空江自流。
吳宮花草埋幽徑，晉代衣冠成古丘。
三山半落青天外，二水中分白鷺洲。
總為浮雲能蔽日，長安不見使人愁。

模仿痕跡也很重。

我不是抄襲，我是在向崔顥致敬。

不僅李白模仿，此後的一千多年裡，模仿者眾多，還包括魯迅。

但一直被模仿，從未被超越。

南宋大神級詩詞評論家嚴羽，在他的《滄浪詩話》中評價道：

「唐人七言律詩，當以崔顥《黃鶴樓》為第一。」

崔顥的棺材板如果在動，一定會傳出一個聲音──

這下你們滿意了吧！

孟浩然：男人中年，別矯情

出發吧孟哥，
長安的名利場，
不如揚州的歡樂場。

01

西元728年冬，長安城南，明德門。

孟浩然正在給城門衛兵出示身分證，身邊站著他的灰毛驢，驢背上有兩個大袋子，裝滿了書。那是明年考試的複習資料和模擬試題。

穿過城門，朱雀大街車水馬龍。

兩人抬的經濟型轎子，四人抬的舒適型轎子，以及八人抬的豪華轎子，往來穿梭。

年輕的胡姬身上，金步搖、綠翡翠跟著臀部的節奏一起搖擺，在雪白肌膚的襯托下，光彩照人。

白衣少年們騎著青驄馬呼嘯而過，青石板路上傳來清脆的嗒嗒聲。

波斯商人操著外語，在向幾個貴婦推銷香料。

店鋪櫥窗裡，有愛騎馬的仕女們最喜歡的秋冬款包包，叫「愛馬仕」。據說，那是楊玉環姐妹的網紅同款……

長安真好啊，二十年前就該來了。

孟浩然禁不住感歎，拍一下驢屁股，繼續前行。

$$02$$

到長安那天，他剛過完四十歲生日。

孟浩然是襄陽人。

十六歲，他是翩翩少年。據見過他的粉絲描述，孟浩然「骨貌淑清，風神散朗」，不僅帥，還有氣質。

十八歲，孟浩然參加縣試，高中榜首，成為襄陽縣優秀青年。

十九歲，憑藉顏值與才華，征服襄陽當紅歌姬韓襄客小姐。兩人火速結婚，令眾多襄陽少女心碎了一地。

按照當時慣例，這麼有才華的小夥子，接下來應該去長安，考科舉，做大官，然後走向人生巔峰。可孟浩然沒這麼做。他心高氣傲，誰讓他去首都求功名，他都會傲嬌地回一句 ——

「城市套路深，我要在農村。」

說到做到。蜜月剛過，他就帶著韓小姐，一頭栽進襄陽郊區的鹿門山，開始他的隱居生涯。

高興的時候，他寫寫山水田園：

> 春眠不覺曉，處處聞啼鳥；
> 夜來風雨聲，花落知多少。

別人早上都在擠地鐵上班，而我睡到自然醒，爽。

想出去玩了，他就制訂長期旅行計畫。江南吳越，湘楚大地，經常在外面一浪就是大半年。

如果他的朋友圈流傳下來，應該有很多這樣的內容：

你在給上司倒酒，揚州的歌女正在給我溫酒。

你桌前公文堆積如山，我面前是廬山。

政敵讓你生了一肚子氣，我正在看洞庭湖的水氣。

…………

總之，彼時的孟浩然，就是盛唐第一文青。

03

時光如梭，青年終有一天會變成中年。孟浩然的四十歲不打一聲招呼就來了。

男人四十，容易有中年危機。

彼時開元盛世，大唐一片繁榮，發生了很多人生逆襲的勵志故事——

比孟浩然小十二歲的王維，已經紅遍大唐，在長安混得風生水起，經常跟王公貴族出席高端社交沙龍。

浪子王翰，憑藉「醉臥沙場君莫笑，古來征戰幾人回」的神句，春風得意，在長安置辦豪宅，「櫪多名馬，家有妓樂」，引得很多人羨慕嫉妒恨。

農民的兒子王昌齡已經中了進士。

就連混得最差的王之渙，也憑藉一首《登鸛雀樓》，寫出了盛唐之音。

．．．．．．．．．．．

所以當時的小報們都在製造焦慮，紛紛發文，比如：「二十歲王維年少成名，你的同齡人正在拋棄你」、「李隆基二十七歲登基，你的同齡人正在拋棄你」、「王翰三十歲家財萬貫，你窮你有理啊？」等等。

搞得孟浩然很焦慮。

多年以後，有個叫杜甫的後輩，把這種焦慮感寫了出來。

那是杜甫四十歲的最後一天，他寄居在長安一個遠親家裡。除夕之夜，外面一群人在狂歡，屋內他一個人在孤單。

杜甫要放飛自我了：

四十明朝過，飛騰暮景斜。
誰能更拘束？爛醉是生涯。

到了明天，我的四十歲就過完了，人生開始走下坡路。既然都這樣了，誰還想再受拘束呢？就讓我對酒當歌，致我將要逝去的青春吧！

孟浩然應該是一樣的心情。所以四十歲生日剛過，他就到了長安。

他很自信：二十年前我就是襄陽的才華擔當，不就考個進士嗎，有何難？

事實上，很難。

不知道什麼原因，孟浩然落榜了。也許是當時的命題導師生意火爆，名額賣完了，也許是閱卷導師正忙著師生戀，胡亂給他打了個分。

總之，他必須另謀他路。

(04)

機會很快就來了。

半年後的八月，一場長安詩歌圈的高端沙龍即將開始。

主辦單位是大唐中央秘書省，來的都是王公貴族和文壇名流。包括大唐皇家歌舞團一把手王維、秘書省校書郎王昌齡，還有一位更厲害，當時的「作協」主席張九齡。沒錯，就是寫「海上生明月，天涯共此時」的那位。

那天傍晚，驟雨初歇，天氣涼爽。

沙龍的高潮，叫「聯句題詩」。一張十幾米的長桌，鋪開一幅長卷，從右至左，大家依次寫詩。

眾所周知，這種情況下先出手的往往都是小角色。一會兒工夫，卷軸上已經寫了十幾行，什麼「省署開文苑，滄浪學釣翁」，什麼「駐馬渡江處，望鄉待歸舟」，都是三流作品。大家昏昏欲睡，現場飄蕩著尷尬的空氣。

就在這時，王昌齡走到卷軸前，提筆寫了一聯：

長亭酒未醒，千里風動地。

不愧是寫「秦時明月漢時關」的人。有人大叫好：「樓下的，頂上去。」

你王昌齡又是「千里」又是「動地」，後面的人還能接嗎？

孟浩然45度角望向天邊，雨後初晴，碧空如洗。

「讓我來。」說著他走到桌子前，舔一下筆尖，寫了十個字：

微雲淡河漢，疏雨滴梧桐。

雨後的天空，銀河周圍只有淡淡的雲彩；風吹梧桐，葉子上的雨輕輕滴落。

簡簡單單十個字，你有千里，我有河漢，樸實無華，而又高遠。

掌聲在哪裡？

片刻寧靜之後，掌聲雷鳴。厲害了，孟夫子！

據在場的記者後來報導，孟浩然一寫完，「舉座嗟其清絕，咸擱筆不復為繼」。意思是，大家都拍案叫絕：我們接不了，不玩了。

看到了吧，王維、張九齡都沒出手的機會。

一戰成名，孟浩然在長安詩歌圈名聲大振，連唐玄宗聽了都龍軀一震。

就著幾分醉意，孟浩然不禁暢想：要是能在皇上面前露一手，就更完美了。

（05）

這個想法不奢侈，沒過多久，他真的有了跟皇帝討論詩歌的機會。

兩個月後，太樂丞辦公大院。孟浩然正在跟王維聊寫詩心得，門

外有人大喊：皇上駕到。

唐玄宗李隆基來了。

嚇得孟浩然趕緊鑽到王維的床底下，可能是因為上班時間會友，怕老闆生氣吧。

但李老闆沒生氣。他知道後，趕緊讓孟浩然出來：「來，小孟，聽說你寫詩很厲害，最近有沒有新作呀？給朕看看。」

真是千載難逢的機會！毫無疑問，此刻正確的姿勢，應該是先拿出一首正能量詩歌，再說說自己能幹什麼，最後表個態，能帶我一起飛嗎？

可孟浩然是怎麼做的呢？他拿出了一首苦情詩：

> 北闕休上書，南山歸敝廬。
> 不才明主棄，多病故人疏。
> 白髮催年老，青陽逼歲除。
> 永懷愁不寐，松月夜窗虛。

北闕是指朝廷。意思是：我落榜了，很不爽。以後不會再上書求帶了，我要回農村歸隱。沒啥才幹，皇上拋棄了我。我體弱多病，朋友也少了。都奔五的人了，還能有啥作為。我只能每天焦慮失眠，漫漫長夜，看著窗外的寒月，空虛寂寞冷。

就詩論詩，這首《歲暮歸南山》淒涼感人，還是不錯的。但話是好是壞，得看場合，得看對象。

唐玄宗還沒聽完就急了：「卿不求仕，而朕未嘗棄卿，奈何誣我！」（都沒來找過我，我啥時候拋棄過你？……）說完摔門而去。

唉，好好一次機會，泡湯了。

如果你想進一家牛公司，好不容易跟大老闆見了面，能一個勁訴苦嗎？拜託，老闆很忙的，他要聽你的才能、看你的態度，而不是聽你倒苦水。

連王維都看不下去了。

長安火車站。孟浩然背著破行囊，窮困潦倒，很像大唐版的孔乙己。王維已經對他無語了，實在不忍再傷他的自尊心，只能勸他：

> 杜門不復出，久與世情疏。
> 以此為良策，勸君歸舊廬。
> 醉歌田舍酒，笑讀古人書。
> 好是一生事，無勞獻子虛。

大致意思是：老兄，你宅在家裡太久，已經不知道怎麼社交了。聽我一句勸，老老實實回你的鹿門山吧，喝喝酒，讀讀書，挺好，別淨想著學司馬相如獻《子虛賦》了，你呀，不適合官場。

我覺得，在孟浩然所有的詩人朋友裡，王維是把他看得最透徹的一個。王維是什麼人，出身名門，十幾歲就在上流社會混了，論見識、論人情世故，少有人能及。

就這樣，孟浩然的第一次長安之行，啥也沒撈到。他心灰意冷，回了襄陽老家，又開始了他的旅遊生活。

整整一年，長安詩歌圈再沒有孟浩然的聲音。我們不知道他回到襄陽的心情，只能從李白的朋友圈猜測他的行跡。

第二年春，他從襄陽到武昌，準備順江而下，去揚州散心。黃鶴

樓上，李白與他告別：

> 故人西辭黃鶴樓，煙花三月下揚州。
> 孤帆遠影碧空盡，唯見長江天際流。

出發吧孟哥，長安的名利場，不如揚州的歡樂場。

看到這裡，你是不是以為，孟浩然再也沒有那樣的機會了？

然而，並不是。

不知道孟浩然上輩子積了多少德，三年之後，他又得到一個機遇。這次幫他引薦的人，叫韓朝宗。

韓朝宗的口號是：我不寫詩，我只做詩人的搬運工。

他當時是荊州一把手。跟那些高冷的官員不同，韓朝宗很願意提拔後輩，只要你有才，不論出身，都願意幫你引薦，人稱「韓荊州」。他在草根詩人圈留下了美名：「生不用封萬戶侯，但願一識韓荊州。」還記得李白那首《與韓荊州書》嗎？就是寫給他的。

有這樣一個人引薦，加上上次的教訓，孟浩然是不是該長點心了？

呵，呵。

　　西元733年的冬天，韓朝宗終於說服唐玄宗，給孟浩然一次機會，進宮面聖。如果表現夠好，有可能當場安排工作，連高考都不用參加。

　　這一天終於到來了。

　　馬上就要進宮了，孟浩然卻還沒有出現，韓朝宗就派人去請。找了半天，發現孟浩然居然在一家酒館，跟一群人喝酒。

　　最要命的是，他已經喝醉了。

　　迎接皇上，叫「接駕」；喝醉了迎接皇上，就是「醉駕」。

　　這麼危險的事，當然不敢做。沒辦法，孟浩然就放了皇上鴿子。氣得韓朝宗直接拉黑了他，再也沒跟他聯繫。

　　這一年，他已經四十五歲了，辦事卻像十五歲的孩子。

　　離開長安那天，也是年底。

　　朱雀大街上依然車水馬龍，終南山頂的積雪還沒融化，陽光灑在大明宮金色的屋頂上，絢爛奪目。長安繁華依舊，什麼都有，只是再也沒有他的機會了。

　　幾年之後，張九齡召他進入幕府，做了一個小官，但不到半年，孟浩然就辭官歸隱了，終生再沒出仕。

（07）

　　平心而論，對一個大齡落榜生來說，命運給孟浩然的機會不算少。

　　王昌齡考中了進士，一輩子也只做了個八品小官，王之渙更是連

大人物的面都沒見過。

李白雖然缺乏政治才能，但一輩子都在努力。

杜甫比他有才，比他更忠君愛國，正當壯年卻遇上了安史之亂。

反觀孟浩然，有李白、王維這樣的人為他製造輿論，張說（ㄩㄝ丶）、張九齡兩個宰相以及韓朝宗這樣的世家貴族都大力幫助過他。

只是機會來了，他沒有珍惜。

讀孟浩然的詩，我經常會有一種分裂感、彆扭感，忍不住想使勁搖醒他：孟大叔啊！你到底要什麼？你說啊！

有的詩裡，他可勁地曬他的隱居理想，比如《夜歸鹿門山歌》有這樣幾句：

> 鹿門月照開煙樹，忽到龐公棲隱處。
> 岩扉松徑長寂寥，惟有幽人自來去。

龐公是誰？東漢第一隱士，整天帶著諸葛亮、龐統、司馬徽喝酒論文，這三個人的外號「臥龍」、「鳳雛」、「水鏡」，都是他給取的。劉表派人請他出山，他不去，鐵了心做隱士。

還有「嘗讀高士傳，最嘉陶征君」。陶征君是誰？陶淵明，田園詩的鼻祖，歸隱之後，做了一名真正的農民。

拿龐德公、陶淵明說事，說明孟浩然有歸隱之心。

可另一方面，他又在到處求帶求推薦。比如這首給張說[1]的《望洞

①一說張九齡。

庭湖贈張丞相》：

> 八月湖水平，涵虛混太清。
> 氣蒸雲夢澤，波撼岳陽城。

前八句寫景，大氣壯觀，是首好詩。但後半段走樣了：

> 欲濟無舟楫，端居恥聖明。
> 坐觀垂釣者，徒有羨魚情。

全詩大致是說：八月的洞庭湖，海天一色。水氣蒼茫，波濤洶湧，要撼動岳陽城。可是，我想下水，卻沒有船，愧對英明偉大的皇帝啊，只能羨慕那些釣魚的人。

有沒有感受到一種彆扭的矯情？

就好像一個連微信都不會用的老男人對你說：唉，沒能去騰訊任職，我愧對馬化騰呀。

⑧

盛唐幾個詩人，都比較真實。王維、李白、杜甫，甚至資訊寥寥的王昌齡，你都能看出他有血有肉。

唯獨孟浩然，只有個模糊的輪廓。他的詩才、人品毋庸置疑，但

你就是不知道他到底要什麼。也許是，他什麼都想要，還得是輕鬆地得到的那種。

就像一個人在慷慨陳詞：給我一個機會，我就能實現我的夢想。

如果你問他：你的夢想是什麼？

……呃，還沒想好。

你想歸隱，鹿門山的PM2.5不高，襄陽不堵車，房價也低，「春眠不覺曉」、「把酒話桑麻」的生活，也挺好。

你要出仕，就放下身段，學學杜甫「朝扣富兒門，暮隨肥馬塵」，在那個時代不丟人。想烈火烹油，就別嫌棄那點油膩。機會來了，奮力去抓就行了，就算最終失敗，也能有個踏實的後半生。

就怕你做的事矯情，作的詩彆扭，最後是「迷津欲有問，平海夕漫漫」。

找不到北了吧，怪誰呢？

成功沒有標準，在鹿門山是靜好歲月，在長安是光輝歲月。

只要是你內心想要的，就是好歲月。

情聖杜甫的月光愛人 ——

這個耿直倔強、
不善言辭的男人，
終於有了一抹浪漫色彩。

多年以後，見識過「越女天下白」的杜甫，總會想起那天晚上的妻子，和照在她手臂上的那道白月光。

(01)

大地沉睡，月光如洗。

長安正北兩百公里，有一個小村子，只有一戶人家還亮著燭光。

這裡的主人，是四十五歲的杜甫。

四目相對，半晌無言。

妻子楊女士先開了口，她拉著丈夫的手說：「阿杜，我不讓你走。」

「乖，別任性，待我功名及腰，回來接你可好。」杜甫不想把氛圍弄得那麼悲傷。

「我不要功名，我只要你平安。你看外面亂得，玄宗跑路了，楊貴妃也被殺了，咱們在這鄉下種種田、讀讀書不好嗎？」

「種田是不會種田的。我的理想是『致君堯舜上』，現在新君繼

位，正在廣納賢才。這是個機會。」杜甫把「機會」兩個字，說得特別重。

妻子歎口氣：「唉，都是安祿山鬧的，他們搜刮一番，會不會就撤走了？」

杜甫說：「你當安祿山造反，是為了吃四十萬一桌的飯嗎？他是來占座的 —— 皇帝的寶座。」

妻子更加惶恐：「你想去，我不攔。跟你在長安那十年，租房子、吃泡麵，我都沒怨言，我只是擔心你的安全。」

杜甫急了，大聲說：「我不怕死。」

杜甫說完，妻子神色憂傷。她轉過身，看著正在熟睡的兩個孩子，幽幽地說：「我怕你死。」

杜甫的心似乎被刀刺了一下，他還想說什麼，終於沒有吭聲。

妻子也想說什麼，也沒有吭聲。

他執意要走，她是留不住的。

月光變得微弱，灑在桌子上，一片慘白。杜甫開始收拾行李。

半晌，妻子抹掉眼淚，換了語氣：「答應我，一定活著回來。」

「答應你。」杜甫說完，又補充兩個字，「一定！」

「拉鉤。」

「拉鉤。」

那一夜，燭光亮到五更。當一聲雞叫傳來，杜甫推開了柴門。

身後，妻子倚在門前，深情目送，月光灑在她的胳膊上，像一尊女神雕像。

請記住這次分別的時間和地點。

這是西元756年，安史之亂爆發的第二年。這個地方，是地屬鄜（ㄈㄨ）州一個叫羌村的小山村。

02

山路崎嶇，狼煙瀰漫。背著簡單的行李，杜甫步履匆匆。

一路上，有逃難的百姓，有大唐的傷病殘卒，路邊屍體無數，如同人間地獄。

但此時的杜甫卻充滿信心。他的目的地是三百公里外一個叫鳳翔的小縣城，在那裡，大唐新任CEO唐肅宗剛剛登基。

自古以來，皇帝登基是國之大事。大唐前幾任皇帝登基，無不是萬國來朝、百官跪拜、舉國歡慶。而唐肅宗，搞了一次最簡樸的登基儀式。

他走過簡易的臺階，坐上木頭龍椅的那一刻，就哭了。

哭，不是因為終於坐上了皇帝寶座，而是因為看到了他的滿朝文武。那滿朝文武，只有三十六個人 —— 包括兩名太監。

那一刻的唐肅宗有點恍惚，這是登基儀式？還是部門例會？

所以，杜甫猜得沒錯，新朝廷，非常缺人。

只要我過去，就有機會。想到這裡，杜甫加快了腳步，不由得喊出了聲：「陛下等我，我來啦！」

空谷幽靜，只聽到傳來兩聲興奮的「回音」：「來啦，來啦 —— 」

杜甫一驚：「誰？」

　　兩個士兵跳出草叢，殺氣騰騰。只見他們穿著盔甲，有著胡人的臉，杜甫不由得心怦怦直跳。

　　他碰到的是安祿山的散兵。

　　那個「回聲」走了過來。他一臉橫肉，兩道刀疤，左胸的盔甲掉了幾片，露出裡面的紋身，手裡的彎刀還滴著血。「幹什麼的？」

　　「&*%#*⋯⋯呃⋯⋯串親戚。」杜甫急中生智。

　　「我問，你是做什麼的？」

　　「種莊稼的。」

　　「名字？」

　　「杜甫。」

　　「姓杜？嘿嘿，城南韋杜，非貴即富。你當官的吧，快說！」

　　「我真不是官，就是個農民。」

　　「看他那寒酸樣，哪兒像官？」另一個士兵說。

　　「回音」想想也對，當官的，怎麼會穿得像乞丐，接著又吼道：「去過長安沒？」

　　「沒去過。」

　　「那我們就帶你去。」說完，不由杜甫辯解，押著他走向了不遠處的俘虜隊伍。

　　這隊俘虜分兩種：當官的，會被逼著到偽政府上班，不從就殺掉；平民，會被押送到長安，充當苦力。

　　杜甫怎麼也沒想到，再一次來到生活過十年的長安，竟是以這樣的方式。

　　此刻的杜甫並不知道，倒楣的詩人不只是他一個。

03

遠在新疆邊塞的岑參，寫下了「可知年四十，猶自未封侯」，帶著一塊切糕上路了。他要回到三千里外的長安，開拓新事業。

寫過「戰士軍前半死生」的高適，看著「美人帳下猶歌舞」的哥舒翰老闆，正要勸說，哥舒翰投敵了。

李白躲在廬山避亂，「飛流直下三千尺」的瀑布，也洗不去他的憂傷，不久之後他將登上永王李璘的賊船。

只有王維不愁工作。因為他剛被叛軍抓住，押送到洛陽，逼著他當偽官。跟他關在一個號子裡的，還有詩人儲光羲。

杜甫夾在俘虜隊伍，走進這座淪陷的長安城。

國家不幸詩家幸，賦到滄桑句便工。

當時的杜甫只知道，他來到了地獄長安；卻並不知道，他也來到了詩歌的神壇。神壇之上，一座豐碑正在緩緩立起，上面有四個金光閃閃的大字 —— 詩聖杜甫。

那時的長安，已不是那個歌舞昇平、詩情畫意的長安了。叛軍遊走在長安的每個角落，燒殺搶掠。在城外打完仗，他們會回到城裡，喝著酒唱著歌慶祝勝利。

如果當時有人拍一部電影，應該叫《長安！長安！》。

而城外的戰場上，叛軍的戰鬥力爆表。

在一個叫陳陶的地方，四萬政府軍幾乎全軍覆沒，血流成河。杜甫很悲傷，寫下了「野曠天清無戰聲，四萬義軍同日死」。

在一個叫青阪的地方，滿山遍野都是戰士的白骨。杜甫很悲傷，寫下了「山雪河冰野蕭瑟，青是烽煙白人骨」。

戰火熊熊，第二年春天還在燒。

這一天，圍城中的杜甫，望著荒草雜蕪的長安唏噓不已，他為大唐擔憂，更為遠在鄜州羌村的家人擔憂。滔滔悲情，兩行老淚，一首名垂千古的五律誕生了，就是我們熟悉得快要忽略的《春望》：

> 國破山河在，城春草木深。
> 感時花濺淚，恨別鳥驚心。
> 烽火連三月，家書抵萬金。
> 白頭搔更短，渾欲不勝簪。

花都哭了，聽見鳥叫我都心驚肉跳。我發愁得都快謝頂了，頭髮稀少連簪子都插不上。

李白的「抽刀斷水水更流，舉杯消愁愁更愁」，明明寫的是愁，為什麼我們讀了覺得爽，而杜甫的愁，能讓你哭？

這就是杜甫的風格，沉鬱頓挫，字字扎心。

司馬光讀了，趕緊獻上膝蓋：「近世詩人，唯杜子美最得詩人之體。」

明朝的胡震亨覺得還不夠，重新給出評價：「動奪天巧，百代而下，當無復繼。」

這段時間，杜甫的靈感和情感碰頭了，電光火石，寫出了一首又一首神作。

這裡有關於軍事的洞察:「蘆關扼兩寇,深意實在此。」

也有楊玉環的香魂:「明眸皓齒今何在,血污遊魂歸不得。」

更有死裡逃生的餘悸:「生還今日事,間道暫時人。」

當然,最讓他牽掛的,還是遠在鄜州的老婆孩子。

04

又是一個孤獨的夜晚。長安城西,懷遠坊。

坊裡有座寺廟,叫大雲經寺。杜甫已經在這裡住了兩個月。

月亮初升,坊門宵禁。

杜甫走出屋子。如果是平時,能聽到鄰家女人洗衣服的聲音,「長安一片月,萬戶擣衣聲」;可是現在,長安死一般寂靜,只有巡邏的叛軍偶爾幾聲呵斥。

那晚的月光格外明亮,杜甫四十五度角仰望星空,借著月光,能看到他眼角的一顆水珠。

在這一夜之前,唐朝詩人寫月夜思念,已經神作輩出。

王勃的月夜,寒冷寂寞:

> 亂煙籠碧砌,飛月向南端。
>
> 寂寂離亭掩,江山此夜寒。

李白的月夜是憂傷的:

　　　　　　窗前明月光，疑是地上霜。
　　　　　　舉頭望明月，低頭思故鄉。

李益的月夜，是悲壯的：

　　　　　　回樂峰前沙似雪，受降城外月如霜。
　　　　　　不知何處吹蘆管，一夜征人盡望鄉。

張九齡的月夜，是灑脫的：

　　　　　　海上生明月，天涯共此時。

張若虛的月夜，是華麗的：

　　　　　　春江潮水連海平，海上明月共潮生。

　　而今晚的杜甫，也將拿出他的月夜 —— 一個煙火氣的月夜，一個只屬於他和她的月夜。
　　詩的名字，就叫《月夜》：

　　　　　　今夜鄜州月，閨中只獨看。
　　　　　　遙憐小兒女，未解憶長安。
　　　　　　香霧雲鬢濕，清輝玉臂寒。
　　　　　　何時倚虛幌，雙照淚痕乾。

如果不把它看作一首詩,而是看作寫給老婆的信,就特別好理解:

老婆:

今晚的鄜州,月色應該也很好,可惜你只能一個人看了。

孩子還小,他們還不懂為什麼你在思念長安。

我想起你透著香氣的頭髮,是不是被霧氣打濕了。

還想起月光下你潔白的手臂,你冷嗎?

什麼時候我們能一起倚在窗幔上,在月光下,雙雙把眼淚擦乾。

還記得《臥虎藏龍》的主題曲嗎?名叫《月光愛人》:

我醒來,睡在月光裡

下弦月,讓我想你

不想醒過來,誰明白

怕眼睜開,你不在

杜甫這首《月夜》,就是一曲《月光愛人》。這個耿直倔強、不善言辭的男人,終於有了一抹浪漫色彩。

他決定有所行動。

$$05$$

月黑風高殺人夜，正是詩人跑路時。

長安城西，金光門外。一條黑影躥出來，以每小時五十英里的速度向西奔跑，正是杜甫。

「隨風奔跑自由是方向，追逐雷和閃電的力量。」

他不由得又喊出了聲：「陛下，我來啦！」

這一次，杜甫終於開始了職業生涯。

站在唐肅宗面前的杜甫，兩隻衣袖破了，露著胳膊肘，腳上兩隻麻鞋，露著大腳趾。頭上的頭巾還在，但已經分不清什麼顏色，鬍子拉碴，滿臉風塵。唐肅宗有點感動，都這樣了，還來投奔我。你詩文寫得好，就做「左拾遺」吧。

「左拾遺」是給皇帝提建議的，原本是一個非常重要的崗位，可不知為什麼，級別只是「從八品上」。

官職低就低吧，能給皇帝提建議，也算不錯。

杜甫這樣想著，就開始了他勤奮的工作。每次朝廷例會，就杜甫最積極，他就像一個老司機團隊裡的實習生，別人不敢說、不方便說、不願意說的話，他敢說。

而這時的岑參，剛剛吃完他的切糕，跋涉三千里來到鳳翔求職。杜甫很高興，寫介紹信，幫岑參謀一個「右補闕」的崗位，比杜甫官高一級。

以杜甫這種性格，在官場根本混不下去。所以沒多久，麻煩就來了。

還記得前面提到的那場戰鬥嗎？陳陶一戰，四萬政府軍全軍覆沒，這場戰鬥的最高指揮官是那個叫房琯的宰相。本來勝敗乃兵家常事，可是他的政敵不高興，唐肅宗也不高興，要貶謫他。

而房琯，對杜甫有知遇之恩。這就有點尷尬了，救還是不救？

杜甫說，這不是個問題，救。

他硬著頭皮上書，洋洋灑灑，幫房琯說話。唐肅宗正在氣頭上，好啊你個杜甫，連你一塊辦了，來人，給我審。

杜甫多年積累的人品，可能都用在這次了。來提審他的人，叫顏真卿。

顏真卿忠厚正直，把杜甫無罪釋放了。

遭此一劫，前途暗淡。這一刻，杜甫心頭又照來一束白月光。

儘管沒有功名，還是很窮，不能衣錦還鄉，但他終於要回家了。

「青袍朝士最困者，白頭拾遺徒步歸。」連一件體面的朝服都買不起，也沒有馬，只能徒步。

那可是兩百多公里啊。

現在的我們，已經無法想像杜甫在路上經歷了什麼，只知道在某一天的下午，他終於到家了。於是，就有了著名的《北征》和《羌村》三首。

在《北征》裡，他看到的是：

> 經年至茅屋，妻子衣百結。
>
> 慟哭松聲回，悲泉共幽咽。
>
> 平生所嬌兒，顏色白勝雪。

> 見耶背面啼，垢膩腳不襪。
> 床前兩小女，補綻才過膝。

我外出一年才回家，看到老婆的衣服打滿補丁。全家哭成一片。我的兒子臉色蒼白，沒血色。見了我就轉過身哭，腳丫髒兮兮的，連雙襪子都沒有。兩個小女兒，褲子上也都是補丁，短得剛到膝蓋。

太窮了。

然後，他又在《羌村》中寫道：

> 妻孥怪我在，驚定還拭淚。
> 世亂遭飄蕩，生還偶然遂！
> 鄰人滿牆頭，感歎亦歔欷。
> 夜闌更秉燭，相對如夢寐。

看到我，妻子震驚了，我竟然回來了。在這個亂世道，活著就是個偶然呀。鄰居們也扒著牆頭看我們，都在抽泣。在夜裡，我們端著蠟燭把對方看了又看，簡直不敢相信，生怕是在做夢。

這就是杜甫在安史之亂第二年的經歷。那一年，他把最好的詩，留給了家人。有遠在山東的弟弟，有撫養他長大的姑姑，有想念爸爸的他可憐的孩子。

當然，還有他月光下的妻子。

一千多年後，梁啟超在清華大學做過一場演講，題目是《情聖杜甫》。他說，杜甫是一個極熱心腸的人，一個極有脾氣的人，還是最富

有同情心的人。

　　如果用一個字概括杜詩，就是一個「情」字。一草一木、家國天下，甚至八竿子打不著的底層人物，杜甫都不吝深情。

　　「香霧雲鬟濕，清輝玉臂寒。」唐詩宋詞裡有數不清的情詩，唯獨這句，千年後讀來，依然令人潸然。

詩國信使

那隻鳥，
撼動了他詩情的翅膀。

01

西元765年，唐代宗永泰元年，暮春。

夜色籠罩大地，四川東部有一座小城，緊鄰長江，江邊有一片淺灘。此刻，漁民已經睡去，漁火零星。

一條小船泊在岸邊，隨著江水輕輕晃動，年近花甲的杜甫站在船頭，凝望江面。

他中等身材，消瘦，青色長袍在月光下略顯肅穆。他一會兒安靜，一會兒又掏出酒囊，灌幾口，口中唸唸有詞：「該結束了，咳咳……一切都該結束了。」

杜甫緩緩爬過船舷，只要他縱身一躍，奔湧的長江就會吞噬一切，他單薄的身軀擊起的浪花，不會比一塊石頭大多少。

他手扶船頭欄杆，整整衣冠，揉一下僵硬的左臂，準備向這個漆黑的世界告別。

「杜拾遺，你還沒到死的時候。」

一個蒼老的聲音從身後傳來。杜甫心頭一驚，身體僵在那裡，回頭望去，船艙小門緊閉，門上一盞紗燈晃來晃去，油燈如豆，並無一

人。杜甫苦笑著搖搖頭，心下思忖：我真的老了。又把目光投向江面。

「看來，杜拾遺是鐵了心要死。」

那聲音再次傳來，杜甫這次聽得真切。他爬下船舷，聽那聲音明明是在身後，可四處望去，又真真切切並不見人影。

「往上看。」

順著聲音的指引，杜甫看到高聳的桅杆，桅杆上方，又髒又破的船帆已經收起，懸掛在橫木上。一隻雪白的沙鷗，站在橫木一頭。

杜甫一生漂泊，走過無數水路，這樣的水鳥他見多了，本沒有半點稀奇。

他又揉揉眼睛，確認沒人說話，是自己的幻覺，正欲回頭，突然覺得那隻沙鷗與平時不同。杜甫定睛細看，不覺驚出一身冷汗。那隻沙鷗，兩隻眼睛正直直與他對視，莫非……

「沒錯，是我在說話。」

在杜甫驚奇惶恐的目光凝視下，那隻沙鷗又開口說話了。說罷，牠雙翅一展，如離弦之箭，飛到杜甫面前的船舷上。

（02）

一陣驚愕過後，杜甫很快平復情緒，像自言自語，又像在問那隻沙鷗：「原來是一隻鳥。天地造化，萬物有靈啊……鳥兒，莫非你也可憐我這把老骨頭？」

那沙鷗落到船舷上。近處看，竟比平常沙鷗大許多，通體雪白，雙目炯炯。它略微搧一下翅膀，說道：「世間萬物皆有命數，現今詩歌國度，孟夫子、李太白、王摩詰、王昌齡、王之渙都已西去，獨你杜拾遺一根餘脈，切不可妄自菲薄，有違天命啊。」

見沙鷗一口氣說出這些詩人，且都是自己平生崇敬的詩友，杜甫更覺奇怪：「你是誰？」

沙鷗莊重低頭，雙翅合抱，緩緩答道：「我是詩國的信使。」

「詩國？……信使？老夫寫了一輩子詩，從不曾聽說有詩國，更不曾聽過有信使？」

「杜拾遺不必疑慮，等以後到了那裡，自然會知道。」

杜甫不禁笑了，並沒有把這隻小鳥的話放在心上，還打趣道：「那你且說說，找我做什麼？」

「給你帶路。」沙鷗語氣平靜，又補充道，「去詩國的路。」

「你怎麼知道我會寫詩？」

「還記得去年秋天嗎？夔州，你站在山上，望著長江感歎你飄零的一生。」

夜風吹來，杜甫清醒了許多。

他向西望去，沿著腳下的長江逆流而上，拐過無數道彎，就是他居住了兩年的夔州。鳥兒說得沒錯，去年深秋，他窮病交加，登高望遠，確實寫過一首詩。只是他平生寫詩無數，大多時候，寫完就隨手一丟，很多詩就這樣消散在時間的塵埃裡。

但那首詩，他很滿意，也記得真切，是一首七律。想到這裡，杜甫不由隨口唸了出來：

　　　　風急天高猿嘯哀，渚清沙白鳥飛回。

　　　　無邊落木蕭蕭下，不盡長江滾滾來。

　　　　萬里悲秋常作客，百年多病獨登臺。

　　　　艱難苦恨繁霜鬢，潦倒新停濁酒杯。

　　剛一誦完，沙鷗就點點頭，露出非常讚許的神情。「沒錯，就是這首《登高》。杜拾遺眼界之廣，包容山川萬物；心竅之細，洞見猿哀鳥唱。自古詩家，莫如子美先生。」

　　「不不不，謬讚了。人生苦短，而四季永遠更替，長江千年奔流。這樣的詩境，先賢們早已道出。三閭大夫走向絕境，也作『風颯颯兮木蕭蕭』之唱；孔子臨江，也有『逝者如斯夫，不舍晝夜』之歎。我杜子美，無非同病之歎罷了。」

　　「杜拾遺不必過謙，此乃世間詩人共情。只是，閣下這首七律已臻化境，律詩造詣，登峰造極，前不見古人，後不見來者啊！」

　　杜甫長笑兩聲，又灌了一口酒。「你這鳥兒，倒是也懂一點詩。」

　　「生命對時間無可奈何，這是遺憾。可更遺憾的是，對時間毫無感知。芸芸眾生，幾人有這樣的徹悟、這樣的幸運？當時聽先生吟誦此詩，感慨萬千。詩國的高臺上，當有你杜拾遺一席。」

　　杜甫一生癡迷詩歌，並以此為榮，屢次勸學家中子姪。聽那沙鷗說得真誠，他乾瘦的臉上現出一絲欣慰。

　　隨即，他似乎意識到了什麼，忙問：「你？看見我當時寫這首詩？」

　　「是的。」

　　「可當時我身邊並無一人。」

「沒錯，我是一隻鳥。」

沙鷗這句話令氣氛輕鬆許多，牠接著補充道：「『渚清沙白鳥飛回』……那隻鳥，就是我。」

杜甫只覺得有神秘的氣場充滿周圍，在這神秘的氣場裡，一切如夢似幻，又真真切切，他感到興奮、奇妙，似乎還夾帶一絲恐懼。但他其實不怕，而是享受著這個奇妙的夜晚。那是年少無畏的味道。

此刻，他只想解開疑團：「這麼說，你從去年就注意到我了？」

沙鷗像人類搖手一樣晃動右翅，拖著長腔：「不，比那更早。」

「難道，從我在成都的時候？」

「不……是泰山。」

杜甫又一陣驚訝。泰山，他年輕時去過，之後再也沒踏入齊魯大地。這隻鳥是不是也喝酒了？他一臉迷惑，苦苦思索。

「不用懷疑，杜子美先生，就是泰山。」沙鷗堅定地說，「那時你還很年輕。」

03

如果沿著腳下的長江向東流去，可以直達揚州，在揚州轉大運河北上，來到齊魯大地，再走陸路，就能抵達泰山腳下。

杜甫舉起酒囊，又喝一口，酒精在血液裡奔騰。江風吹來，杜甫絲毫感受不到涼意，只覺得渾身暢快，令人沉醉，思緒回到二十多年前的那次泰山之行。

那是開元末年，二十八九歲的杜甫，雖然跟現在一樣瘦削，卻朝氣蓬勃。時逢開元盛世，他有足夠的自信，可以憑藉一枝筆，教化民風，效忠朝廷，留名青史。

為了看望在兗州當差的父親，他從洛陽出發，一路遊山玩水，結交文友。在泰山腳下，他寫出了那首不朽名篇。

「你……就是那隻鳥？」杜甫思索半天，忽然驚問。

沙鷗點點頭：「『決眥入歸鳥』，杜子美當日看到的那隻鳥，也是我。」

杜甫哈哈大笑起來，神情疏朗，似乎往日少年意氣又回到他的蒼老之軀，連語氣也鏗鏘許多，他將當日寫的那首五言緩緩道出：

> 岱宗夫如何？齊魯青未了。
> 造化鐘神秀，陰陽割昏曉。
> 蕩胸生層雲，決眥入歸鳥。
> 會當凌絕頂，一覽眾山小。

沙鷗聽了，不禁再次合抱雙翅。「我們鳥類年年南北往返，山北的齊國，山南的魯國，不知經過多少次，卻從未見過『青未了』之句；我們能飛越山河、直上雲霄，卻從未有『一覽眾山小』之歎。泰山之雄，果不負岱宗之譽，這都是拜杜拾遺所賜。當日我只是一隻小小鳥，也忍不住飛到你面前，沒承想，也入了您的詩，三生有幸啊。」

沙鷗一番話，讓杜甫只覺得恍若隔世。

大唐開國以來，文治武功的帝王都想登泰山封禪，祈求國泰民安江山永固。那是多麼美好的一個時代。

可是現在……一切都變了。

想到這裡，杜甫神情驟然黯淡下來，又猛灌幾口酒。「咳咳……不說這些了，不說了。」

「杜拾遺既知道『造化鐘神秀』，又怎會不知造化也弄人；既知道陰陽可以分割昏曉，又怎會不知，世間萬物，本就陰陽往復，否極泰來，盛極必衰。」

「當時那麼多詩人，你為什麼選中我呢？」杜甫問。

「杜拾遺是詩人，肯定知道一個詩者最寶貴的是什麼？至情至性，眼裡有天下，有眾生，有詩情。常人看不見的，你能看見；常人道不出的，你能道出……不是我選中你，而是你選中了我。」

杜甫呵呵笑起來。泰山之高聳、之博大，原本早已超出人類眼界，這是只有鳥類才能知曉的自然奧秘。

那隻鳥，搧動了他詩情的翅膀。

杜甫捋捋鬍鬚，對眼前這隻神奇的沙鷗，多了幾分敬意。「這麼說，從當時……哦，我算算，二十五年 —— 二十五年前，你就注意到我了？」

沙鷗點點頭。

「那後來呢？」杜甫問。

「後來，我以一個詩國信使的身份，一直追隨你。我見過你科舉落榜時的落寞，父親死去時的眼淚，痛飲時的豪情，貧困時的窘迫。我，從未離開過你。」

一股暖流湧上心頭，杜甫又問：「那你為什麼不早些現身？這樣，我無數的孤旅途中，也好有個伴兒。」

「詩國自有規定，我們不干涉詩人的生命。」沙鷗說，「不過，不瞞子美先生，事實上，有一次我確實想現身的，最終還是忍住了。」

「哪一次？」

沙鷗陷入沉默，像是在顧慮什麼，半晌，才幽幽答道：

「長安，戰火。」

04

江夜寂靜，潮平岸闊，杜甫心頭一痛，似乎回到那一年的長安。

那是安史之亂的第二年，大半個中國戰火紛飛，洛陽陷落，長安城破。唐玄宗帶著少數親信和他的楊貴妃逃亡四川，大唐子民一夜之間失去依靠，從開元盛世回到野蠻的戰國，殺戮，燒搶，妻離子散，生靈塗炭。

那一年的杜甫，本來要投靠新皇帝唐肅宗，卻在半路上被安史叛軍俘獲，押赴長安。

在那個圍城裡，杜甫的雄心壯志被擊得粉碎，就是彼時彼地，杜甫寫下了那首流傳千古的五律：

> 國破山河在，城春草木深。
> 感時花濺淚，恨別鳥驚心。
> 烽火連三月，家書抵萬金。
> 白頭搔更短，渾欲不勝簪。

山河破碎，國都被圍，人煙稀少，只有荒草瘋長。杜甫的妻子兒女遠在幾百里之外的鄜州，生死未卜，而他深陷圇圄，只能以詩抒懷。那是他人生的至暗時刻。

杜甫鼻息急促，彷彿那戰火狼煙至今未散。他擦掉眼淚，問那沙鷗：「我當時在枝頭所見的那隻鳥，莫非還是你？」

「杜子美好記性。」

「哈哈哈哈……」杜甫不知道是哭還是在笑，「你當時想要現身，莫不是看我可憐！」

沙鷗說道：「國破家亡，悲痛傷心，這是人之常情，每個詩人都有感懷之作，這不是觸動我的原因。」

「那又是什麼？」

「萬物皆有靈性。山河破碎，我們鳥類也會傷悲，只是常人看不見罷了。而你，杜子美，一個詩人，看見了。你頭髮灰白，稀疏，連簪子都無法佩戴。才四十多歲，卻像個老朽。可是那一刻，我覺得你才是詩人 ── 偉大的詩人，眾生的詩人。」

杜甫將右手一揮，面露羞赧。

「你這鳥兒也喝醉了不成？當時的詩人，如璀璨群星，太白兄豪放無敵，神出鬼沒；王右丞空靈無二，心無旁騖；還有那高適、岑參兄弟，他們的詩，才配偉大二字。」

「沒錯。他們都是好詩人。可是，偉大二字並非人人能用。在石壕村，你想著人民，在咸陽橋，你想著軍人。連你的孩子餓死，你想到的還是眾生。這，才是偉大。」

　　長江嗚咽，半晌無言。許久，杜甫才猛灌兩口酒，拍打船舷，又望向茫茫黑夜，一聲長歎：「是啊，好好的山河，好好的盛世，鐵蹄踏過，就破碎了。人為什麼要打仗呢？」

　　「杜拾遺不必過於悲傷。人為財死，鳥為食亡，我們的世界與你們並沒有區別。甚至，我們也有詩人，牠們在枝頭唱歌，在天空長嘯，在山間哀鳴。只是，常人從沒有多看我們一眼，更沒人會看見我們驚心落淚。」

　　兩行濁淚在杜甫臉上淌下，在微弱的燈光裡閃爍。他又抬起青布寬袖，抹一把眼淚。「你這鳥兒倒是有情，也有趣。可惜，我只不過是一個行將就木的落魄詩人，『偉大』什麼的，於我太遙遠了。」

　　「杜拾遺此言差矣。你看那帝王將相，他們把豐功偉績刻在墓碑上，想要不朽，可是在天下蒼生心裡，那只是一塊石頭。而詩歌，會刻進人們心裡，世代相傳。如你所言，不廢江河萬古流。命運是公平的，生前沒有得到的東西，身後，時間會償還給你。」

　　類似的話，杜甫從王維口中聽說過。在安史之亂的那些年，廟堂政治混亂，江湖生靈塗炭，詩人們日子都不好過。

　　王維一心向佛，不止一次給杜甫這個儒家信徒講過命數。每個人，在時代的滾滾巨輪下都無能為力。

　　安史之亂中，人們賣兒賣女交租稅，而達官貴族尚且嫌肉不好，酒不醇。村莊十室九空，老幼餓死路旁，當兵的死在戰場，連撫卹金都沒有。眾生的痛苦，沒處申訴，大唐開國近一百五十年裡，還不曾有這樣的境況。

　　「戰血流依舊，軍聲動至今」、「路衢唯見哭，城市不聞歌」，每想到這裡，杜甫都心痛難當。

曾幾何時，他的理想是「致君堯舜上，再使風俗淳」，是「整頓乾坤」，如今想來，一個落魄詩人抱持如此宏願，難免顯得可笑。

杜甫輕輕搖頭，自嘲道：「我杜子美，『七齡思即壯，開口詠鳳凰』，我想像鳳凰一樣，志存高遠，遨遊天地，可現在，我只是一粒塵埃。哈哈哈哈……」

杜甫似哭似笑，半瘋半癲。

寂靜的江面，幾隻水鳥驚起，撲棱棱飛向遠方。

「鳳凰非梧桐不止，非練實不食，非醴泉不飲，這不正是杜子美您的品格嗎？只是……」

「只是什麼？」

「只是，世上根本就沒有鳳凰，你不是鳳凰，也不是塵埃，只是一個平凡之軀……像我一樣。」

杜甫連拍船舷，似乎忽然悟出了一生的迷惑：「對對對，很對，我根本不是什麼鳳凰，我只是一隻沙鷗，飄飄蕩蕩，游離世間……待我準備筆墨。」

05

燈光幽暗，杜甫行動遲緩，挪著步子從船艙裡拿出筆墨紙硯。

他尖尖的下巴上，花白鬍子稀稀疏疏，在江風裡飄散，像一枝大號毛筆。

遠處，夜空繁星點點，垂於天際。江面上，月亮的倒影隨著波浪

湧起。山野蒼茫，而自己如同天地間的一隻沙鷗。

　　於是，他提筆寫出四個大字 —— 《旅夜書懷》，運筆如飛，似有神助：

> 細草微風岸，危檣獨夜舟。
> 星垂平野闊，月湧大江流。
> 名豈文章著，官應老病休。
> 飄飄何所似，天地一沙鷗。

　　那沙鷗繞著杜甫盤旋往復，拍打翅膀。「不愧是杜子美啊，詩國又多了一首傑作。不過，我更為你高興的是，你終於放下了，開始面對自己。」

　　杜甫久久沒有說話，他的思緒還留在浩瀚的星空和無盡的江流。一個懷抱偉大理想的人，最怕的不是失敗，而是發現那失敗早已註定。

　　從神鳥鳳凰，到「驍騰有如此，萬里可橫行」的駿馬，到「何當擊凡鳥，毛血灑平蕪」的蒼鷹，哪怕之前他眼中的白鷗，也是「白鷗沒浩蕩，萬里誰能馴？」

　　杜甫，天生驕傲。

　　可是此刻，面對無情的時間，面對殘酷的現實，杜甫驀然發現，他的詩歌並不能給他世俗的功名，「整頓乾坤」更像癡人說夢，他服老了。

　　良久，杜甫緩緩說道：「也罷，世道艱難，命運難違，或許詩國才是我的歸宿。」

　　聽杜甫這話，那沙鷗一時興奮起來。「詩國供奉詩人，才思、情

思，缺一不可。以杜拾遺如此神工大筆，在詩國，必然光芒懸日月，受萬人敬仰啊！」

杜甫心情舒暢許多，又想到了什麼，問道：「在詩國的，都有誰？」

那沙鷗搧動翅膀，在船舷上跳動幾下，穩住身子。「屈原、陶潛、李太白……」

聽到太白兄的名字，杜甫頓時興奮，忙問道：「是不是所有詩人都在？」

「是的。只是在詩國，詩人的魂魄，都是一個個光點，小的如螢火，大的，如太陽。」

「如何去詩國？」杜甫急切問道。

沙鷗一時啞口，似有難言隱情，在杜甫多次追問下，才緩緩道來：「每個詩人，都有一縷詩魂。詩魂縹緲無形，極易流散。它不可歸於長江，那樣會流入大海，泯滅外邦，不知所蹤。也不可埋於高山，那樣會禁錮一處，困守牢籠，無法潤澤後世。」

「你這鳥兒，囉哩囉唆，有話直說。」

「凡進入詩國者，不留軀體，只取詩魂。」

…………

一團烏雲緩緩移動，遮住月光，幾隻烏鴉長鳴幾聲劃過江面。杜甫明白了。

自他離開成都，身體每況愈下，牙齒脫落，眼花了，半耳聾。左臂疼痛僵硬，一喝酒更痛苦萬分，有醫者說是消渴症。他還有肺病。

杜甫早就想過會有這一天，只是沒想過，自己會在這個暮春的

夜晚，跟一隻鳥兒談論。沉默半晌，杜甫莊重問道：「詩國入口在哪裡？」

沙鷗拍打翅膀，再次如離弦之箭飛起，繞杜甫頭頂來回盤旋，不知道是激動，還是悲痛。待牠緩緩落下，才鄭重吐出兩個字：「洞庭。」

杜甫聽罷，又哈哈大笑起來。酒壺空了，他跑到船艙，又拎出一壺。

他在船頭手舞足蹈，且吟且唱，把小船踩得左搖右晃。他已經好久沒有這樣暢快地笑過了。

那一晚，杜甫吟唱了一夜的詩，有些是他自己的，有些是李太白的，更多的詩，屬於一個叫屈原的古人。

06

不知不覺，天已大亮。

杜甫揉揉昏花的老眼，從船頭爬起來，不小心踢到甲板上幾個空酒壺，幾本詩卷橫七豎八，在晨風中嘩嘩作響。

昨夜的一切似乎歷歷在目，可現在想起來，又感到匪夷所思，一時間，杜甫分不清那只雪白的沙鷗，是夢境還是現實。

拖著疼痛的身體，杜甫弓起腰，手扶甲板，慢慢整理凌亂的小船。詩卷一本本收好，酒壺一個個擺放整齊，筆墨紙硯裝進袋子。突然，在船舷下的角落，他發現一根雪白的羽毛。

拿在手上，再揉揉眼睛，沒錯，就是一根羽毛。

沙鷗的羽毛。

【閱讀提示】

1.史載：杜甫晚年離開成都，在夔州居住兩年，準備北上洛陽。行至潭州（今湖南長沙）遇到戰亂和大水，困於潭州，後在湘江一條破船上去世，時年五十九歲。

家人將靈柩運往岳陽安葬。四十多年後，杜甫之孫杜嗣業才將祖父棺槨遷往洛陽偃師縣，葬於杜審言墓旁。

湘江屬洞庭湖水系，岳陽在洞庭湖之濱，宋人有詩：

水與汨羅接，天心深有存。

遠移工部①死，來伴大夫②魂。

流落同千古，風騷共一源。

江山不受吊，寒日下西原。

2.《旅夜書懷》創作時間為西元765年，而《登高》應為西元767年，本文依據兩首詩的含意及意境，為貼合虛構故事，故打亂其順序。

---

①工部：杜甫曾任工部員外郎。
②大夫：三閭大夫，指屈原。

劉禹錫：有本事你來咬我呀

以前我的生活裡只有詩，
現在倒是詩和遠方都有了……

我是個詩人。

我的詩，你們都聽說過，但關於我的一生，你們瞭解得還不夠。

我現在老了，每天在洛陽的別墅裡曬太陽，衣食無憂，朝廷給我的退休金足夠我養老。

閒著也是閒著，就跟你們嘮十塊錢的吧。

(01)

我爸中年得子，有了我。

他是個文化人，認為我是上天賜給他的，就翻遍古書，給我取了名，叫劉禹錫。

這倆字大有來頭，取自「禹錫玄圭，告厥成功」，意思是堯帝為了表彰水利工程師大禹同志，賜給他一塊玉圭。在上古時代，漢字還有bug，錫，就是賜的意思。

後來我出名了，有個堂弟，竟然就取名「劉禹銅」。唉，沒文化，真可怕。所以導致很多人說我家裡是開礦的。你才是開礦的，你們全

家都是開礦的！

　　小時候，我勤學好問，提的一些問題，老師都回答不上來。媽媽從不擔心我的學習，只是老師們總是打著給我減負的旗號，實際上是給自己減負。

02

　　西元793年，我二十二歲。

　　我參加了公務員考試。從考場出來的那一刻，我點了一根菸，知道這事成了，我中了進士。

　　什麼？你不知道二十二歲中進士有多厲害？

　　那我告訴你，進士很難考，每年全國才錄取二三十個。有句話是「三十老明經，五十少進士」，明經考的是記憶力，不難，三十歲考上，就算老的了。進士考的是創造力，五十歲考上，也算年輕的。有的人都當爺爺了，還在考。

　　我有個死黨叫白居易，別看他寫了「離離原上草，一歲一枯榮」那麼厲害，還不是二十七歲才考上！他還連續刷了半個月的朋友圈顯擺：「慈恩塔下題名處，十七人中最少年。」

　　這廝，二十七歲還敢自稱少年，臉皮比少年怒馬還厚！

　　我二十二歲就考上了，只是我低調，我不說。

　　因為我的夢想，從來就不是當一個公務員。我的夢想，是大唐夢，是重現盛唐榮光。

03

李唐皇帝們太不靠譜，對外管不住藩鎮，對內管不住太監。我著急呀。

我必須做點什麼，才能不辜負「禹錫」這個名字。

要做大事，就得找團隊。

幸好，我不是一個人在戰鬥。跟我同一年考中進士的，有個叫柳宗元的兄弟，人靠譜，講義氣，文章也寫得好。我們經常一起喝酒擼串，到處交朋友，後來認識了韓愈、元稹，當然，還有白居易。

他們都很有才，也有夢想。跟當時很多只想做官發財的人比，我們不一樣。

但有一點是一樣的，我們都做著小公務員，為生活忙忙碌碌。

每個人都有命中的貴人，做了幾年公務員後，我遇到了我的貴人，他叫王叔文。

你不知道這個名字我不怪你，因為我倆認識沒兩年，他就死了。

04

那是一段令人傷心的往事。那一年，我三十二歲。

我的文章總在朋友圈刷屏。某天晚上，我正要睡覺，收到一條訊息：「在下王叔文，求通過。」當時我並不認識他，粉絲太多了，加不

過來，就沒搭理他。

半炷香時間，又發來訊息：「太子侍讀，王叔文。」

啥叫侍讀？可不僅是服侍讀書，那是個官職，負責給太子授書講學的。將來太子繼位，他就是「帝王師」。李白、杜甫等前輩的終極夢想，就是這個崗位。

幸運女神在向我招手，機不可失。

在王叔文那裡，我又結識了很多大咖。比如翰林學士韋執誼、長安市長韋夏卿（他有個女兒叫韋叢，很漂亮，後來嫁給了元稹）。

還有個大叔，叫令狐楚，位高權重。多年以後他收了個學生，叫李商隱。

還有個叫牛僧孺的小兄弟，當時他還是無名之輩，沒想到之後因政治才華爆棚，跟李德裕互黑幾十年，史稱「牛李黨爭」。

當然，這都是後來的事了。

幾年後，我們終於等來了機會，先皇駕崩，太子繼位，就是唐順宗。我們風光一時。

但唐順宗一點也不順，我們風光也真的是一時。因為順宗剛繼位，就得了風疾，幾個月後被迫退位，次年就死了。

我一定是哪裡得罪了幸運女神。

新皇帝繼位，是唐憲宗。

唐憲宗對我們這幫人恨之入骨，御筆一揮，我們倒楣。

王叔文被賜死，王伾死得莫名其妙；我和柳宗元、韋執誼等八個人被發配到偏遠地區當司馬（司馬聽起來厲害，其實就是個小小的治安官）。這就是「二王八司馬」事件。

憲宗為了關照我們，還特意加上一條「縱逢恩赦，不得量移」。意

思是，就算朝廷大赦天下，也沒我們的份。

唉，李白那樣的狗屎運，我是等不到了。

我們的革新行動，只持續了一百四十六天，那一年是永貞元年，史稱：「永貞革新」。

我先被貶到連州，後來改到朗州；柳宗元兄弟被貶到永州、柳州。都太遠了。

以前我的生活裡只有詩，現在倒是詩和遠方都有了……有些人那麼嚮往詩和遠方，我真想不通。

05

其他朋友也好不到哪裡去。沒過多久，韓愈大哥因為一篇熱文，揭露旱災，被貶；元稹兄弟因為跟太監爭酒店大床房，被貶；白居易因為越級上書，也被貶。

官場套路太深，只有靠阿諛奉承才能苟活。

但我們不一樣。

不就是被貶嗎？老子不能認，我要用詩回擊他們：

> 自古逢秋悲寂寥，我言秋日勝春朝。
> 晴空一鶴排雲上，便引詩情到碧霄。

誰說秋天就該哭哭啼啼，沒看到秋高氣爽嗎？！

在被貶的日子裡，我上完班就跟朋友飲酒寫詩、遊山玩水，爽。

這樣的日子，一晃就是十年。

俗話說，時間是一把殺豬刀。這十年，朝廷內部鬥來鬥去，很多豬被殺了。

那些人蠢得要命，該死。

我們，終於等來了平反的消息。

那天真是個好日子，我走在朱雀大街上，春風拂面。長安，我又回來了。

聽說我重出江湖，老友們很高興，約我一起去看花。

長安城南，玄都觀，觀裡桃花朵朵開。十年前我叱吒長安的時候，那些桃樹還沒有栽下，那些只會阿諛奉承的得勢小人，還不知道在哪裡，這會兒都人模狗樣的。

好吧，老夫忍不住詩興大發：

《元和十年自朗州承召至京，戲贈看花諸君子》
紫陌紅塵拂面來，無人不道看花回。
玄都觀裡桃千樹，盡是劉郎去後栽。

我就是鄙視你們，怎麼著？有本事你來咬我呀。

然後……我真的就被咬了。

他們馬上向皇帝打我的小報告，說我諷刺朝廷新貴。又一道聖旨下來，我們哥幾個屁股還沒暖熱，又要被發配。

06

十年啊！我們等了十年，等來了第二輪發配。這次更狠，朝廷的原則是，有多遠滾多遠。

我成了頭號打擊對象，要把我貶到播州（今屬貴州），真黑呀。

危難之際，柳宗元兄弟念及我老媽年事已高，怕我到時候奔喪都來不及，就伸出了援手，要用他的柳州換我的播州。夠義氣，好兄弟。

但我怎麼忍心！後來經過活動，我去了連州。

我沒事，不就是再次被貶嗎？大不了，一輩子不踏進長安。只是宗元兄弟有點扛不住了，動不動就找我傾訴：

十年憔悴到秦京，誰料翻為嶺外行。

…………

今朝不用臨河別，垂淚千行便濯纓。

不只找我，還喜歡@其他幾個難兄難弟：

《登柳州城樓寄漳、汀、封、連四州》

城上高樓接大荒，海天愁思正茫茫。

驚風亂颭芙蓉水，密雨斜侵薜荔牆。

嶺樹重遮千里目，江流曲似九迴腸。

共來百越文身地，猶自音書滯一鄉。

登上高樓，滿目荒涼。狂風暴雨，摧花折草。嶺南千里路，就像我的九曲愁腸。咱們一幫兄弟，被貶到這些喜歡紋身的蠻荒之地，連個E-Mail都發不了呀。

唉，我只能安慰他了：朋友別哭，要相信自己的路。

可是幾年後，宗元兄弟還是沒了。我很傷心，推掉一切事務，跑去給他料理後事。他的小兒子還年幼，我就帶回家幫他撫養了，視如己出。

我這輩子，唯一對不住的，就是宗元兄弟。

那幾年裡，我一直被調來調去，從連州又被調到夔州、和州。

我拿著芝麻官的錢，操著宰相的心。

誰都看得出來，大唐的輝煌快要一去不返了，那些人難道看不出來嗎？還是在裝睡？

我從夔州順江而下，想起了很多事情，歷史從來不曾遠去，一直在重演。路過鄂州，我看到了西塞山。五百年前，那是西晉大將王濬出征的地方，他帶著十萬水軍開足馬力，直搗金陵。那麼富庶的吳國，就這麼game over了：

王濬樓船下益州，金陵王氣黯然收。
千尋鐵鎖沉江底，一片降幡出石頭。
人世幾回傷往事，山形依舊枕寒流。
今逢四海為家日，故壘蕭蕭蘆荻秋。

寫這首《西塞山懷古》，就是要告訴朝廷，不信抬頭看，蒼天饒過誰。

到了金陵，曾經的富貴之地烏衣巷，現在只剩下小籠包和鴨血粉絲湯的小吃店了：

　　　　　朱雀橋邊野草花，烏衣巷口夕陽斜。
　　　　　舊時王謝堂前燕，飛入尋常百姓家。

這首《烏衣巷》，是送給那些豪門權貴的。王導、謝安比你們厲害吧，現在還不是盡皆塵土了。

這首《臺城》，是送給皇上的：

　　　　　臺城六代競豪華，結綺臨春事最奢。
　　　　　萬戶千門成野草，只緣一曲後庭花。

陳後主的臺城皇宮那麼壯觀，結綺閣和臨春閣雙子座那麼奢華，現在連一片瓦都找不到了。

你們啊，就作吧。

就這樣，又過了十三年，我收到了平反的詔書。

長安，我又回來了。

07

巴山楚水淒涼地，少年子弟江湖老。當時，我已經五十七歲了。

那些年，朝廷就像個菜市場，光皇帝都換了五個，當年黑我的那些人，也不知道哪兒去了。

我又去了玄都觀，繞了幾圈，也沒看見一棵桃樹。

一切風光，總有落幕的一天。我又禁不住詩興大發：

《再游玄都觀》

百畝庭中半是苔，桃花淨盡菜花開。

種桃道士歸何處？前度劉郎今又來。

老子又回來啦，有本事你來咬我呀！

然後……我又被咬了。

本來，皇帝賜我紫袍、金魚袋，是想讓我做翰林學士的，給皇帝出謀劃策、起草詔書。沒承想，又有小人拿詩說事，打我的小報告。最後，把我調往洛陽，給了一個分管文化的閒差。

也罷，人老了，圖個清淨，老子不跟你們玩了還不行嗎？況且白居易還在洛陽等著我呢。

想想我這一生，三十歲烈火烹油，指點江山，然後卻是二十三年的貶謫生涯。人生真像一盒巧克力呀。

如果你還不知道我在說什麼，就讀讀白居易給我寫的詩吧：

《醉贈劉二十八使君》

為我引杯添酒飲，與君把箸擊盤歌。

詩稱國手徒為爾，命壓人頭不奈何。

舉眼風光長寂寞，滿朝官職獨蹉跎。

亦知合被才名折，二十三年折太多。

他那天喝醉了，話多，但說的都對。命壓人頭，我還能怎麼辦？武元衡這樣的大軍區司令都被咔嚓了，我一介書生還能咋的？

我信這都是命，但我終究沒有低頭。我未能改變世界，但我做到了不被世界改變。

只是，二十三年，實在太長了。

知我者，老白也。

每個詩人都有封號，比如詩仙、詩聖、詩佛。我的封號是白居易封的，朋友們都說，我性格倔強，九頭牛都拉不回來，寫的詩也很牛，要封我為「詩牛」。白居易這廝特小氣，嫉妒我，就給我封了「詩豪」。

不過，名字都是浮雲，湊合用吧。

現在的我，在洛陽養老。回首一生，雖然「二十三年棄置身」，但我「暫憑杯酒長精神」。

老兵不死，只是慢慢凋零。再見了，江湖。再見了，官場。

好了，白居易和小蠻來啦，就聊到這裡吧。

薛濤：一個女詩人的復仇

讓一個女人失去愛情，
比讓一個軍閥失去權力
更加危險。

多年以後，白居易每次來到元稹墓前，都會重複一句人生教訓：
讓一個女人失去愛情，比讓一個軍閥失去權力更加危險。

$$01$$

西元815年，深秋。

大唐超級網紅白居易，已被貶為江州司馬，這是個閒差，沒有
實權。

那天傍晚，潯陽江畔，白居易送一個朋友遠行，二人船頭對飲。
分別之際，附近一艘畫船裡忽然飄來琵琶聲，曲調很熟悉，一聽就知
道是京城才有的名曲。

送走朋友，白居易迫不及待登上畫船。在這個孤獨的異鄉秋夜，
沒有比一曲琵琶更能消愁的了。

見有客來，夥計手腳麻利，船頭小方桌上，已添酒上菜。船艙用
竹簾隔開，微弱光線下，一個姑娘若隱若現。

有酒有歌有美女，此情此景，怎能少了詩？

　　白居易兩眼盯著竹簾，歪頭一笑：「敢問姑娘，可有紙筆？」

　　只聽手指掃過琴弦，一個嬌媚的女聲：「大人既是詩人，何不自備？」

　　白居易笑了，只這一句，可知這個女人不俗。他興致更高了：「姑娘好大的膽，竟敢私奏《霓裳羽衣曲》。」

　　「不奏此曲，怎能引得大人上船？」

　　「朝廷教坊大曲，私奏可是要殺頭的。」

　　竹簾依舊，語氣如常：「我只是彈了貴妃的曲子，而有的人，卻寫了貴妃的八卦。要殺頭，也有墊背的。」

　　白居易又驚又喜：「你，認識我？」

　　「唱曲彈詞的，誰不知道你白樂天。」

　　說著，姑娘遞過來一疊紙。

　　那紙既不是民間常用的白色，也非公文常用的黃色，而是略帶粉紅。湊近鼻子一聞，還有淡淡的芙蓉花香。

　　白居易是識貨的。這種紙工藝複雜，加入各種花瓣，乃是川蜀第一才女薛濤發明，人稱「薛濤箋」，是紙中極品，只在上流文人雅士間流傳。

　　一個江湖賣唱的歌女怎麼會有？他更驚訝了：「你怎麼會有薛濤箋？」

　　竹簾再次撩開一條縫，一隻素手遞出毛筆：

　　「本姑娘正是薛濤。」

02

白居易有點不敢相信。

薛濤詩才過人，英氣不輸男子，是川蜀歌伎界的當家花旦。大唐詩人和達官貴人凡去成都，「見薛濤」永遠在行程之內。

幾年前，他就從好友元稹那裡聽說過薛濤。元稹風流倜儻，閱女無數，卻唯獨對薛濤念念不忘，一個勁地炫耀性誇獎。看得出來，元稹在薛濤那裡，不僅留下了詩文，也留下了魂兒。

二人的愛情故事，早已是文壇公開的秘密。

只是，成都到江州千里之遙，薛濤是為何而來？又為何偏偏被他遇見？怎會有如此巧合？

「薛姑娘知道我在這裡，想必不是偶然路過，莫非，有事找我？」

「確有一事。」

「哦？說來聽聽。」

「白大人既是因琴聲上船，何不我作歌，你作詩，我們邊唱邊聊？」

白居易哈哈大笑：「如此，甚好。」他徑直走向船艙，掀開竹簾。

在他面前，是一張難以形容、乾淨樸素的美人面，與他見過的所有歌女都不一樣。這張臉上，有詩文滋養的光彩。

「果然才貌雙美，元稹老弟豔福不淺。」

薛濤沒有放下琵琶，她微微抬頭，神情語氣依然如謎：「白大人過獎。可惜有人得福，而不知福；有人得禍，而不知禍。」

白居易更加迷惑，可還沒等他說話，薛濤便撥動了琴弦。

　　琴聲低沉，如泣如訴。他頓時起了憂傷，提起筆，開始寫：

> 潯陽江頭夜送客，楓葉荻花秋瑟瑟。
> 主人下馬客在船，舉酒欲飲無管弦。
> 醉不成歡慘將別，別時茫茫江浸月。
> 忽聞水上琵琶聲，主人忘歸客不發。
> …………
> 千呼萬喚始出來，猶抱琵琶半遮面。
> 轉軸撥弦三兩聲，未成曲調先有情。

　　一曲終了，薛濤瞄向白居易面前的詩句：「都說大人當今第一詩才，今日領教，果不虛傳。」

　　「詩，我已開寫，方才說有人得禍，不知何解？」

　　「大人因何貶此江州？」

　　「一言難盡。你一介女流，說了你也不懂。」

　　「所以說，你不知禍。」

　　白居易臉上，已經全無笑容，只有更多的迷惑。「莫非，你知道武元衡案？」

　　「正為此而來。」

　　許久，白居易沒有接話。

　　外頭明月高掛，水面銀光閃爍。一束月光透過竹簾，照在他四十四歲的臉上，顯得格外慘白。

　　他把杯中酒一口喝下，望向窗外，思緒回到了幾個月前 —— 那

個恐怖的夏日凌晨。

03

　　彼時，大唐帝國朝內宦官干政，驕橫空前；朝外藩鎮割據，公然跟朝廷對抗。更為棘手的是，宦官集團與藩鎮勢力早已暗中勾結。而文武百官分為兩派，一派主張委曲求全，縱容藩鎮「獨立」，一派主張大兵開拔，收拾這些不聽話的小弟。

　　在主戰派裡，職位最高、態度最堅決的人，就是當朝宰相武元衡。

　　那天晚上，一天的朝堂喧囂總算消散了，長安月色如洗。武元衡在院子裡池台邊徜徉賞月。唉，如果這清風明月、美景良辰不會逝去該多好啊。他提起筆，寫了一首短詩：

> 夜久喧暫息，池台惟月明。
> 無因駐清景，日出事還生。

　　意思是：夜深了，喧囂散去，池台明月如此美好。可惜我不能留住這美景，天一亮，又得去面對那一堆糟心的公務。

　　然而，這位深謀遠慮的帝國宰相怎麼也想不到，他已經沒有機會看到明天的日出了。

　　五更時分，武元衡和往常一樣，騎上馬出了相府。他的前面是一

名騎馬侍衛手持燈籠開路，後面四名僕人跟隨。此時的長安城還在沉
睡，大街上，除了負責宵禁的治安兵，只有上早朝的大唐官員。

一行人緩緩前行，走過筆直的街道，來到了靖安坊。

突然「嗖」的一聲，侍衛手中的燈籠應聲熄滅。武元衡是武將
出身，這聲音他太熟悉了，是白羽箭離弦的聲音。可是還沒等他反應
過來，嗖嗖嗖，又幾支箭一齊射來。侍衛從馬上一頭栽下，武元衡只
感到腿部一陣劇痛，五個黑影從旁邊飛出，奔他而來。後面的四名隨
從，兩個倒在地上，另外兩個見勢不妙，扔下燈籠拔腿就跑。

刀槍棍棒同時向武元衡襲來，他毫無還手之力。黑影中的一個，
手持大刀狠狠砍下，武元衡人頭落地。

而同一時刻，在不遠處的通化坊，一位叫裴度的御史中丞也遭遇
了同樣的襲擊。只是裴度比較幸運，因他的藤條帽子擋了一刀，等到
了治安官兵，撿回一條命。

血腥之氣彌漫長安，滿朝驚駭。

在唐憲宗主持的案情分析大會上，很多官員不敢吭聲。大家都知
道，他們在朝堂上所說的每個字，第二天就會傳到各個藩鎮。於是，
又是一片議和之聲，勸皇帝對藩鎮好生安撫，以換取帝國的和平（和
自己的身家性命）。

這時，一個小言官站了出來，他言辭激烈，慷慨陳詞：「我煌
煌大唐，竟然連自己的宰相都保護不了，全屍都沒留下，這何止是謀
殺，是對我大唐的羞辱！」

這個小言官，就是白居易。

鮮
衣
怒
馬
少年时
壹

$$04$$

又一陣琵琶聲，把白居易的思緒拉回船艙。

「白大人可知，你為何會被貶到這裡？」薛濤手壓琴弦。

「先說我越級進言，又給我扣了個不孝的罪名，可能朝廷真的不敢惹藩鎮吧。」白居易聲音低沉。

「你黑朝廷不是一天兩天了，打你小報告的信都有好幾抽屜，而皇上從未降罪於你，又怎麼會因不孝貶你的職？」

「皇上套路太深，我猜不透。」

「大人有沒有想過，皇上其實是在保護你？」

白居易又是一臉迷惑：「此話怎講？」

「大人說要發兵藩鎮，可這八方藩鎮，相互勾連。兇手不明，怎麼打？」

「這個我知道，但總不能什麼都不做吧。」

「不是不做，而是秘密地做。在發兵之前，讓大人您這樣的復仇派退出朝堂，才能讓真凶放鬆警惕。」

白居易臉上有了一種恍然大悟的神情，可突然他似乎想起了什麼：「這些都是誰告訴你的？」

「這殺頭的事，除了你的死黨元稹，還能有誰？」說著，薛濤把一張紙遞給白居易。

那是一首元稹的詩：

《聞樂天左降江州司馬》

殘燈無焰影幢幢，此夕聞君謫九江。

垂死病中驚坐起，暗風吹雨入寒窗。

「白大人被貶江州，元稹很擔憂，『垂死病中驚坐起』，這個挨千刀的，對我，都沒有這麼上心。」

白居易「嘿嘿」笑了，元稹果然是好兄弟啊。「我自從被貶江州，這裡突然多了一些可疑的人、敏感的事，從不敢書信傳達。今日多謝薛姑娘告知。」

「大人不必謝我，我反要謝大人。」

「哦？這又是為什麼？」

「為一個人。」

「元稹？」

薛濤沒有回答，她指指桌上的筆，又彈起了琵琶。白居易會意，在「六么」的曲調中，繼續寫：

弦弦掩抑聲聲思，似訴平生不得志。

低眉信手續續彈，說盡心中無限事。

輕攏慢撚抹復挑，初為霓裳後六么。

大弦嘈嘈如急雨，小弦切切如私語。

嘈嘈切切錯雜彈，大珠小珠落玉盤。

間關鶯語花底滑，幽咽泉流冰下難。

一曲又終，白居易擱下筆說：「元稹雖然風流，但還是思念

你的。」

「白大人，我雖然受他所托來見你，但並非為他。」

「那是為誰？」

薛濤略微遲疑，說出三個字：「武元衡。」

「這麼說，你跟武元衡有……」

沒等白居易說出後半句，薛濤打斷了他的話：「武元衡對我，有恩情。」

「什麼恩情？」

「知遇之恩，贖身之情。」

「哦？願聞其詳。」

05

時光彷彿靜止了。船外偶爾一兩聲烏啼。

船艙燭光搖曳，柔和的光線照在薛濤臉上，有兩顆晶瑩的淚珠落下。她拿起了酒杯說：「數年前在成都，我被流放松州，那裡荒山野嶺，野獸出沒，周圍的臭男人像蒼蠅一樣，當時，想死的心都有。」

「這件事，我聽元稹提起過。」白居易似乎在安慰她。

「直到有一天，武元衡來了。他是新上任的西川節度使。我想做最後一次努力，就給他寫了一首詩。我想，如果他能救我於危難，我會感激他一輩子的。」

這首詩是《罰赴邊上武相公》：

按巒嶺頭寒復寒，微風細雨徹心肝。

但得放兒歸舍去，山水屏風永不看。

「後來呢？」

「後來，武大人真的給我回信了。他寫道：『上客徹瑤瑟，美人傷蕙心。會因南國使，得放海雲深。』我又回到了成都，他不但要幫我脫離樂籍，還上書朝廷，要讓我做女校書。」

「女人做校書？這可是我大唐從來沒有的事啊。」

「是啊。當時我就想，如果他願意，我願以身相許。只是沒想到，武大人不久就被調往長安，我們有緣無分。」

「我明白了，武元衡被殺，激起了你的復仇之心。」

「凡做壞事，皆有代價。」

白居易忽然乾笑了幾聲，說：「朝廷都不敢復仇，你一個女子，還是彈你的琴，寫你的詩吧。」

「那是因為，朝廷還沒找到凶手。」

「難道……你知情？」

06

「是元稹告訴我的。」

薛濤換掉燃燒盡的蠟燭，也喝了一杯酒，接著說：「他現在也是被貶之人，得知你因此事貶到江州，特有一事，讓我告訴你。」

白居易揉了揉眼睛，等著下面的話。

「那是事發前一個月，元稹出差，下榻敷水驛站。那天夜裡，他買酒回來，經過一個房間，透過門縫，無意中看到當朝大太監的貼身總管，正在和一個似曾相識的人低聲說話。」

「這，有什麼異常？」

「本來無異常，只是他們提到了武元衡和裴度。」

「太監不得妄議國事，我就知道這幫人不安好心。」白居易憤憤地說，「那麼，另外那個人是誰呢？」

「元稹當時也沒太在意。他走進自己的房間正準備喝酒，門被一腳踢開，那個太監總管進來了，他大呼小叫，說整個驛站被他們包了，要元稹馬上滾出去。元稹不答應，最後被那群人鞭打了一頓。」

白居易接過話茬：「分明是太監惡人先告狀。」

薛濤似乎沉浸在自己的思路裡，繼續說：「元稹到了通州，越想這事越覺得不對。太監是狠毒，但不蠢，跟一個朝廷命官搶房間，這個理由，有點說不過去。」

「你是說，另有隱情？」

「武元衡遇刺後，大家都在提防藩鎮，元稹突然想起，那晚跟太監總管在一起的人，竟然是尹少卿。」

「成德節度使王承宗的軍師？」

「沒錯，就是他。」

許久，白居易沒有作聲。這個消息足以證明，成德節度使王承宗很可能是凶手之一。甚至，順藤摸瓜，還可能找到宦官集團的實錘。

薛濤的琵琶聲再次響起。這次的曲子跟前面截然不同，節奏極快，音調清脆，不時有彈、挑、勾、掃等手法，時而如銀瓶碎地，時而如萬馬行軍，時而又像一塊帛被瞬間撕裂。

白居易蘸滿墨汁，繼續寫那首長詩：

> 冰泉冷澀弦凝絕，凝絕不通聲暫歇。
> 別有幽愁暗恨生，此時無聲勝有聲。
> 銀瓶乍破水漿迸，鐵騎突出刀槍鳴。
> 曲終收撥當心畫，四弦一聲如裂帛。
> …………

07

月已西斜，四周更安靜了。

江風透窗而入，帶來潮濕的寒意。船頭的夥計，已經有了均勻的鼾聲，二人又加了酒，興致不減。

白居易先開口：「我有辦法把消息傳給皇上，半個月後，有個可靠的人……」

他還沒說完，薛濤已經打斷：「我相信白大人可以辦到，後面的事，我就不必知道了。」

「那，咱們聊點別的？」

「人人都說，白大人風流倜儻，怎麼對我的身世一點也不好奇，看來我真的老了。」

白居易臉上的嚴肅表情消失了，氣氛開始輕鬆起來。他說：「薛姑娘哪裡話。來，說說你吧，不然這詩的下半段還真不好寫。」

「我本是長安人，父親是個小官，後來被調往成都，舉家搬遷。本來，我也應該像普通女子那樣，吟詩習字，長大找一個良人嫁了。」說到這裡，薛濤停頓了一下，面露憂色。

「後來呢？」

「幾年後，父親突然去世，我們全家失去了依靠。那年，我才十二歲。」

白居易遞上一方絹帕，靜靜地聽著。

薛濤的聲音帶著哽咽：「那年起，我進了教坊。練琴、習詩、歌舞，淨是討好男人的本事。酒席歌筵，我們作陪，如同男人的玩物。」

聽到這裡，白居易擦了一下額頭。

「可即便這樣，姐妹們還相互輕視，鉤心鬥角。每次教坊賽藝，我都是頭籌，受人嫉妒。唉，女人何苦為難女人。後來年齡漸長，幾個好姐妹，有的做了別人的侍妾，有的流落青樓，還有的嫁了小商販。而我，孤獨至今。」

薛濤聲音哀婉，令白居易也不禁傷感起來，他揉了一下朦朧淚眼，繼續寫：

自言本是京城女，家在蝦蟆陵下住。

十三學得琵琶成，名屬教坊第一部。

…………

今年歡笑復明年，秋月春風等閒度。

弟走從軍阿姨死，暮去朝來顏色故。

門前冷落鞍馬稀，老大嫁作商人婦。

商人重利輕別離，前月浮梁買茶去。

…………

我聞琵琶已嘆息，又聞此語重唧唧。

同是天涯淪落人，相逢何必曾相識！

…………

悽悽不似向前聲，滿座重聞皆掩泣。

座中泣下誰最多？江州司馬青衫濕。

　　寫到這裡，他自然而然想到元稹。這傢伙只說薛濤才貌雙全，沒承想，她竟有如此坎坷的身世。

　　他想安慰她：「薛姑娘，其實……元稹對你是真感情。」

　　薛濤乾笑了一聲，語氣中有怨恨：「是呀，他感情很真……對許多女人都真。」

　　「是是是，回頭我幫你教訓他。」白居易面露一絲尷尬。

　　詩已經寫完，他又重新讀了一遍，沒有涉及今天的敏感話題，也改了薛濤的身份，就算這首詩像他的《長恨歌》一樣紅遍大唐，也沒人會知道主角是誰，更不會知道在這個異鄉的夜晚，他們都談了什麼。

　　嗯，沒有疏漏，堪稱完美。他把筆尖放在詩頭，鄭重地寫上三個

字：琵琶行。然後慢慢卷起詩稿，遞給薛濤。

「白某榮幸，今日終於為薛姑娘寫了一首詩。」

薛濤接過詩卷，又是一個神秘的微笑。「不，白大人，是第二首。」

白居易滿心疑惑：「薛姑娘何出此言？」

「還記得您的這首詩嗎？」說著，薛濤從袖中拿出了一張紙。

白居易接過來一看，頓時一陣緊張。那竟是兩年前，他在酒後幫元稹寫的「分手詩」。

08

彼時，薛濤在成都苦苦等待，而元稹處處留情，只哄新人笑，不聞舊人哭。薛濤寄來的情詩一封接一封，而元稹則不勝其擾。白居易大筆一揮，哥來幫你。

於是，他竟然以元稹朋友的身份，給未曾見過面的薛濤，寫了一首詩：

> 峨眉山勢接雲霓，欲逐劉郎此路迷。
> 若似劍中容易到，春風猶隔武陵溪。

意思是：你在那麼遠的成都，要撩元稹，此路不通啊姑娘。就算是十里春風，想吹到他所在的劍中，中間還隔著迷宮一樣的桃花源呢。

　　寫這首《與薛濤》本來只是意氣用事，交給驛站的公差後，白居易就把它忘了。沒想到，這詩薛濤竟一直留著。

　　如果沒有這白紙黑字，他一定不會承認。只是現在，尤其在聽完薛濤的經歷後，他只覺得一陣愧疚。在她苦苦等待元稹的日子裡，這首詩無疑給她雪上又加了一層霜。

　　船內不覺間漸漸明亮。外面傳來漁夫悠揚的漁歌，天已經亮了。

　　白居易整理一下倦容，說：「那都是酒後醉言，薛姑娘千萬別當真。」

　　「酒後醉言？這話白大人還是留著給元稹說吧。」

　　白居易臉上出現了更大的問號：「給元稹說？什麼意思？」

　　薛濤微微一笑：「白大人是聰明人，想想看，你我孤男寡女，在船艙共度一夜。要是被元稹知道了……」

　　說著，她揚起手中那首新鮮出爐的《琵琶行》。

　　白居易頓時睡意全無。他諷刺時政，被人說不忠；他母親去世，朝廷以不孝治罪。元稹是他最好的朋友，如果經薛濤演繹一番，他就會又多一項罪名──不義。

　　再說，他更不願失去元稹這個朋友。

　　「薛姑娘，你到底要鬧哪樣？」

　　薛濤完全沒了剛才的溫婉態度，笑聲比外面的漁歌還嘹亮，她再次揚起那首《琵琶行》：「你拆散我倆，我也要拆散你倆！」

【閱讀提示】

　　本文將薛濤設定為《琵琶行》中女主角，乃藝術創作，並非史實，
其他歷史細節基本屬實。

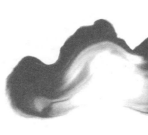

李賀：天若有情天亦老

你可以不喜歡我，
但你永遠不會忽視我。

西元237年，一個深秋的下午。長安中央，破敗的宮院裡西風蕭瑟，黃葉翻飛。

殘垣斷壁之間，幾隻老鼠被一陣腳步聲驚動，四處逃竄。來的是一群魏國的官兵，為首一人是禮官。他帶著五十人的隊伍，穿過垃圾場一樣的廢墟，走到宮殿前門，在一座雕像前停住。

那是一尊純銅的人形雕像。銅人身高三丈，衣袂飄飄，雙手高舉，托著一隻巨大的銅盤。

三個工匠快速爬上施工架，用細沙仔細打磨。斑駁銅鏽一層層褪去，露出金燦燦的黃銅肌理，周身金光，煥然一新。

禮官一聲令下，銅人在兩根粗繩的牽引下轟然倒地。一輛由四匹馬拉的車停在旁邊，在喧鬧的口號聲中，銅人被裝上馬車，咯吱咯吱向門口走去。

突然「啊」的一聲，一個士兵發出一聲尖叫。在西風呼嘯的黃昏，這叫聲讓人毛骨悚然。隊伍前面的禮官快步折回，他想看看，是什麼讓一個久經沙場的老兵如此恐懼。

在老兵的面前，是躺倒的銅人的頭部。他也不禁大吃一驚，寒毛豎立。

他看到，從銅人那被打磨光滑的眼睛裡，竟然流出銀白色的眼淚。如同，融化的鉛水。

——銅人哭了。

（02）

銅人所在的宮殿，取「沒有災殃，長生不老」之意，叫未央宮。

這個銅人，叫金銅仙人，他托舉的銅盤，叫承露盤——用於承接天上的露水。享用露水的人，叫劉徹，曾經的漢武大帝。他相信，常飲露水能夠長生不老。

但他還是在七十歲那年死了。

三百多年過去了，曹丕之子魏明帝曹叡即位，他也想長生不老，就派人把金銅仙人承露盤，從長安搬遷到他在洛陽的宮殿，於是就出現了開頭的一幕。

然而，僅兩年後，三十五歲的魏明帝也死了。

又過去五百多年，歷史來到中唐。唐憲宗也想長生不老，大明宮內有了更多的金銅仙人承露盤。

某天夜裡，皇宮禮部辦公室。一個職位為奉禮郎的九品小官趴在桌子上。白天，他剛剛把十幾個金銅仙人承露盤擦拭了一遍。他覺

得這份工作很可笑，沒有絲毫意義。他知道，皇帝喝再多的露水，也不能長生不老，更不能再創大唐盛世，而大唐的子民還在生死線上掙扎，只能喝露水。

他撥了撥燈芯，拿起毛筆。一首歷史懸疑科幻詩誕生了，名字就叫《金銅仙人辭漢歌》。這首詩初讀有點晦澀，但如果看懂了，就會打開一個奇異的世界：

> 茂陵劉郎秋風客，夜聞馬嘶曉無跡。
> 畫欄桂樹懸秋香，三十六宮土花碧。
> 魏官牽車指千里，東關酸風射眸子。
> 空將漢月出宮門，憶君清淚如鉛水。
> 衰蘭送客咸陽道，天若有情天亦老。
> 攜盤獨出月荒涼，渭城已遠波聲小。

在埋葬劉徹的茂陵裡，晚上會傳出戰馬的嘶鳴聲，天亮就消失。曾經多麼威武的漢武大帝啊，現在卻像秋風一樣成為歷史的塵埃。

未央宮的深秋，桂樹依舊飄香。三十六個宮殿，都長滿了苔蘚。

魏國的官員要把這銅人運到千里之外。長安的寒風吹進銅人的眼睛，令它心酸。

月光之下，銅人孤單地離開了。它思念漢武大帝，流出鉛水一樣的眼淚。

在咸陽古道，只有衰敗的蘭花為它送別。如果蒼天也有感情，也會為之衰老啊。

然而在渭水河畔，銅人被埋進泥土，只有那只承露盤被帶走了。

月色荒涼，長安已遠，渭水的聲音也越來越小。

讀完有什麼感覺？

陵墓裡的戰馬嘶鳴、酸風射進眼珠、鉛水一樣的眼淚、衰敗的蘭花……這樣一幅景象，像不像一個將死之人寫的鬼域？

然而，並不是。

詩寫完，小禮官抬起頭長舒一口氣。油燈下，是一張二十四歲的臉龐。

詩尾署名：李賀。

（03）

一個二十四歲的青年，為什麼會寫這樣的詩句？這要從七八年前說起。

西元806年前後，詩壇發生了很多事：劉禹錫被貶，在廣東搞他的新農村建設；柳宗元被貶，在湖南永州的野地裡採訪捕蛇人；元稹也被貶，正在和他媳婦韋叢話別，並發誓不會愛上別的姑娘；白居易從中央校書郎降級到縣尉，第一次體驗官場險惡；在長安，一個還在吃奶的三歲小孩已開始認字，他叫杜牧……驚豔晚唐的李商隱，這時還沒出生。

那是中唐最黑暗的年代，詩人困頓，詩歌凋零。

在東都洛陽,十七歲的李賀剛剛出道。

他從小體弱,清瘦的臉比他的素衣還要蒼白,眼神略帶憂鬱,有著超越他這個年齡的成熟。

此刻,他從繁華的大街拐進一個胡同,穿過一片牡丹花圃,走進一座宅院。院子不大,站在門口,能聽到正屋的談話聲。

他輕敲三下,開門的人,是他的老師 —— 韓愈。

彼時,韓愈老師是大唐國立大學的博士生導師,官五品。聽起來很厲害,但眾所周知,教師工資一向很低,當時的韓老師也經常吐槽:「冬暖而兒號寒,年豐而妻啼饑。」

堂堂一個教授都這樣了,那他的學生呢?

李賀向韓老師深鞠一躬,走進這間被用作教室的屋子。黑板上寫著八個大字 ——「反對因襲,主張獨創」,是這節課的講義。他們在探討,如何不嚼前人的剩菜,解放思想,走出一條新唐詩之路。此時的李賀還不知道,他走進的這間韓老師大講堂,在日後會成為中唐詩壇的尖子班。

這裡有擅長古文、不把白居易放在眼裡的皇甫湜,有「相思一夜梅花發,忽到窗前疑是君」的盧仝,有「野夫怒見不平處,磨損胸中萬古刀」的劉叉,還有書畫藝術特長生李漢。在最後一排的角落裡,居然還有一個和尚,他穿著皺巴巴的僧袍,誰說話聲太大,他就敲木

魚打斷，他的名字叫賈島。而在黑板的另一端，是一位年紀比韓老師還大的老先生，他是助教，叫孟郊。

多年以後，韓老師的學生組織同學會，都自稱「韓門弟子」——一個比一個貧寒。

當然，那是後話了。

按照慣例，新生報到，要拿一份「見面禮」。

李賀看著老師問：「那首行嗎？」

韓老師點頭微笑：是時候讓學長們見識一下了，請開始你的表演。

李賀走上講臺，他纖細而蒼白的手指，就像粉筆一樣。他不慌不忙，在黑板上寫了五個字：雁門太守行。下面靜下來，有人小聲嘀咕：「又是邊塞，能有點新意嗎？」

李賀沒有吭聲。韓老師向台下微微一笑，眼神彷彿在說：你等著。

第一句出來了：「黑雲壓城城欲摧，甲光向日金鱗開。」

台下還在嘀咕：「有點氣勢，不過，都黑雲壓城了，哪兒來的太陽呀。」

李賀依舊不言，韓愈始終微笑。

第二句出來了：「角聲滿天秋色裡，塞上燕脂凝夜紫。」

當「凝夜紫」寫完，台下似乎凝固了，再沒人嘀咕。

李賀繼續寫：

半卷紅旗臨易水，霜重鼓寒聲不起。

報君黃金臺上意，提攜玉龍為君死！

當「死」字寫完，台下陷入了死寂。片刻之後，掌聲雷鳴，連賈島的木魚聲都聽不見了。

這是怎樣一幅畫面啊！太匪夷所思了，太有新意了，太……無法用語言形容了。他不是在寫詩，而是在用文字畫畫 —— 一幅濃墨重彩的油畫：

在遙遠的戰場，敵軍像黑雲一樣壓倒城牆。而我軍的鎧甲在微弱的日光下，金光閃閃。衝鋒號在秋天的戰場上回蕩，暮色籠罩的土地上，鮮血凝固成紫色。易水河畔，血染的旗幟在飄蕩，濃重的寒霜浸濕戰鼓，鼓聲低沉。我願意報答朝廷的知遇之恩，提著玉龍寶劍，戰死沙場。

什麼是好詩？就是在一個神作輩出、已經氾濫的題材裡，依然能夠有自己的辨識度。你可以不喜歡我，但你永遠不會忽視我。

就邊塞詩而言，這首《雁門太守行》就是這樣的存在。

加入了韓老師的尖子班，是不是就可以人生逆襲了？

李賀也是這麼想的。

在韓愈的推薦下，李賀先參加了洛陽的府試，相當於省考，通過了才能去長安參加國考。李賀信心滿滿：以我的才華，你們就等著洗乾淨手摸我的獎盃吧。

然而，又到了命運上場的時候。

這次的命運，是一項匪夷所思的規定，叫「避諱」。按照當時所謂的「規定」，李賀的爸爸叫李晉肅，「晉」與「進」同音，所以李賀不能考進士。

得意門生受了這樣狗血的委屈，韓老師當然不會袖手旁觀。馬上發文喊冤，他的辯詞很有說服力：老爹名字裡有「晉」不能考進士，如果名字裡有「仁」，是不是兒子不能做人？

就這樣，在韓老師的力爭下，李賀勉強通過府試，得到了去長安科考的機會。

可是沒想到，狗血劇情再一次重演。李賀落榜了，理由還是「晉」與「進」。韓老師乾咳幾聲，苦笑著搖搖頭：「李賀同學，對不起，京城都是大官，老師幫不了你了，斷了高考這條路吧。我給爭取了一個奉禮郎的工作，錢少活多，你願意做嗎？」

李賀很無奈，但只能接受。

所謂奉禮郎，就是禮部的一個跑腿小官，朝廷舉辦各種活動，祭祀、選美、搞演唱會啥的，李賀都得忙前忙後，稍不留意，就會被領導罵。

這就是當時的人才選拔現狀。

韓愈本人，在得到自己這份工作之前考了多少次呢？說出來嚇人，八次。進士考試，考了四次才考中。但考完進士是不能直接安排工作的，還要通過吏部的考試，韓愈又考了四次。李賀的痛苦，沒人比韓愈更能體會。

在那段時間裡，韓愈老師大聲疾呼：「千里馬常有，而伯樂不常有。」如果朝廷不會用人，就是「雖有名馬，只辱於奴隸人之手，駢死

於槽櫪之間」。這樣的呼聲正反映了李賀的心境，他也拿起筆，用一首首寫馬的詩，聲援又高又硬的韓老師，最著名的就是「何當金絡腦，快走踏清秋」。

我這樣的千里馬，為啥沒人用呢？

與此同時，他身體越來越差，開始脫髮，成宿的失眠，數羊也不管用。

又是一個失眠之夜。半睡半醒之間，李賀腦子裡閃過一個個奇異的場景，他夢到自己飛上了天空：

> 老兔寒蟾泣天色，雲樓半開壁斜白。
> 玉輪軋露濕團光，鸞珮相逢桂香陌。
> 黃塵清水三山下，更變千年如走馬。
> 遙望齊州九點煙，一泓海水杯中瀉。

這首詩就跟詩名《夢天》一樣，又是夢，又是天，都是虛無縹緲的意象。

只有兩點，能看出李賀的腦洞已經逆天了。一是他覺得月宮裡不是一隻萌萌噠小兔子，而是一隻老兔，還跟寒蟾在哭，這畫面太詭異了。二是他站在天上往下看，天下九州就是九粒微小的煙塵，而無邊的大海，就是一杯水。

這得有什麼樣的想像力才能夢見。

06

　　這一年，剛過完二十五歲生日。正值青春的年齡，可李賀感覺身體越來越差了。

　　他經常咳血，做噩夢，掛了很多專家號都查不出病因。他這時期寫的詩，讓人不忍卒讀：他每天吃藥，「蟲響燈光薄，宵寒藥氣濃」；他像個垂暮老人，自稱「病骨」，經常「還車載病身」；他骨瘦如柴面無血色，脫髮更加嚴重，「歸來骨薄面無膏，疫氣沖頭鬢莖少」。

　　在他眼裡，世間萬物都蒙著一層悲情色彩：

> 南山何其悲，鬼雨灑空草。
> 長安夜半秋，風前幾人老。

　　還有那首《苦晝短》：

> 飛光飛光，勸爾一杯酒。
> 吾不識青天高，黃地厚，
> 唯見月寒日暖，來煎人壽。

　　在身體病痛和心理鬱結的雙重摧殘下，活著，對他而言已經是一種煎熬。有的時候，他甚至會寫出像恐怖片一樣的詩句：「鬼燈如漆點松花」、「呼星召鬼歆杯盤，山魅食時人森寒」。

　　這就是他「詩鬼」封號的原因之一。

這一年，在朋友的建議下，他辭掉做了三年的奉禮郎，開始養病。他從安徽出發一路南下，去金陵、湖州、杭州，然後繼續向南，去了廣東。之後再經湖南、湖北，回到洛陽西邊的老家。

在廣東，一個羅浮山的朋友送他一匹葛布，那是一種觸感涼爽的布料。他想寫詩表達感謝。一般人無非說「大熱天送我這麼涼爽的布料，太及時了」、「咱倆感情好，我想你了兄弟」等等。但李賀提筆就是：

> 博羅老仙時出洞，千歲石床啼鬼工。
> 蛇毒濃凝洞堂濕，江魚不食銜沙立。

鬼工？啼哭？蛇毒？濃凝？不食？

結合他前後的詩，感覺他這一路行程，就是一個孤魂在遊蕩。我看過很多名家對這首詩的解讀，說實話，我覺得都是在玩拼圖遊戲。我更不知道怎麼解釋。甚至懷疑，他寫這首詩的時候，神經已經錯亂。

那一天還是來了。

西元816年的深秋，二十七歲的李賀，躺在洛陽附近老家的老宅裡，氣若游絲。

蕭瑟的秋風把窗戶紙吹得呼啦啦作響，冷雨飄了進來，黃葉從枝

頭飄落，它們將在泥裡腐爛。時間過得太快了，就像他短暫的一生。

而此刻，他是清醒的。他用最後一絲力氣，寫了生命中最後一首詩，名字很簡單，叫《秋來》：

> 桐風驚心壯士苦，衰燈絡緯啼寒素。
> 誰看青簡一編書，不遣花蟲粉空蠹。
> 思牽今夜腸應直，雨冷香魂吊書客。
> 秋墳鬼唱鮑家詩，恨血千年土中碧。

以前我一直以為，短短幾行詩，是寫不出複雜的悲劇的。現在發現，這得看由誰來寫。

這首詩大致意思是：秋風吹過梧桐，我心裡淒苦。如殘燈將熄，秋蟲哀鳴，我的生命也將到盡頭。我死後，有沒有人來看我寫在竹簡上的詩，別讓它被蛀蟲蛀空。今晚我還留戀這個世界，肝腸寸斷。以後的冷雨夜，有沒有古詩人的靈魂來給我弔唁。他們可以來我墳邊，給我讀讀鮑照的詩，讓我的遺恨之血，在土裡化成碧玉。

我就問你，脊背涼涼嗎？

（08）

李賀的詩，歷朝歷代爭議不斷，有人說他是天才，有人說他瞎寫，連基本的格律都不懂。

詩原本沒有標準。我的觀點是，詩最大的魅力，是能在短短的篇幅內，給人無限的想像空間。

　李賀做到了。他的詩很少有套路，他以匪夷所思的想像力，拋棄以往經驗、拋開前輩教導，在所有人不曾想到的地方，大放異彩。

　想像力，才是第一生產力。

　很巧，唐詩界三大想像力寶座，都讓李家人占完了。李白是天馬行空，腦洞開在天上；李商隱是萬千情絲，腦洞開在人間；而李賀是通靈使者，腦洞在鬼域幻界。

　讀李賀的詩，我總是會想到卡夫卡。二者的文字，一樣的晦澀難懂，一樣善於表達模糊的意象，一樣的孤獨、荒誕、有死亡氣息，一樣不注重寫作規範；甚至，一樣充滿強烈的自傳色彩。

　李賀死後，杜牧給他的詩集作序，其中有「使賀且未死，少加以理，奴僕命《騷》可也」，意思是：如果李賀沒死，稍稍加以磨煉，就可讓《離騷》拜服了。杜大叔說這話時，李賀已經去世，應該不是客套話。

　李賀的小傳，是李商隱寫的。他禁不住感歎：老天為什麼不讓李賀長壽啊？難道天才不僅人間少有，天上也缺嗎？

　一聲長嘆，幾聲唏噓。

　跟王勃一樣，李賀死的時候只有二十七歲，太年輕，太可惜。但他以自己短短的生命，給大唐詩壇留下了一抹凝夜紫般的瑰麗。

　詩人那麼多，李賀無人替代。

　時也，命也。我們不知道臨死那一刻，李賀腦子裡出現了哪一句詩，是「天若有情天亦老」，還是「恨血千年土中碧」？

　或者，只是一句悲歎：蒼天啊，你為何如此無情？

杜牧：朋友，你誤會我了

一切的現實，
都是蒼白的、殘酷的，
只有在詩境裡，
它才是美的。

有人說，被誤會是表達者的宿命。

我不服。我可以不抱怨，但有必要把我的一生捋一捋，不然沒法向喜歡我的朋友們交代。

揚州的青樓生涯，洛陽的歌舞酒宴，湖州的荒誕約會……在很多人看來，我好像啥事也不幹，一輩子光忙著逛夜總會了，就是一坨行走的荷爾蒙。

可事實不是這樣的，至少，這不是全部的我。

哦對了，我叫杜牧。

我出生的時候，大唐詩壇高手如雲。

最有種的是韓愈老師，一篇《御史臺上論天旱人饑狀》針砭時弊，圈了一票精英男粉。

元稹一句「曾經滄海難為水，除卻巫山不是雲」，圈了半個大唐的迷妹。

　　白居易洋洋灑灑，深扒了一篇唐玄宗的八卦，取名《長恨歌》，男女老少通吃。

　　即便那個潦倒的李賀，也以「黑雲壓城城欲摧，甲光向日金鱗開」一戰成名，佔據奇幻詩人頭把交椅。

　　當時六七歲的我，還在長安的一座大宅子裡念書，每當讀到這些猛句，我都忍不住內心的激動，書一合，衝著空蕩的院子大喊一聲：「我也要寫詩！」

　　「寫個屁詩，東廂房那堆史書背熟了嗎？」這是爺爺的聲音。

　　爺爺叫杜佑，是當朝的文史大咖，他老人家翻了一輩子史書，通曉所有朝代成敗興衰的奧祕。從我記事起，他就告訴我，現在不比盛唐了，寫詩救不了大唐。

　　「那我寫什麼？」我問。

　　「寫文章。」

　　「可我還是想寫詩。」

　　「孫子你過來，爺爺不打你的臉。」

　　然後，我就乖乖去讀史書了。當時我還小，不明白爺爺的意思。直到多年後，我才體會到他老人家的良苦用心。

　　可惜，他已經死了。

（02）

　　我很悲痛。

爺爺死後，爸爸、伯父們鬧分家，我們杜家也開始家道中落。緊接著，爸爸也因病去世，我失去了最後的依靠。

那年我才十五歲。

我從一個官三代、公子哥，淪落到靠家族接濟為生。帶著幼小的弟弟，過了好幾年吃土的日子，吃野菜，喝稀粥，冬天沒有棉衣，夜裡讀書買不起蠟燭，連個Wi-Fi都蹭不到。

「城南韋杜，去天尺五。」我們杜家，曾經也輝煌過，在那個大家族裡我排行十三，所以很多朋友也叫我「杜十三」。在爺爺的眾多孫子輩裡，我是最不聽話的一個，卻也是受爺爺影響最深的一個。

當時的大唐，外有藩鎮鬧獨立，內有宦官要上位，本來被朝廷委以重任的一幫大臣，整天忙著搞幫派鬥爭，史稱：牛李黨爭。

那叫一個亂啊。

政壇的紛爭，也蔓延到了詩壇。

當時，韓愈跟著裴度平亂蔡州，戰功赫赫，倆人都實現了逆襲。

可半路裡殺出了元稹和李紳。對，就是寫「汗滴禾下土」的那個李紳。這兩位怎麼說呢，他們的詩，我是看不上的，包括他們的大哥白居易，搞什麼新樂府，level太低。

人品嘛，很難說。元稹為了當宰相，跟裴度PK，這我能理解，可他最後竟然拉攏宦官，真不像詩人幹的事。

我有一個叫張祜的好兄弟，寫出了「故國三千里，深宮二十年」，被皇上點了讚，眼看就要逆襲，被元稹一句話給攪黃了。

李紳人不壞，就是有點二，被人利用了還幫著數錢，為了台參的事跟韓愈唱對臺戲，何苦呢？他當了一輩子貧民代言人，其實生活奢

華得很，整天買買買。窮人的生活他能想像，但他的生活，窮人無法想像。那麼高的人設，萬一崩塌了多不好。

所以我還是喜歡韓愈老師，正直，不站隊。

總之，當時的詩壇瀰漫著政治鬥爭的血腥味，沒有一點詩意。

我仰望夜空，繁星點點。有的忽明忽暗，有的一劃而過，有的成為了恒星。在這些星星之間，是大片的空缺。

詩壇，仍然有很多可能。

該我登場了。

(03)

那一年我二十來歲，到處找工作。

當時的皇帝是唐敬宗，後來大唐沒毀在他手裡，只能說明他祖上積了不少家底，也積了不少德。唐敬宗是個敗家子，十六歲即位，整天各種玩，搞選美，打夜狐，打太監，還大興土木，國庫都弄出赤字了，大臣想彙報工作也找不到人，唐朝開國二百多年，這還真是「活久見」。

我想起了唐玄宗，一代英主，開元盛世，就是這樣被安祿山掀了桌子。現在馬嵬坡上揚起的塵埃還沒落地，又出來一個敗家子。

不行，我得說說。對著大唐的詩壇，我扔出一顆組合炸彈——《過華清宮》：

長安回望繡成堆，山頂千門次第開。

一騎紅塵妃子笑，無人知是荔枝來。

在長安回望驪山，宮殿多麼壯觀。楊貴妃小姐的荔枝到貨了，可沒人知道，那個快遞小哥是從千里之外的四川來的。盛唐是怎麼衰落的，這下你們該知道了吧。

新豐綠樹起黃埃，數騎漁陽探使回。

霓裳一曲千峰上，舞破中原始下來。

在新豐的高速路上，也有幾匹快馬，那是前線的探馬，送的不是荔枝，是戰爭的密報。可惜呀，玄宗和貴妃還在搞派對，直到安祿山攻陷中原。

夠直接吧，夠犀利吧，皇上是不是能發現我有膽又有才了？我靜候朝廷的聘書從天而降，讓我去做諫官。

然而，我想多了。我就像一顆塵埃，飄蕩幾下，就被埋到泥土裡了。

看來這顆炸彈不夠大、不夠猛，我要再扔一顆更響的。於是我寫了一篇長文，那就是《阿房宮賦》。

我就是想警告皇上，你大興土木、不理朝政，是找死啊。六國曾經也很強大，後來呢？全被秦國滅了，金銀珠寶和妃嬪侍妾都歸了秦國。秦國也很厲害吧，後來呢？連三世都沒傳到。他們的超級工程阿房宮，被一把火燒了。再厲害的國家，如果不愛人民、沒有危機意識，都是作死的節奏。你們可長點心吧。

　　《阿房宮賦》發表後，朝廷還是沒人搭理我，亂世之中，紙醉金迷，大唐的末日裡一派狂歡景象，誰會留意一個年輕書生的危言呢？其實，這種言論只會讓他們心裡很不爽。

　　爽！寫得太爽啦！

　　就在前途渺茫的時候，我聽到一個洪亮而溫暖的聲音，這個人拿著我的《阿房宮賦》，在科舉主考官面前大力推薦。

　　這是我的貴人，他叫吳武陵。

04

　　如果你不知道吳武陵是誰，說明你不會背誦柳宗元的《小石潭記》。

　　當年吳武陵也被貶到永州，陪柳宗元度過了無數個空虛寂寞冷的日子。後來他平反了，在韓愈跟隨裴度征戰淮西時，吳武陵還出謀劃策。他簡直就是詩人的小棉襖，到處送溫暖。

　　這一次，來給我送了。

　　這年進士考試是在洛陽，本來名額已經預定完了 —— 你沒看錯，名額是靠關係預定的，我沒有關係，只能聽天由命。

　　吳武陵他老人家愛才心切，拿著我的《阿房宮賦》衝到主考官的宴會上，當眾朗誦，他略浮誇的表演把我捧得都不好意思了。本來他為我求的是狀元，最後要了個第五名。就這樣，我也中了進士。

知遇之恩，沒齒難忘。我終於知道，為什麼他能跟柳宗元、韓愈走得那麼近。因為他們都是一類人，是樂於並敢於提拔後輩的「師者」。

我沒有辜負吳老前輩的信任。進士之後的策論，是別人最害怕的環節，對我來說卻是so easy。很多考試內容，小時候爺爺就教我了。不愧是爺。

那一刻，我特別高興，給長安的朋友發訊息，讓他們準備好酒好菜，我要慶祝：

> 東都放榜未花開，三十三人走馬回。
> 秦地少年多釀酒，已將春色入關來。

拿到了官場通行證，但我不想留在長安。那裡都是老司機，太亂，太複雜，要知道唐敬宗後來就被兩個太監給弄死了。

老子要去外地，下基層，打打怪，升升級。

我跟了一個叫沈傳師的老闆，來到南昌。

這裡有滕王閣，有九江，王勃、李白曾在這裡失落，白居易曾在這裡假裝失落。

而我，是真心喜歡這裡，工作輕鬆，還經常舉辦歌舞酒會。

就是在這裡，我認識了一個美女，她叫張好好。她本是我們南昌分公司裡的一名頭牌，多年以後流落到洛陽，在酒吧賣酒為生，我還為她寫了同名長詩《張好好》。不過這都是後話了，人各有命，誰能左右呢？

幾年後，沈老闆調回京城，而我實在不想回京，又找了一個老闆，他的名字叫牛僧孺。牛老闆是大唐淮南分公司的一把手，也是朝廷裡的大紅人，著名的「牛李黨爭」中「牛」的一方，就是牛僧孺。

牛李兩黨誰對誰錯，很難說清，我們牛黨也有人渣。你要非問我為什麼站隊牛黨，我只能說，我比較牛。

當時的詩壇，已經開始凋零。

韓愈死了。寫「不知何處吹蘆管，一夜征人盡望鄉」的李益死了。寫「還君明珠雙淚垂，恨不相逢未嫁時」的張籍死了。元稹死了。薛濤阿姨也死了……

有一天，一個叫李商隱的小兄弟想加入我的朋友圈。他的詩我看過，很厲害。可當時的黨爭太激烈了，李商隱的恩師是牛黨，岳父是李黨，他到底咋想的，誰都不知道，我就沒回覆他。

在黨爭旋渦裡，想安安靜靜做一個詩人，太難。

淮南分公司分管好幾個城市，經濟發達，風景優美。關鍵是，我們的辦公地點，在揚州。

05

揚州是個好地方，牛僧孺是個好老闆。

工作之餘，我就泡夜店，喝喝酒、寫寫詩，跟小姐姐們聊聊人生。

某天早上，開完例會，牛老闆看著我語重心長地說：「小杜呀，

夜店去多了不好。」

　　我當然不能輕易承認了：「我沒去，不是我，絕沒有。」

　　牛老闆神秘一笑，拿出一個盒子，裡面是一張張字條。我拿起來一看，都是我逛夜店的記錄，哪月哪天，去了哪家，記得一清二楚。老闆居然派人跟蹤我。

　　不過我知道，他是為我好。他說得對，我不能做一條沒有理想的鹹魚，我要建功立業，報效大唐。

　　當時正值河北三鎮作亂，我一鼓作氣，寫了幾篇軍事論文。

　　在《罪言》裡，我告訴朝廷，穩住，別衝動，先把內部治理好，再收拾藩鎮，這叫攘外必先安內。

　　在《原十六衛》裡，我提出要恢復太宗時期的府兵制，軍權才是王道呀，不能給了藩鎮。

　　在《戰論》《守論》裡，我把藩鎮作亂的前因後果，都掰開揉碎了說給朝廷聽。

　　你們以為我只是個詩人嗎？呵呵，寫詩只是我的業餘小愛好。

　　不知是不是這幾篇文章產生了效果，很快我就被調回長安，做了一名監察御史。

　　離開揚州的那個夜晚，我偷偷去了常去的夜店，向一個小姐姐話別 ———《贈別二首》：

　　　　娉娉嫋嫋十三餘，豆蔻梢頭二月初。

　　　　春風十里揚州路，卷上珠簾總不如。

多情卻似總無情，唯覺樽前笑不成。

蠟燭有心還惜別，替人垂淚到天明。

她捨不得我走，但我必須走，薄倖就薄倖吧。在大唐，哪個詩人沒有點風流韻事呢。不過還好，我還沒有忘記年少時的夢想 —— 十里揚州路的春風再溫柔，也比不上長安的朱雀大街。

那條街上，有給男人鋪的紅毯。

可是，當我走過這條長長的紅毯，走進大明宮的御史臺，才發現氛圍不對。

在背後發號施令的，不是宰相，也不是皇帝，而是幾個陰陽怪氣的宦官。至於藩鎮，壓根就不在射程之內。

我有一種預感，那條曾經象徵榮譽的紅毯上，將來會因為被鮮血浸泡而更加血紅。於是我申請調離，去了洛陽。

這年的十一月，長安果然出了大事。

一個叫李訓的宰相，和一個叫鄭注的御史大夫密謀，要清剿宦官。他們在金吾衛大院事先埋伏士兵，然後對唐文宗說，金吾衛大院裡的石榴樹上有甘露降臨，邀請大家觀賞。他們想乘機將宦官一網打盡。

這方案本身沒問題，可惜執行得太差。看到一群宦官到來，殺手竟然瑟瑟發抖，演技不線上，臺詞都念不好，結果被宦官識破。

能割掉自己命根子的男人，做事情是沒有底線的。

宦官集團馬上控制住唐文宗，命令禁軍大開殺戒。四個宰相、十一名高官被滅族，一千多名官員被殺。一時間，長安血流成河。

那個寫「相思一夜梅花發，忽到窗前疑是君」的詩人盧仝，也無故躺刀。他是盧照鄰的後代、韓愈的門生，沒有任何官銜，但宦官寧可錯殺一千，不可放過一個。

盧仝的死法非常慘烈，以我們詩人的想像力，都想不出那樣的操作。因為他年老無髮，不方便砍頭，宦官就用一根長釘，從後腦生生釘了進去。

誰說敵人的敵人是朋友？李訓、鄭注雖然要剿滅宦官，但他倆也不是什麼好人，這兩位靠投機上位的陰謀家，不過是權力鬥爭中的失敗者而已。

這場甘露事件，以宦官險勝收場，史稱「甘露之變」。

想想真後怕啊，如果我當時不是遠在洛陽，真不知道會遇到什麼。

這次事件以後，大唐已經不是李家的大唐；所謂宰相，不過是宦官的秘書而已。

被軟禁的唐文宗，哭得像個二百斤的孩子，對大臣說：「你見過我這樣窩囊的皇帝嗎？」

見過還是沒見過呢？大臣們不知道怎麼回答。

唐文宗其實人也不壞，只是太懦弱，五年之後，鬱鬱而死。

那是個宦官沒有人性、官員沒有血性、詩人沒有個性的年代。我都不知道該效忠誰了。

兩京寒氣逼人，江南草木未凋。今宵柔情何處，只有二十四橋。

我又想起了揚州——那個唯一能給我安慰的地方。於是，我寫了一首詩，寄給我曾經的好朋友韓綽：

青山隱隱水迢迢，秋盡江南草未凋。
二十四橋明月夜，玉人何處教吹簫。

韓綽兄，你又去哪兒教人吹簫了？等等我。
揚州，我又回來啦。

06

路還是那條路，心情已大不同。

長安、洛陽漸行漸遠，就像大唐的餘暉，正在退去。我們都知道
大廈將傾，可誰都無能為力。

小船到了金陵，對岸飄來歌聲，那是陳後主的《玉樹後庭花》，歌
詞寫得真好啊：「花開花落不長久，落紅滿地歸寂中。」

多像此刻的大唐。

只是，聽歌的和唱歌的都還不知道，那就讓我來告訴你們吧：

煙籠寒水月籠沙，夜泊秦淮近酒家。
商女不知亡國恨，隔江猶唱後庭花。

這時的皇帝，已經換成了唐武宗。

唐武宗也算英明，上臺之後，先拿宦官開刀，革了首席大宦官
的職，任用李德裕為宰相。李德裕是「李黨」一把手，雖跟我不是一

黨，但我還是要誇他，因為他太猛了。囂張多年的藩鎮、回紇都被他收拾了，大唐暫時挽回了面子。

除了會用人，唐武宗手腕也夠硬。

前幾任皇帝因為迷信佛教，寺廟大開發，到後來連農民、盲流、地痞都做了和尚。寺廟占了大片土地，還不交稅，不服兵役。那些人哪有什麼信仰，無非混口飯吃。可是國庫空虛，朝廷都快沒飯吃了。

幾年之後，唐武宗在聖旨上畫了一個大大的紅圈，裡面寫了一個字：拆。全國開始了寺廟大拆遷，五十歲以下的和尚全部廢除佛籍，包括天竺和日本僧人，外來的和尚也不讓你念經。

唐武宗的年號叫會昌，這件事叫「會昌法難」。

想當年，憲宗也是資深佛教徒啊，曾打算把佛祖舍利放到宮裡朝拜。韓愈老師威猛彪悍，一篇《論佛骨表》對著憲宗劈頭蓋臉：歷史上信人民的皇帝都長壽，信佛的都短命。什麼佛祖舍利？就是一塊死人骨頭，憲宗啊，你應該一把火把它燒了，寺廟也拆掉，不然你的智商就掉線了！

韓老師有理有據，唐憲宗大發脾氣。就為這事，韓愈被貶到「路八千」的潮州，還差點被砍了腦袋。

阿彌陀佛。他老人家要是活到現在，真不知該拍手還是哭成狗？

世事無常，我也說不清是高興還是失落。可能一切的現實，都是蒼白的、殘酷的，只有在詩境裡，它才是美的：

> 千里鶯啼綠映紅，水村山郭酒旗風。
> 南朝四百八十寺，多少樓臺煙雨中。

不管怎麼說，在唐武宗的英明領導下，大唐終於有了一絲起色，國庫存了些錢，藩鎮收了鋒芒。

當然，我們牛黨也老實了。在黨派傾軋的漩渦裡，陣營決定命運，李黨上臺，牛黨落寞。我又被調往黃州。

可我就是不服，老子明明有軍事才能的，你們就沒看出來嗎，真把我當作詩人了？

…………

好吧，我繼續寫詩。

去黃州的路上，我經過和縣烏江亭。以前都說項羽是英雄，寧死不回江東，太可惜了。江東有父老，也會有子弟，大不了從頭再來呀。

> 勝敗兵家事不期，包羞忍恥是男兒。
> 江東子弟多才俊，捲土重來未可知。

這首《題烏江亭》是寫給朝廷的，也是寫給我自己的。我要給自己打一點雞血，才能在這個亂糟糟的時代，活出一點人樣。

黃州附近，是三國古戰場赤壁。在那裡，我想起了曾經的東吳，一戰成名，三足鼎立。有時候，決定一個國家的命運，一戰足矣。

> 折戟沉沙鐵未銷，自將磨洗認前朝。
> 東風不與周郎便，銅雀春深鎖二喬。

當然，我也會經常感到失落，人到中年，還在一個又窮又小的地方做刺史，想想都心酸。尤其在那一年的清明節：

清明時節雨紛紛，路上行人欲斷魂。

　　借問酒家何處有，牧童遙指杏花村。

　　從白天喝到夜裡，從下雨喝到雨停。

　　我知道，我的後半生基本就這樣了。大唐大勢已去，牛黨也不再牛了，只有這杏花村的老酒，才能給我一點溫暖。

　　我沒有猜錯。此後幾年，從黃州到池州，再到睦州，我就這樣被朝廷調來調去，回不了朝廷，回不了家。

　　不過唐武宗原本也算個開明大 boss，領導英明，就有機會。在四處奔波的那幾年，我一直等待一個逆襲的機會。

　　然而，我等來了武宗「領盒飯」的消息。他是不迷信佛教，可他迷信道教。整天吃仙丹、喝藥酒，求長生不老，終於在三十三歲那年，讓自己升天了。

　　那一年，那個叫李商隱的小兄弟，寫了一首詩，有一句是：「可憐夜半虛前席，不問蒼生問鬼神。」多麼敏銳的洞察力啊，小李子就是有才。

　　帝王們怎麼都這麼迷信長生不老呢？我搞不懂，看來韓愈老師的《論佛骨表》，他們壓根就沒看。

　　那幾年死的人，除了唐武宗，還有劉禹錫、白居易、賈島、李紳。我雖然與他們政見不同、黨派不同，可是當他們紛紛離去，我還是有一種莫名的失落感。

　　是詩人之間的同病相憐，還是不忍唐詩星空的暗淡？我不知道。

　　我只知道，現在扛起詩歌大旗的，只有我和李商隱了，對了還有

那個更加落魄的溫庭筠。

在當時，我和李商隱被稱為「小李杜」，我們的粉絲也經常隔空對罵。不過這都不重要，重要的是，在國運衰退之際，我們還能寫出什麼樣的詩。

$$07$$

又幾年過去了，政局變幻，人事雲散。

新上臺的唐宣宗不喜歡李德裕，把他貶到海南。而我的恩公牛僧孺也沒有東山再起，因為他已經去世了。牛李黨爭，落下帷幕。

我再次收到朝廷的offer，回到了長安。可我怎麼也高興不起來，此時的朝廷暮氣沉沉，像一潭死水。水面之下，宦官攪起的暗流在湧動。我在史館做了一名編輯，從此不關心政治。

朝廷跟藩鎮的矛盾從來沒有消除。摩擦摩擦，似魔鬼的步伐，戰爭還要繼續打下去。我把自己注解的《孫子兵法》交給宰相大人，希望為羸弱的政府軍盡綿薄之力。

這是我能為大唐做的最後一件事了。

然後我主動申請，要去湖州。

有人說我來湖州，是為了赴十幾年前的一個約，為了愛情。笑話。我只是想離開朝廷，越遠越好。

臨走之前，我想再看一眼壯觀的長安城。我去了樂遊原，這個

長安最高的地方。幾年前，李商隱在這裡寫下「夕陽無限好，只是近黃昏」。詩人的嗅覺是相通的，在樂遊原上，我也看到了長安上空的夕陽。

目光越過夕陽，西北方向是咸陽的九嵕山，山上有一座陵墓，叫昭陵，它的主人是唐太宗。

我都快忘了，大唐，還有過夢幻般的貞觀時代。

我給長安留下最後一首詩，也是給這個時代留下一首輓歌，叫《將赴吳興登樂遊原》：

> 清時有味是無能，閒愛孤雲靜愛僧。
> 欲把一麾江海去，樂遊原上望昭陵。

現在的大唐，早已不是那個海晏河清的盛世，要我這樣的無能之輩還有何用？江湖悠悠，閒雲野鶴才是我的歸宿。

再見，太宗。

再見，長安。

李商隱：姑娘，我要給你寫情詩

他讓漢字有了最美的組合，
美到炸裂，
美到無法言說。

西元829年的第一場雪，比以往來得更晚一些。

臨近春節，東都洛陽最繁華的商圈，一個少年在路邊擺攤，給別人寫春聯。

少年眉清目秀，衣著素雅乾淨，字寫得極好，顧客排起了長隊。原本來執法的城管，也掏出銀子排起了隊。

此刻，他正在寫的是一句有關初春的詩：「青門柳枝軟無力，東風吹作黃金色。」詩美，字也美。少年擱下毛筆微微一笑，遞給一個顧客：「你好，十文。」

一個五十多歲的男人接過春聯，「小夥子，字寫得不錯呀。」

「先生過獎了，主要是白居易這句詩好。」

「有沒有興趣跟我一起午餐呀？」

「敢問先生您是？」

「哦，在下，白居易。」

少年單薄的小身板微微一震，趕緊鞠躬，「晚輩，李……李……李商隱。」

那一年，他十七歲，距離父親去世已經八年。他一邊給人春米補貼家用，一邊讀書學習。像當時大多數的年輕人一樣，他的偶像，就是白居易。

想像一下，你在上海街頭彈著吉他賣唱：「越過山丘，才發現無人等候……」這時，一個山丘一樣的大叔高喊一聲：「唱得好，有沒有興趣一起吃個飯？」你定睛一瞅，是李宗盛！

當時的李商隱同學，就是這種心情。

$$02$$

洛陽高端別墅區，履道坊，白府。

酒過三巡，白居易支走師母們，他終於要跟這個年輕人聊聊詩歌了：「孩子，告訴我，你的夢想是什麼？」

「寫詩。」李商隱聲音不大，但很堅定。

「嗯，很好。只是這唐詩已經寫了快兩百年了，每種風格都有神作，你擅長什麼？」

李商隱把酒杯輕輕放下，露出羞澀的表情。「我要寫情詩。」

白居易哈哈大笑：「我有個朋友叫元稹，他寫過『曾經滄海難為水，除卻巫山不是雲』，寫過『唯將終夜長開眼，報答平生未展眉』。我還有個朋友叫劉禹錫，他寫過『東邊日出西邊雨，道是無晴卻有晴』。你能比他倆寫得好嗎？」

李商隱稍做停頓：「元老師和劉老師的詩都很好，但我要創造我的風格。」

說著，他遞上了自己的詩：

> 八歲偷照鏡，長眉已能畫；
> 十歲去踏青，芙蓉作裙衩；
> 十二學彈箏，銀甲不曾卸；
> 十四藏六親，懸知猶未嫁。
> 十五泣春風，背面秋千下。

這是一首描寫初戀失敗的小詩。他的小女朋友照鏡畫眉，在裙子上插花，苦練琴技，是個集美貌與才華於一身的姑娘。但最終還是沒能在一起，所以那姑娘就傷心地哭了。

平心而論，這不是一首很成熟的作品，還帶著稚氣，但貴在情真，有一種青澀之美。

白居易讀完，一個勁地讚：「啊，讓我想起了我的十八歲。請問，這首詩叫什麼名字？」

「無題。」

「……霸氣外漏，我喜歡。你就寫你的無題情詩吧。我再給你推薦一個朋友，他是個大咖，一定能帶你飛。」

(03)

　　白居易推薦的這個朋友，叫令狐楚。

　　令狐楚這個人，很多人可能不太瞭解。主要是人家不寫詩，主攻駢體文，簡單地說，就是很對仗的那種文章，像《滕王閣序》《洛神賦》都是。在當時，令狐楚的駢體文與韓愈的古文、杜甫的詩，被稱為「三絕」。

　　此時的令狐楚，還有一個更重要的身份 ── 戶部尚書，帝國財政一把手。但他沒有一點官架子，對李商隱這個有才華的年輕人非常好。

　　就這樣，李商隱進入令狐家，與令狐楚兩個兒子共學同遊。令狐楚宅心仁厚，拿李商隱當兒子相待，還把畢生的學問與駢文技巧傳授給他。兩三年工夫，李商隱已經功力大增。

　　除了寫寫各種公文，李商隱就是死磕詩文，才華遠超令狐家的兩位公子。

　　當然，作為一個情詩高手，掌握各種撩妹技巧還是很有必要的。

(04)

　　那一天，李商隱看上了洛陽城中的一個姑娘，她叫柳枝。

　　眾所周知，小姑娘們對詩和遠方都很嚮往，李商隱就讓一個兄弟

站在柳枝家窗戶下唸詩。那是一首情意綿綿的《燕台詩》，詩很長，當念到「醉起微陽若初曙，映簾夢斷聞殘語」時，姑娘推開了窗戶，沖樓下大喊：「這詩的作者是誰？」

「我兄弟李商隱，約嗎？」

片刻工夫，一條粉紅的衣帶結扔了下來。「後天晚上，坊西花亭，衣帶結為證。」

一般來說，接下來該發生一個浪漫的故事了。然而並沒有。

第二天李商隱就接到加急通知，要立刻趕赴長安參加科考。

是的，他爽約了。

當時的科考，不是考完試就能回家，然後在網上查成績的，而是要留下來等待揭榜，同時搞搞社交、認識些大咖，對以後工作有幫助。

大半年後，當李商隱回到洛陽時，柳枝姑娘已經由母親做主，嫁給了一個老年油膩土豪了。據說，柳枝姑娘被爽約後，相思成疾，連逛街的心情都沒有了。

李商隱又一次失戀，非常傷心。

他腦補了柳枝姑娘在家苦苦等他的場景，把自己感動得一塌糊塗。滔滔悲情，化作一首淒美的詩，依舊沒有標題：

> 颯颯東風細雨來，芙蓉塘外有輕雷。
> 金蟾齧鎖燒香入，玉虎牽絲汲井回。
> 賈氏窺簾韓掾少，宓妃留枕魏王才。
> 春心莫共花爭發，一寸相思一寸灰。

大概意思是：下雨了，打雷了。金蟾香爐散出的香味真好聞，玉

虎形狀的轆轤打的水真好喝。賈充的女兒跟韓壽相愛了，曹丕的妃子甄宓還愛著曹植。所以呀，愛情這東西千萬不要像花兒一樣綻放，不然你的相思都會成為炮灰啊。

當然，這是我想像的情境。因為我實在解釋不了金蟾香爐和那麼高檔的轆轤在這裡代表什麼。如果有意義，應該就相當於電影裡抽象的場景吧 —— 只是為了烘托氣氛。

不管怎樣，李商隱又失戀了。治療失戀最好的辦法是什麼？

開始下一段戀情。

（05）

兩年後，七夕節。

李商隱和好友來到洛陽城北的一座道觀。這裡不僅可以求仙，還可以求愛。

這裡需要普及一個知識點。唐朝道教盛行，朝廷修了很多道觀。當時的道觀有兩類，一是專注於研發長生不老處方藥，爭奪諾貝爾醫學獎，裡面都是男道士；二是給大齡單身公主、精英女士，提供一個躲避閒言碎語和紅塵俗事的地方，裡面都是女道士。

李商隱去的這座道觀尤其來歷不凡，乃當年唐玄宗的妹妹玉真公主出家之地。為了匹配公主的身份，玄宗撥了鉅款，道觀規模很大。門頭上方是玄宗親筆題寫的三個大字：靈都觀。

那天，道觀內正在舉辦一場隆重的活動。只見一位皇族公主緩緩

而出，兩位侍女跟在身後。

沒有早一步，也沒有晚一步，在萬丈紅塵之外，李商隱跟其中一個侍女四目相對，那一刻，電光火石。

這個侍女，叫宋華陽，是公主出家時欽點的貼身女伴，集美貌、才華、修養於一身。

李商隱趕緊寫詩一首，連夜派人送去：

> 重帷深下莫愁堂，臥後清宵細細長。
> 神女生涯原是夢，小姑居處本無郎。
> 風波不信菱枝弱，月露誰教桂葉香。
> 直道相思了無益，未妨惆悵是清狂。

這首詩是站在一個女人的角度寫的，大致意思是：莫愁堂裡我很憂愁，漫漫長夜我空虛寂寞冷。誰說修道就能成為仙女？本姑娘我的臥室連個男人都沒有啊。我柔弱的身體就像菱枝，經不起風雨。我芳香的心靈就像丹桂，經不起寒露。不過，不管了，雖然相思很苦，我還是要愛一回，誰想說我清狂就隨他說吧。

也可以把它想像成一首歌 —— 這是梁靜茹給宋姑娘的《勇氣》。

預備 —— 唱：

> 終於做了這個決定
> 別人怎麼說我不理
> 只要你也一樣的肯定
> 我願意天涯海角都隨你去

…………
愛真的需要勇氣
來面對流言蜚語
只要你一個眼神肯定
我的愛就有意義
我們都需要勇氣
去相信會在一起

　　宋姑娘鼓起了勇氣。三天後的晚上，牆外丁香小樹林，他們見面啦。

　　李商隱同學還有點害羞。「你看天上的星星多美，我想跟你一起看看星星。」

　　「我怕公主擔心，看完星星我就回去。」

　　「那我們就看一顆吧。」

　　「好的，哪一顆？」

　　「啟明星。」……

　　多麼浪漫的夜晚啊。

　　所以，那一夜過後，王子和公主從此過上了 —— 不幸的生活。

　　因為沒過幾天，宋華陽就被公主告知，要回京城了。

　　在唐朝，侍女約等於女奴，是沒有人身自由的。如果不小心還做了公主的侍女，她的命運，基本取決於主人的心情。

　　這次分別，其實相當於永別。

　　沒辦法，衝破了世俗，也衝不破命運。宋華陽連當面告別的機會

都沒有，只派了一個小丫鬟送信。

李商隱非常鬱悶，難道我註定是個單身狗？他又把滔滔悲情化作一首詩，還是沒有標題：

> 相見時難別亦難，東風無力百花殘。
> 春蠶到死絲方盡，蠟炬成灰淚始乾。
> 曉鏡但愁雲鬢改，夜吟應覺月光寒。
> 蓬山此去無多路，青鳥殷勤為探看。

這首也是李商隱的神作。大概意思是：咱倆見面難，分別更難。百花都凋殘了，東風還沒有吹來。我像春蠶和蠟燭一樣，死了都要愛。早上照鏡子，又有白髮了。夜裡吟詩，感覺人生好冷。你修仙的蓬萊山無路可通，但我想王母娘娘的「信鴿」，會幫我給你送信的。

有沒有覺得，寫到最後，李商隱已經精神恍惚了？用情至深啊！

難怪清朝詩人梅成棟在他的《精選七律耐吟集》裡說：「鏤心刻骨之詞，千秋情語，無出其右。」

06

俗話說，人生有四大喜，總得讓我趕上一個吧。

幾年後，李商隱奮發圖強，加上恩師令狐楚的引薦，終於在第五次科考中，高中進士。

當時，進士名額全國只有四十人，這還是擴招了。所以不管草根還是貴族，中了進士，相當於人生已經逆襲了。

他們要進行一整套的巡迴演出，先到大雁塔題名，走紅毯，再到名園賞花。還記得寫「慈母手中線，遊子身上衣」的孟郊嗎？四十六歲才中進士，也高興壞了，詩風馬上轉變：「春風得意馬蹄疾，一日看盡長安花。」最後是一個更重要的環節，叫「曲江池赴宴」，就是皇帝請客，御賜酒宴。金榜題名的小夥子們站在船頭，在曲江巡遊，岸上的姑娘們瘋狂尖叫：「×××我愛你」「我要給你生猴子」等等。

當然，也有一些豪門的老爺夫人來這裡挑女婿。李商隱就被挑中了。翻他牌子的人叫王茂元。

當時的王茂元，是甘肅一帶的節度使，三品大員，位高權重。

王茂元有個小女兒，十八歲，要嫁人了。這是個實打實的白富美，李商隱當然答應了。

就這樣，李商隱又迎來人生第二大喜：洞房花燭夜。

可萬萬沒想到，這樁姻緣，讓倆人成了一對苦命鴛鴦。

當時，晚唐最大黨派鬥爭——牛李黨爭——日趨激烈。不巧的是，恩師令狐楚是牛黨，岳父王茂元是李黨，雙方都不把他當隊友。

李商隱臉上是大寫的尷尬。

眾所周知，政治鬥爭的奇葩之處在於，不管你是好人壞人，也不管你站不站隊，都會被站隊、被代表。只要給你貼個標籤，就有人給你穿小鞋。

從此以後，李商隱的後半生基本上就是被調來調去，永遠不升職不加薪。加之令狐楚和王茂元先後去世，再也沒人能幫得上他了。直到多年以後，他才在令狐楚的公子令狐綯的幫助下，做了一個六品的

太學博士，不過這是後話。

那一年，身在四川的李商隱，聽說老婆大病一場，非常擔心。到了夜晚，窗外下著雨，猶如他心血在滴，滔滔悲情再次觸發他的小宇宙，一首情感深摯的詩自然流出。

這一次居然有了標題，《夜雨寄北》：

> 君問歸期未有期，巴山夜雨漲秋池。
> 何當共剪西窗燭，卻話巴山夜雨時。

謝天謝地，他終於寫了一首不用解釋的詩。

不過，這是寫給誰的，千百年來一直在爭論，有的說是寫給老婆的，有的說是寫給朋友的。但從這濃濃的情意看，要是寫給男人，還真說不過去，畢竟李商隱同學還是直男一枚。

這首詩寫完沒多久，王姑娘就因病去世了，她才剛過三十歲。

李商隱還不到四十歲。

唉！命運這東西，有必要這樣打擊一個詩人嗎？

命運說：我還想看他寫詩。

好吧。

幼年喪父、中年喪妻、仕途坎坷的李商隱或許沒有料到，又一個好姑娘正在某處等著與他邂逅。

$$07$$

這個姑娘，叫張懿仙。

彼時，李商隱剛剛來到東川節度使柳仲郢府上，做幕府秘書。這個崗位沒有編制，相當於高級臨時工，很不穩定。

歌舞團的姑娘們一聽是李商隱要來，非常高興。他的詩她們都讀過，還編成曲子唱，首首爆紅。這簡直是歌手遇到了大咖級的填詞人。

當天晚上，接待聯歡晚會。

李商隱跟各位同事一邊喝酒聊天，一邊欣賞歌舞表演。張懿仙姑娘一邊跳舞，一邊撩他。

一般來說，小姑娘撩大叔，如囊中探物。那一夜發生了什麼？不知道，只知道李商隱大叔已經不會再愛了，他早被喪妻之痛和事業萎靡弄得焦頭爛額。

唉，姑娘，我知道你在想什麼，只是我也身不由己啊。我十分感動，然而只能拒絕你。

於是，又一首沒有標題的神作出現啦。請注意，這是一封高級的拒絕信：

昨夜星辰昨夜風，畫樓西畔桂堂東。

身無彩鳳雙飛翼，心有靈犀一點通。

隔座送鉤春酒暖，分曹射覆蠟燈紅。

嗟余聽鼓應官去，走馬蘭臺類轉蓬。

大概意思是：姑娘呀，昨夜的桂堂東酒會，真的是良辰美景。咱倆雖然不能比翼雙飛，但心是相通的呀。宴會上酒是暖的，蠟燭是紅的，分組射覆遊戲是熱鬧的。可是只要天亮晨鼓一響，我就得去當差。就像蒲公英一樣，飄到哪裡我自己都不知道呀。

多麼負責任的男人。

他說的沒錯。沒過兩年，柳仲郢就被調回長安了，李商隱也只能跟著回京。

時間到了西元858年，才四十七歲的李商隱感覺身體越來越差，他生病了，是心臟病。

似乎有預感，他辭掉了官職，跟京城的老朋友一一告別，帶著十七歲的兒子和十五歲的女兒，回到了滎陽老家。

那裡有他和妻子王氏住過的老房子。

李商隱躺在床上。旁邊桌上放著的那把錦瑟，是妻子的心愛之物，物是人非啊。

忽然有一種莫名的情緒襲來，他硬爬起來，寫了生命中最後一首詩 ——《錦瑟》：

> 錦瑟無端五十弦，一弦一柱思華年。
> 莊生曉夢迷蝴蝶，望帝春心托杜鵑。
> 滄海月明珠有淚，藍田日暖玉生煙。
> 此情可待成追憶，只是當時已惘然。

對這首詩我唯一能確定的，就是瑟這種樂器有五十根弦。

如果你也不知道詩的含義，不必問任何人。你腦子裡是什麼畫面，那就是正確答案。

(08)

在整個唐詩界，李商隱幾乎是唯一把詩寫得美到極致的詩人。

清朝人吳喬在他的《圍爐詩話》裡說：「於李、杜、韓後，能別開生路，自成一家者，惟李義山一人。」

為什麼會有這麼高的評價？

這麼說吧，李商隱的詩，就是一場降維打擊。

在盛唐的那些大牛把唐詩寫到極致之後，他換了一個維度，開創了一種全新的寫法，那需要完全不同的評判標準。

他讓漢字有了最美的組合，美到炸裂，美到無法言說。

如果有人反駁，他一定會說：詩沒有了詩意，還叫詩嗎？

我讀李商隱的詩時，腦子裡經常莫名出現兩個人。

一個是王家衛。他的電影不注重講什麼故事，而注重講故事的方式。情感比結果重要，美感比事實重要。那是一種很特別很奇妙的體驗。

第二個是張國榮。

只有情感非常細膩、非常敏感的人，才能把握住瞬間出現、說不清道不明卻又明顯讓你感覺到的東西。

在李商隱創作的時候，彷彿是上帝剛好經過，親吻了一下他的額頭。

在李商隱之前，唐詩可以分為很多種，絕句、律詩、古詩，邊塞、田園、紀實，等等。在李商隱之後，唐詩只有兩種，一種叫李商隱，一種叫其他。

讀他的詩的人，往往會有一種驚訝：唐詩竟然還有這種操作！

很多人都有「解讀欲」，非要探究李商隱的詩到底在說什麼，往往把自己搞得很累，也讓詩失去了詩意。一千個讀者就有一千個哈姆雷特，一千個讀者也有一千個李商隱。我前文的解讀不是標準答案，只是我腦子裡接收到的資訊。

如果以上還不能幫你理解李商隱的情詩，那就換成歌詞來說吧。他的每一首詩，都是寫在羅曼蒂克消亡之後，也就是《當愛已成往事》：

愛情它是個難題

讓人目眩神迷

忘了痛或許可以

忘了你卻太不容易

你不曾真的離去

你始終在我心裡

我對你仍有愛意

我對自己無能為力

‥‥‥‥‥

溫庭筠：一邊花樣作死，一邊花間作詩

一個小人物
用自己以為很硬的力量，
不斷跟時代死磕的一生。

01

唐朝已滅亡近半個世紀。一個春日晚上。

成都最大的青樓，走進幾個文人，為首的叫趙崇祚，是後蜀的朝廷大官。

剛一進門，衝前臺大喊：「把你們Top 10的姑娘都叫來！」

老闆娘一看是團購大客戶，樹枝亂顫。片刻工夫，十個美若天仙的姑娘一字排開。

趙崇祚清清嗓子：「來，每位唱兩首最拿手的歌曲。」

老闆娘更高興了，在一旁媚笑。「趙大人就是有品位，講究。」

姑娘們唱了起來。趙崇祚身邊，一個秘書擺好筆墨紙硯，開始速記。姑娘們唱一首，他記一首。一直唱到半夜，趙崇祚合上本子，放下一點碎銀，轉身走了。

這貨居然是來聽歌的。姑娘們一陣翻白眼，發誓要把他列入黑名單、給差評。

半年之後，一本叫《花間集》的書紅遍川蜀，成為後蜀第一暢

銷書。

下屬對趙崇祚說：「大人，這麼暢銷的書，您為啥不夾帶點私貨，放幾首自己的作品呢？」

趙崇祚捋捋鬍子，「不，我的詞跟這些大神相比，差遠了。」

趙崇祚說得沒錯。在這本《花間集》裡，他搜集了五百首從唐朝到五代的詞，堪稱當時的《情歌金曲大全》，詞作者一共十八位。

排在最前面的六十六首，是這個集子的主打詞，作者叫溫庭筠。

在高手如雲的大唐，溫庭筠這個名字並不響。大家提起他，要麼跟李商隱並稱，叫「溫李」，要麼跟韋莊並稱，叫「溫韋」，或者一句話帶過：哦，是那個寫豔情歌詞的。

不過你說的時候一定要小心，不然溫庭筠一定會拍著棺材板大叫：有膽你進來說！

02

故事從西元833年說起。

那一年，李唐王朝千瘡百孔，外面的藩鎮都在跟中央比肌肉。

如果站在終南山上往下看，方方正正的長安城大格套小格，像一個棋盤。在棋盤上殺伐決斷的，是一群太監，他們操縱著帝國的決策，不時發出陰陽怪氣的奸笑。

棋盤北端有個小格子，叫太廟。太廟外面，圍著一堆考生。他們在看當年的科考榜單。

溫庭筠擠出人群，把摺扇摔在地上，罵罵咧咧走了。

他第二次落榜了。

他失魂落魄，順著太廟東側的大街，走進平康里。這是長安最大的青樓聚集區。

花光了所有的錢之後，他點了一根菸，看著忽高忽低的燭火，對姑娘說：「唉！我投出去那麼多詩都沒人欣賞，寫詩有什麼用，還是燒了吧。」

他拿出一卷詩：「這是我在甘肅前線寫的《回中作》。

············

千里關山邊草暮，一星烽火朔雲秋。

夜來霜重西風起，隴水無聲凍不流。

念完，他把詩卷放在蠟燭上，點著。

又拿出一卷：「這首多麼有盛唐氣象啊，叫《過西堡塞北》。」

淺草乾河闊，從棘廢城高。

白馬犀匕首，黑裘金佩刀。

霜清澈兔目，風急吹雕毛。

一經何用厄，日暮涕沾袍。

燒完，繼續拿：「這是我的《俠客行》。」

> 欲出鴻都門，陰雲蔽城闕。
> 寶劍黯如水，微紅濕餘血。
> 白馬夜頻驚，三更霸陵雪。

　　正當他要燒第四首的時候，姑娘一把奪了過來，一邊讀一邊拍手：「多麼美的句子呀，誰說你的詩沒用，這首送我吧。」

　　姑娘奪的，是一首很短的詞，詞牌名叫《望江南》，是這樣寫的：

> 梳洗罷，獨倚望江樓。
> 過盡千帆皆不是，斜暉脈脈水悠悠。
> 腸斷白蘋洲。

　　這是一首站在女人角度寫的詞，意思是：梳洗完，化好妝，在望江樓等我的夢中情人。可那麼多船過去了，他還是沒出現，只有斜陽餘暉灑在悠悠江面。看著江心的白蘋洲，姐的肝腸都斷了。

　　這首詞雖然是言情作品，但一點都不豔俗，尤其「過盡」兩句，有人說如同「盛唐絕句」，有人說作者有李白之才。

　　不得不說，這位姑娘好眼力。

　　半個月後，這首詞爆紅，使溫庭筠的命運有了一次大逆轉。

（03）

那天下著雨，溫庭筠躺在小旅館的床上，看著住宿費帳單發愁。

這時門外來了一群年輕人，從衣著上看，都是富家子弟。

他們紛紛遞上名片，什麼「長安十二少」、「西區小霸王」、「城東吳彥祖」等等，有的乾脆說自己住的是高端別墅區，人稱「五陵少年」。

見到溫庭筠，他們開門見山：「溫老師你的詞很讚，能不能給我們寫幾首呀？喏，這是稿費。」

這幫孩子，比他們的老爹大方多了，溫庭筠微微一笑。「拿筆來！」

一首首刷屏級歌詞就這樣誕生了。

請注意，在唐宋，青樓絕對是詩詞的首發平臺，沒有姑娘們的演唱，很多詩詞是會被埋沒的。

溫庭筠知名度越來越高，粉絲越來越多。

一個同級別的大高手加他為好友，要跟他一起寫情詩，他叫李商隱。

一個女粉絲求著要獻身，給他生孩子，並保證不會發在自己的「公眾號」上，她叫魚玄機。

還有一些是超級粉絲。比如，有一個留學生是渤海王子，他非常想把溫詞學到手，回國發展文娛事業。臨走那天，溫庭筠以一首詩為他送行 ──《送渤海王子歸本國》：

…………
定界分秋漲，開帆到曙霞。
九門風月好，回首是天涯。

再見了王子，過了國界線，就能看到你們的天空了。只是我大唐
的風月，以後就跟你天涯兩隔了。

還有一個就更厲害了，是當朝太子李永。溫庭筠動不動就炫耀：
「舊詞翻白紵，新賦換黃金。」我給太子填一首《白紵歌》的詞，就能
賺黃金了。

不過沒多久，李永就在宮鬥中被宦官殺了。他的爹地唐文宗號啕
大哭：「朕富有天下，不能全一子！」

其實唐文宗說得不準確，當時的天下，已經不完全是李家的了。
因為一年後就發生了「甘露之變」，宦官集團摘掉最後一層面具，大開
殺戒，宮內血流成河，官員死了一千多人。

在這種政治環境下，除了宦官，抱誰的大腿都沒用。溫庭筠的仕
途基本被堵死了。

然而，又一個五陵少年的出現，似乎給了他希望。

04

這個少年，叫令狐滈。

是不是有點熟悉？沒錯，令狐滈的老爸叫令狐綯，爺爺叫令狐楚，是李商隱的恩師。令狐楚老前輩德高望重，學問也很嚇人，但令狐綯父子就有點坑爹了。

某天深夜，令狐滈一身酒氣回到家，剛做了宰相的令狐綯很不高興：「你個敗家子，整天在外面鬼混，將來怎麼繼承我令狐家的家業？」

「爸，我沒鬼混，我去切磋文學了。」

「切磋文學？去哪兒切磋？青樓嗎？！」

「爸，是真的，不信你看。這首詞，連紅袖招的春香都說好。」

說著，令狐滈拿出一張宣紙，上有小令一首：

> 玉樓明月長相憶，柳絲嬝娜春無力。門外草萋萋，送君聞馬嘶。畫羅金翡翠，香燭銷成淚。花落子規啼，綠窗殘夢迷。

令狐綯看完，一拍大腿，這不正是皇上喜歡的曲風嗎？就對兒子說：「好詞啊，馬上帶我去見他。」

令狐滈一臉詭笑：「爸，春香的檔期滿了。」

「檔期？……」令狐綯劈頭蓋臉打過去，「讓你蕩！讓你蕩！帶我見這個作者！」

這首《菩薩蠻》，是溫庭筠的新作。就這樣，他的朋友圈，又多了一位大佬。

有朋友提醒他，跟令狐綯交往要小心，別作死。溫庭筠「嘿嘿」一笑，人家堂堂一個宰相，肚子裡能撐船。

問題是，能撐船的肚子，那得裝多少水啊。

果然，溫庭筠的後半生，基本沒能逃出令狐綯的口水。

05

那一天終於來了。

令狐綯雖然書讀得不多，但很喜歡在皇上面前談哲學。那天不知道遇到一個什麼典故，他不知道出處，就問溫庭筠。溫庭筠告訴他，是出自《南華經》。

令狐綯似懂非懂，接著問：「《南華經》是什麼書？」

估計那一刻溫庭筠真把自己當老師啦，耿直得不像話，就說：「《南華經》就是《莊子》的別名啊。」說完覺得還不過癮，又補充了一句：「《莊子》又不是生僻書，你身為宰相，要多讀點書。」

令狐綯覺得這話很耳熟，這不是皇上的口頭禪嗎！

我堂堂一個宰相，就這樣被你鄙視了。

不過，看在溫庭筠是個活字典的份兒上，這次也忍了。

沒過多久，果然又用到了溫庭筠。

彼時的新皇帝唐宣宗，是個音樂發燒友，最喜歡的曲子就是《菩薩蠻》。真巧，這正是溫庭筠擅長填的詞。令狐綯一看，這機會千載難逢，就讓溫庭筠代筆寫了一首詞，還一再交代：千萬別說出去。

這首詞，用盡了溫庭筠半生的文學才華和青樓一線經驗。那一刻，他的思緒在平康里上空盤旋，一幅美女晨妝圖在他腦子裡閃現，

又一首《菩薩蠻》出爐了：

> 小山重疊金明滅，鬢雲欲度香腮雪。懶起畫蛾眉，弄妝梳洗遲。照花前後鏡，花面交相映。新帖繡羅襦，雙雙金鷓鴣。

小山形狀的眉毛敷了金粉，一閃一閃亮晶晶。鬢角的髮絲，在雪白的臉蛋上輕輕拂過。姑娘起床很晚，洗漱、化妝，很慢很優雅。她前後照鏡子，人面桃花，美得可以給任何化妝品代言。我還喜歡她的新衣服，短襖小裙子，上面繡的金色雙鷓鴣也很漂亮。

順便提一句，唐宣宗算是唐朝最後一個幹實事的皇帝了，他有「小玄宗」的稱號，做任何事，都在向祖宗唐玄宗看齊。白居易生前那麼作死地黑朝廷，死後，唐宣宗照樣愛惜他，為他寫的詩中有：

> 童子解吟長恨曲，胡兒能唱琵琶篇。
> 文章已滿行人耳，一度思卿一愴然。

如果溫庭筠沒有被「汙名化」，是很有機會被重用的。

然而，溫庭筠太耿直了。

唐宣宗喜歡《菩薩蠻》的消息很快傳遍長安，溫庭筠一看，令狐綯這手段太不磊落，連洗稿都懶得洗，就大聲維權：我才是原創。

宰相肚子裡那條友誼的小船，就這樣翻了。在很長一段時間裡，倆人經常互撕。

眾所周知，在當時要坐穩位子，必須安插更多自己人。而姓令狐

的很少，算上大俠令狐沖一個，也拼不過崔、李、盧、鄭、王那些望族豪門。令狐綯就瘋狂賣官，拉幫結派，以至姓令狐的都不夠用了。怎麼辦呢？很簡單，很多姓胡的，換身份證，改姓「令狐」，就能被令狐綯安排工作了。趙太爺對阿Q說「你哪裡配姓趙！」的時候，真應該向令狐綯學學。

按說這事司空見慣，是眾人皆知的秘密，你看不慣，把令狐綯拉黑就行了。但溫庭筠偏不，他要用詩發表「客觀評論」：「自從元老登庸後，天下諸胡悉帶鈴。」意思是，自從令狐宰相發達了，姓胡的人，都改姓令狐了。

我覺得，這算唐代最簡短的諷刺小說了。此外還諷刺令狐綯沒文化，「中書堂內坐將軍」，你這個在中書堂辦公的文官，其實就像個將軍一樣沒文化……

看到沒？溫老師毒舌起來，打擊面太大，估計前線的將軍們都想把他「跨省抓捕」了。

「甘露之變」之後，是唐詩江湖的壓抑期。

韓愈、元稹已經去世。

在洛陽，七十歲的白居易斟滿一杯酒，正在給小蠻講他已經逝去的青春。劉禹錫正在寫回憶錄。

在四川，一個叫賈島的倉庫主管，正在「推敲」他兩個月前的那

首詩。

在淮南，那個叫杜牧的小幕僚，正在雨紛紛的清明節，喝著斷魂酒。

河南小夥李商隱，離開年輕漂亮的妻子，到處去求職，並在情詩領域開宗立派。還隨手寫了一句「夕陽無限好，只是近黃昏」，給大唐下了一紙晚期診斷書。

在那個政治黑暗、雲譎波詭的時代，詩人們都小心謹慎，不敢亂說話。

在這樣的時代裡，耿直的boy是找不到入口的。

溫庭筠恰恰就是這樣的boy。

除了手撕令狐綯，溫庭筠還幹過一件大事。

在「甘露之變」中，有一個叫王涯的大臣被宦官抓住，被腰斬，全家三十口遭滅門。這可算是很嚴重的政治事件了，別人都不敢吭聲。溫庭筠憋不住，跑到王涯血跡還沒乾透的家裡，在牆上寫詩：

誰知濟川楫，今作野人船。

意思是，我大唐的「泰坦尼克號」，落到野蠻人手裡了。

這些事，基本就註定了溫庭筠仕途無望。

幾年之後，他再次參加科舉，居然中了。可是香檳還沒打開，就得到一個消息，他被「等第罷舉」。所謂「等第罷舉」，就是說你科考通過了，但人事部的面試不准參加，不能參加工作。

他徹底絕望了。

　　後來他乾脆不在乎科考結果，每次考試，劈里啪啦寫完，然後把試卷共用出去，幫助其他考生。再後來就離開長安，去江南尋找詩和遠方，每到一處，就舉辦粉絲見面會。在揚州那次，還被地方官釣魚執法，打掉幾顆牙。

　　溫庭筠的一生，是一個小人物用自己以為很硬的力量，不斷跟時代死磕的一生。

　　他的結局也令人唏噓。

　　西元865年，五十四歲的溫庭筠終於收到一份offer，回到長安，做了大唐國立大學的一名副教授。但第二年就被貶了，在方城縣尉的崗位上孤獨死去。

　　在生命最後的日子裡，他一直都在關心大唐的科舉考試。只是不知道，他有沒有看過一個鹽販子考生的詩，這個考生數次落榜，以詩言志：

> 待到秋來九月八，我花開後百花殺。
> 沖天香陣透長安，滿城盡帶黃金甲。

　　這首詩叫《不第後賦菊》，作者叫黃巢。

　　十幾年之後，黃巢加入了王仙芝的起義軍。再後來，這個委屈的、有煽動才能的、個性殘暴的老憤青，用那只寫詩的手，讓大唐菊花殘、滿地霜。

07

　　該說說溫庭筠在詩詞上的地位了。

　　每一種文體，都有一個開宗立派的祖師爺。溫庭筠，就是花間派的祖師爺。

　　在晚唐，主流的文學還是詩，詞被看作「地攤文學」。溫庭筠是第一個有組織、有計劃寫詞的人，他的口號是：我是流氓我怕誰。

　　他死了一百年之後，趙崇祚編纂了《花間集》，文人們一看，這才是流行樂壇的爆款曲目啊！《花間集》是寫詞的教科書啊！

　　一代花間派宗師橫空出世。

　　五代過後進入宋代，溫庭筠的迷弟迷妹們都是宋詞界的大神。他們寫詞前，沐浴熏香，把手洗淨，開始向溫祖師致敬。

　　溫庭筠寫「花外漏聲迢遞」，柳永就寫「花外漏聲遙」。

　　溫庭筠寫「獨倚望江樓，過盡千帆皆不是，斜暉脈脈水悠悠」，柳永就寫「想佳人、妝樓顒望，誤幾回、天際識歸舟」。

　　那個撩李師師的周邦彥更是向上面兩位致敬：「何處是歸舟，夕陽江上樓。」

　　柳永的超級金句是「楊柳岸、曉風殘月」，我不信他沒看過溫庭筠的「江上柳如煙，雁飛殘月天」。

　　溫庭筠寫「愁聞一霎清明雨」，晏殊就寫「紅杏開時，一霎清明雨」。

　　他兒子晏幾道很不屑：「爸，咱要原創，你看我的『羅裙香露玉釵風』，屬不屬害？」

晏殊微微一笑：「厲害啊孩子，比溫祖師的『玉釵頭上風』多兩個字呢！」

晏幾道：「……」

又過了幾十年，大神蘇軾讀到了溫庭筠的「梧桐樹，三更雨，不道離情正苦。一葉葉，一聲聲，空階滴到明」。好詞啊，就用作我《木蘭花令》的第一句吧。他寫了「梧桐葉上三更雨」。

李清照姑娘看到了：蘇師爺抄了，我也要抄。一句「梧桐更兼細雨，到黃昏，點點滴滴」，就出來啦。

秦觀同學也不甘落後，蘇老師抄了，我也要抄，我喜歡溫庭筠的「雨後卻斜陽，杏花零落香」。

「蘇老師，你看我的『雨後芳草斜陽，杏花零落燕泥香』怎麼樣？」

蘇軾：「滾，抄一百遍作業去……」

這個故事告訴我們，做老師的，一定要注意自己的言行。

南宋初年的某天，一個叫陸宰的官員從成都出差回來，給兒子帶了一本《溫庭筠詩集》，他最喜歡其中的「雞聲茅店月，人跡板橋霜」，給兒子說：「孩子啊，這本詩集要好好讀，將來揚名立萬就靠它了。」

兒子把書舉過頭頂：「放心吧父親，書到用時方恨少，我會努力的。」

這個孩子，叫陸游。

這就是溫庭筠對宋詞的影響，他的詞，雖然跟宋代的名篇有差距，但在花間派，他是創始人，而後面的婉約派，不過是溫詞的發展

演變。這就像是，不管後輩在一條路上跑得多快、跳得多高、玩得多酷炫，都不能忽略那個開路人。

作為一個明明能寫好詩的人，溫庭筠為什麼要寫花間詞呢？

用他的一首詩回答吧。

在人生最低谷的那個傍晚，他站在皇宮外，一牆之隔的，是大唐的功勳紀念碑 —— 凌煙閣。

功名很近，也很遙遠。

他想起那個一直在青樓等他的姑娘，苦笑一聲，寫了一首叫《塞寒行》的詩，最後有這麼幾句：

> 心許凌煙名不滅，年年錦字傷離別。
> 彩毫一畫竟何榮，空使青樓淚成血。

翻譯過來就是：寶寶別哭，我來啦。

黃巢：他年我若為青帝

就像殺手萊昂一樣，
別看他平時養養花弄弄草，
等他出手的時候，
你就等著顫抖吧。

01

西元850年，晚唐。

在首都長安的一家快捷酒店裡，一個年輕人失眠了。

他剛剛得知，自己第四次落榜。身上的錢已經花完，想想遠在千里之外的親人，他感到人生很喪。這兩年來的頭懸大樑、錐刺大腿，都白搭了。

但是，老子不服。年輕人一邊說，一邊從床上跳起來。

他打開筆記本，再一次想弄清，自己寫的詩和優秀範文相比，到底差在哪裡。螢幕閃爍，他打開了一個叫「最牛的詩」的資料夾。裡面是他的導師給他畫的重點：這些都是大詩，達到這個水準，你就成大V啦。

年輕人把這些詩一首首讀過：有岑參的「四邊伐鼓雪海湧，三軍大呼陰山動」；有王昌齡的「黃沙百戰穿金甲，不破樓蘭終不還」和「但使龍城飛將在，不教胡馬度陰山」；有李白的「萬里橫戈探虎穴，三杯拔劍舞龍泉」；還有李賀的「男兒何不帶吳鉤，收取關山五十州」。

這都是當時的雞血，時代的戰歌，非常勵志，被朝廷很多次拿來

做徵兵的口號。

　　此刻，這個年輕人卻面露不屑：嘁，這些詩之所以牛，是因為老子還沒有寫！

$$02$$

　　年輕人望著窗外，夜色降臨華燈初上，長安的一切都顯得那麼美好。

　　但我如果不做點什麼，這些都不屬於我。

　　是時候拿出我的大詩了。他把紙鋪平，毛筆蘸到最飽滿，一首七絕一氣呵成：

> 待到秋來九月八，我花開後百花殺；
> 沖天香陣透長安，滿城盡帶黃金甲。

　　這首詩叫《不第後賦菊》，翻譯過來就是：落榜後歌唱我的菊花。

　　這個年輕人，名叫黃巢。

　　在整個唐宋，這首詩雖然不為主流文學圈所接受，但它依然像華山之巔上的一把利劍，藐視一切。

　　跟岑參、李白、王昌齡們不同的是，黃巢不是吹牛，而是實現了它。

　　彼時，在唐懿宗的領導下，李唐王朝已經瀕臨倒閉。舉幾個例

子，盤點下李唐晚期的主要社會矛盾。

唐懿宗女兒病重，找了全國二十多位名醫聯合會診，結果還是無力回天。唐懿宗急了，把這些醫官全部斬首，搞得醫患關係很緊張。

朝廷為了增收農業稅，不管是不是災年，農民將近一半的糧食都要上交。農民派代表去談判：旱情嚴重，能少交點稅嗎？官府說，沒看到院子裡的樹葉都是綠的嗎，哪來的旱情。群眾關係也很惡劣。

種田的不好過，你以為做生意的好過嗎？還記得白居易的《賣炭翁》嗎？「一車炭，千餘斤……半匹紅綃一丈綾，系向牛頭充炭直」，中唐時期的「宮市」頑疾，一直持續到晚唐。各級官府對商人，從最初的管理，逐漸演變成赤裸裸的壓迫、掠奪。大唐熱門創業專案，絲綢、茶葉、鹽業之類，基本都被官府壟斷。政企關係更惡劣。

值得一提的是，朝廷從商人手裡奪走的利，並沒有惠及人民，卻使得貨品品質更差、價格更高。

寫完那首殺氣沖天的詩，黃巢放棄了做官的打算，回到老家做了一個私鹽販子。

但在他十幾年的經商生涯中，被地方官輪流敲竹槓，搞得黃老闆給員工發紅包的錢都沒有。

棄農從文不行，棄文從商還不行，那人生跟鹹魚還有什麼分別？逼急了，老子真要幹一票大的啦。

一天夜裡，已經四十多歲的黃巢，勞累了一天非常疲憊。他看著帳面上的餘額，想想自己苟且的生活，思緒萬千，禁不住引吭高歌：還記得年少時的夢嗎？像朵永遠不凋零的花。

是啊。是時候「滿城盡帶黃金甲」了！

$$03$$

他關掉了自己的鹽業公司，加入了由王仙芝帶頭的起義軍。

沒錯，他要反朝廷。

這時的黃巢，又展現了大多數詩人都沒有的才華 —— 軍事才能。

當時的大唐百姓，已經快要對朝廷零容忍。只要起義軍大旗一拉，一呼百應。黃巢非常善於借勢，很快他就弄到三十萬大軍。黃巢和王仙芝帶著這三十萬大軍，在大唐的疆域上縱橫馳騁，他們從南打到北，從白打到黑，摧枯拉朽。大唐的城池，一座接一座陷落。

當時的皇帝唐僖宗發現這個大神竟然是個落榜生時，震驚了，但為時已晚。

王仙芝戰死後，黃巢做了一把手。他對軍隊實行扁平化管理，執行力更強。很快就把東都洛陽打下來了，然後馬不停蹄，直逼長安。

在唐僖宗帶著皇親國戚向四川逃跑的那一夜，黃巢站在長安城門外。頭頂的大旗呼啦啦作響，這一刻，是屬於他的王者榮耀。

想起曾經以天子自居、歌舞昇平的帝王之家，現在該是多麼絕望。他禁不住又唱起了歌：夜太漫長，凝結成了霜。是誰在閣樓上冰冷地絕望？

果然，「菊花殘，滿地傷」，大唐異彩已泛黃。

對手幾乎沒有絲毫招架之力。黃巢佔領了長安，把大明宮過了戶，做了皇帝，改國號：大齊。

—— 應該是大聖齊天的意思。

（04）

　　做了皇帝後的黃巢，首創了高層領導的換屆制。想想看，王侯將相不能世襲了，而是換屆上任，這在一千多年前是多麼牛的管理智慧。

　　然而，黃巢當時並沒有治理國家的基礎，經歷了常年戰爭，國家已經千瘡百孔，經濟危機頻繁爆發，GDP連年下滑。

　　而這時的唐朝殘餘軍隊裡，卻出了一名猛將，大同軍防禦使李克用。他開始了瘋狂的復國戰爭，大敗黃巢，建國不到五年的大齊，湮沒在歷史的塵埃裡。

　　至於黃巢的結局，一直是個謎。

　　有的說，黃巢無法面對夢想的破滅，自殺了；有的說，被唐朝軍隊所殺；還有的說，被他的外甥所殺。

　　而我更相信另一個結局：多年之後，有人在南禪寺的一間禪房內，看到壁畫上竟然是穿著僧衣的黃巢。

　　然後，又在經房的一卷書裡，發現了一首詩：

> 記得當年草上飛，鐵衣著盡著僧衣；
> 天津橋上無人識，獨倚欄干看落暉。

落款：黃巢。

　　這首詩如果以宋詞形式來寫，大概是：想當年，金戈鐵馬，氣吞萬里如虎。現如今，僧袍加身，逛街無人認出。

　　沒錯，黃巢沒有被殺，而是逃過一劫。他在南禪寺出家，隱姓埋

名，養了個老。

　　一向牛氣哄哄的大唐，雖然奪回了政權，但根基已經被黃巢打沒了。中原人民逃難跑到廣東，成了客家人。洛陽的美女，和牡丹一起凋零。武則天建的超級工程大明宮被燒完了。軍閥四起爭地盤，搶著上市當獨角獸。

　　這種局面持續了三四十年後，唐朝灰飛煙滅。

（05）

　　仰望唐詩的星空，當時如果有一檔《明日之子》的節目，那些少年天才將一個個登場：

　　王勃九歲，給《漢書》挑出一大堆錯誤，並寫成糾錯書《指瑕》；

　　駱賓王七歲，寫出了「白毛浮綠水，紅掌撥清波」；

　　張九齡七歲，都瞧不起寫詩的，提筆就寫論文；

　　杜甫七歲，寫《詠鳳凰》詩；

　　李白更逆天，五歲就能「通六甲」

　　…………

　　黃巢呢？

　　那一年，立冬，不過七八歲的黃巢在院子裡玩耍。靠近牆根，種著一排菊花。西風乍寒，草木凋零，只有那一簇簇菊花璀璨金黃。

　　黃巢的小宇宙第一次爆發，他寫了一首《詠菊花》：

颯颯西風滿院栽，蕊寒香冷蝶難來；

他年我若為青帝，報與桃花一處開。

我就問你，服不服？這眼光、這氣魄、這膽識，能想像是一個孩子寫的嗎？

陶淵明寫「採菊東籬下，悠然見南山」，是歸隱養老去了。

元稹寫「不是花中偏愛菊，此花開盡更無花」，跟他的「曾經滄海難為水，除卻巫山不是雲」一個套路，是要撩妹去了。

而黃巢這首，簡直是一招「菊花殺」。

就像殺手萊昂一樣，別看他平時養養花弄弄草，等他出手的時候，你就等著顫抖吧。

顏真卿：從一個人，看大唐消亡史

『青箬笠，綠蓑衣，
斜風細雨不須歸。』
真能不歸也好，
可他必須得歸了。
在長安，
已經挖好一個大坑，
等著他跳進去。

唐朝的消亡史，是一部人才凋零史。

$$01$$

那一年，大唐帝國成立不久，李世民站在城樓上看著魚貫而出的新科進士，慷慨自信。「天下英雄，入吾彀①中矣。」

李世民名義上是皇二代，其實全程參與了創業。得人才者得天下，這道理他比誰都懂。

王者如此榮耀，英雄都來聯盟。

創業元老杜如晦、房玄齡，戰神秦瓊、尉遲敬德，大神都是組團入夥的，後兩位更是從朝堂飛入尋常百姓家，做了中國人的守門員。還有一個叫李靖的，是一代戰神，也被後世神化。

一代名相魏徵，跟李世民叫板一輩子，死後照樣被供在凌煙閣裡，讓後世子孫膜拜。

彼時，唐詩的盛世還沒開始。朝廷的領導班子裡是一群書法玩

---

①彀（ㄍㄡˋ）：箭能射及的範圍，比喻牢籠、圈套，這裡指掌控的意思。

家，歐陽詢、褚遂良、虞世南。

文臣武將，各領風騷。貞觀盛世，牛氣沖天。

某個深秋夜裡，一個叫顏師古的老幹部撥亮油燈，指著桌子上他剛注完的《漢書》：「治國，靠這個。」又摸摸祖傳的《顏氏家訓》：「齊家，靠這個。」

幾年之後，顏師古隨李世民征戰遼東，死在路上。他一輩子主修經史，沒在戰場立功，也沒在文壇揚名。

一百年過去了，不知道李唐子孫有沒有讀他注解的《漢書》，但顏氏的子孫把《顏氏家訓》讀得很好。

顏真卿，就是其中一位。

西元735年，用杜甫的話說叫「憶昔開元全盛日」，在大唐歷史上，這原本是一個微不足道的年份。

只是，風起於青蘋②之末，這一年登上歷史舞臺的幾個人，都推動了日後大唐的風起雲湧。

這一年，唐玄宗移駕洛陽，不顧關中大旱，還有心情搞狩獵活動。他有理由高興———捷報剛剛傳來，張守珪的幽州軍大敗契丹。

---

②青蘋：多年生水草。根莖橫生泥中，裸葉浮於水面，分裂為田字狀，又稱「田字草」。

在戰鬥中，張守珪的一個乾兒子作戰兇猛，被提拔做了偏將，他的名字叫安祿山。

這一年，壽王李瑁的婚禮上，老爹玄宗擦了下三尺長的口水，發表了父愛滿滿的講話，祝願新人百年好合白頭偕老。

新娘是十七歲的楊玉環。

月子彎彎照九州，幾家歡樂幾家愁。也是這一年，詩人們酒入愁腸，憂傷滿江。

為了給玄宗的狩獵活動拍馬屁，李白獻上《大獵賦》，然後……就沒有然後了。

二十三歲的杜甫還在老家做模擬試卷，為鄉試備考。高適一身風霜，剛從幽州前線回來。第二年，他們兩個將在洛陽相遇，一起喝酒，一起寫詩，一起落榜。

也是這一年，李林甫拜相，開始手握重權。

李林甫是什麼人？有個成語叫「口蜜腹劍」，就是說他的。司馬光把他看得最透，「在相位十九年，養成天下之亂」。

這樣一個腹黑男掌權，文人日子不會好過。張九齡被排擠，大書法家李邕被陷害，就連多年後杜甫的第二次科舉，也因李林甫一句「野無遺賢」而徹底斷送。

朝廷真沒有漏掉一個人才嗎？

不管你信不信，反正玄宗是信了。

大唐世道變壞，就是從這一年開始的。

在一群失意文人裡，顏真卿的這兩年好像轉發了錦鯉，在「野無遺賢」之前幸運地考中進士，還迎娶了白富美，金榜題名、洞房花燭都有了。李白、杜甫、高適們還在四處求關注，顏真卿已經跨入大明宮，做了校書郎。

前面說了，顏真卿家訓特別嚴。子孫想學五陵少年一樣騎寶馬、逛夜店，會被動家法的。門第書香熏得顏氏子孫個個一身正氣。

顏真卿讀書非常刻苦，且癡迷書法。當時他已經是楷書大咖，但還想學行書，賀知章就給他引薦了一個靈魂導師，名叫張旭。張旭有多厲害呢？杜甫是這樣膜拜他的：

> 張旭三杯草聖傳，脫帽露頂王公前，揮毫落紙如雲煙。

人狂，字也狂。據說哪個朋友缺錢了，就找張旭寫一副字去賣掉，瞬間變土豪。

有了大高手指點，顏真卿更加刻苦讀書。多年以後他回憶青蔥歲月，寫了一首很雞湯且雞血的勸學詩：

> 三更燈火五更雞，正是男兒讀書時。
> 黑髮不知勤學早，白首方悔讀書遲。

如果說張旭是書法界的李白，顏真卿就是書法界的杜甫。

現在西安碑林有一塊多寶塔碑，後世很多大咖都臨摹過，那是楷書的樣板。文章的作者叫岑勳，就是「岑夫子，丹丘生，將進酒，杯莫停」中的那位夫子；而碑文書法，就出自顏真卿之手。

這樣一位正派靠譜的大唐幹部，如果沒有後來發生的事，他很可能繼承《顏氏家訓》，做做官、讀讀書，給孫子們輔導輔導作業，一輩子歲月靜好。

只是，歲月哪有那麼容易靜好！

03

就在顏真卿寫《多寶塔碑》的那一年，李林甫領了盒飯，把他鬥下去的是楊國忠。

楊國忠是楊玉環的堂兄，這時的楊玉環有了一個閃閃發光的稱號，叫「楊貴妃」。一人得道，雞犬升天，她的三個姐姐很快得到賜封，楊國忠也不例外，像坐了火箭一樣，躥升至宰相寶座。

小人一旦得勢，很難把持住的。

楊宰相不懂「相」，只懂「宰」——誰不服就宰誰。杜甫在《麗人行》裡對他的描述是這樣的：

炙手可熱勢絕倫，慎莫近前丞相嗔。

人家炙手可熱，有權有勢，大家都離他遠點。走在路上別擋領導的轎子，領導要霸座你得忍著。

當然，杜甫一枚小小公務員，還輪不到楊宰相來宰。

顏真卿夠資格。

　　顏真卿的正職是兵部員外郎，官不大，但性格很剛。楊宰相想收他當小弟，顏真卿卻拒絕拜大哥。於是，接連被「宰」。在楊國忠的「忠言」建議下，顏真卿被派往平原郡，做了市長。

　　當時的平原郡，在現在的山東德州附近，跟河北接壤。顏真卿是一名優秀的大唐幹部，上任沒多久，就把平原郡搞得有模有樣。

　　請看高適發來的賀電 ──《奉寄平原顏太守》：

> 皇皇平原守，駟馬出關東。
>
> 銀印垂腰下，天書在篋中。
>
> 自承到官後，高枕揚清風。
>
> 豪富已低首，逋逃還力農。
>
> …………

　　然而，「揚清風」容易，「高枕」就難了。

　　當時的大唐，全國有十大藩鎮，其中最猛的三個是河東、范陽、平盧，覆蓋了現在的山西、遼寧、河北、山東與河南北部。這三個藩鎮都歸一個人管，他就是安祿山。

　　顏真卿治守的平原郡，也在安祿山的轄區。

　　哦對了，此時的安祿山還有一個身份 ── 楊玉環的乾兒子。那年頭，親兒子都能手刃老爹，乾兒子有啥不敢幹的。

　　安史之亂終於來了。

短短兩個月，安史叛軍一路南下，攻佔洛陽，打進長安，唐朝最血腥的故事一個接一個上演。

唐玄宗狼狽逃往成都，在馬嵬坡，迫於壓力，殺了楊國忠和楊玉環。

「明眸皓齒今何在？血污遊魂歸不得。」不知道杜甫寫這句詩的時候，悲傷中有沒有憤怒。反正唐玄宗是有的。貴妃死了，京城都被占了，還是他最信任的乾兒子幹的。

最要命的是，北方大部分地區軍隊的戰鬥力非常渣，安史叛軍打唐軍如鐮刀割韭菜，很多地方軍甚至不戰而降。

「北方二十四個郡，難道沒有一個忠臣？」唐玄宗哭得像個被人搶了玩具的孩子。

當然有。

在北方敵佔區，還有兩個小城市沒有降，一個是顏真卿的平原郡；另一個，是離平原郡不遠的常山，太守叫顏杲卿。

沒錯，顏杲卿是顏真卿的從兄。

為了讓顏杲卿跟著一起打朝廷，安祿山把他的兒子顏季明當作人質。黑社會都這麼幹。

然而在大義和親情之間，顏杲卿選擇了大義。

他和顏真卿聯手，開始了剿匪行動。只是他們地盤太小，士兵只有區區數千。老兄弟倆到處求聯盟，很多原本打算投降的將領，加入了他們的救國軍。

可惜這裡畢竟是叛軍的根據地，顏杲卿最終戰敗。叛軍把他送到洛陽。當時的洛陽已經被安祿山拿下，他在那裡自稱大燕皇帝。

顏杲卿一身硬骨頭，對著安祿山開始大罵。安祿山就割了他的舌頭，他滿口是血，還在罵。安祿山命人砍下他的腳，還是罵。最後，他被一刀刀肢解……他那個做了人質的兒子顏季明，也被砍了頭。顏杲卿全家三十多口，滿門抄斬。

大名鼎鼎的國寶《祭姪文稿》，就是顏真卿在找到顏季明的頭顱後寫成的。

作為一幅書法作品，《祭姪文稿》多處塗抹，佈局雜亂，但並不影響它的千古盛名。字裡行間，我們能看到他在親人被殘忍殺害後，面對屍骨的悲傷和憤怒。

感情的釋放，歷史的見證，有時候比書法審美更重要。就像很多大文豪，寫起文章來構思精妙、才華橫溢，但是寫的家信往往語言樸實，甚至笨拙，這是更真實的一面。

人字合一，渾金璞玉，這就是「真卿」。

就在姪子顏季明做人質不久，顏真卿為了說服另一個太守跟他一起保衛大唐，竟然也讓自己十歲的兒子去做了人質。兵荒馬亂，這孩子後來去向不明，直到二十年後才找到顏真卿。

這可是他唯一的兒子。不知道這二十年裡，顏夫人有沒有殺他的心。

捨不得孩子套不著狼，顏真卿捨得。在他忠烈大義的感召下，北方十七個郡都加入平亂大軍，抄了安史叛軍的後路，可謂居功至偉。

顏杲卿因為駐守常山，世人稱之為顏常山。文天祥寫的、林則徐抄過的《正氣歌》裡有一句「為張睢陽齒，為顏常山舌」，說的就是顏杲卿被割了舌頭還不投降。

安史之亂結束後，四十九歲的顏真卿回到朝堂。

按說立過這等大功，還是烈士家屬，朝廷肯定沒人給他穿小鞋了吧。才不會。

弄權的人像蟑螂一樣，生命力是很強的。李林甫、楊國忠領了盒飯，首席大太監李輔國、元載又登場了。這時的皇帝是唐玄宗的孫子，唐代宗李豫。他的上位跟他老爹唐肅宗一樣，都是被李輔國操控的。

大唐的藩鎮問題還沒解決，又添了一個宦官干政。這兩大毒瘤漸漸把大唐榨乾耗淨，直至滅亡。後面的五代十國，本質上只是各個藩鎮的延續。

這種政治環境，對顏真卿這樣正直的人來說是很詭異的。很快，他就遭到元載誹謗，開始了下半輩子的貶謫生涯，什麼峽州、撫州、湖州，調來調去。

唯一的靜好歲月是在湖州。在那裡，一個叫張志和的詩人跟他喝酒、釣魚、談書法，用「西塞山前白鷺飛，桃花流水鱖魚肥」溫暖了顏真卿的心和胃。

詩的後兩句是：「青箬笠，綠蓑衣，斜風細雨不須歸。」

真能不歸也好，可他必須得歸了。

在長安，已經挖好一個大坑，等著他跳進去。

（05）

挖坑的這個人，叫盧杞。

盧杞是當時的宰相，資深大奸臣。對他的評價，用王安石的話說：「重用這樣的人都沒有亡國，唐朝真幸運。」歐陽修說他是蛀蟲，蘇洵說他「足以敗國」。

這樣一個人，偏偏被顏真卿遇到了。

彼時，安史之亂雖然已經結束，但後遺症才剛剛開始顯現。各個藩鎮動不動就要搞獨立，地區一把手輪不到朝廷任命，都是繼承制，儼然一個個獨立小王國。

淮寧節度使李希烈，就是其中一個。

西元782年，李希烈聯合盧龍、淄青、魏博幾個藩鎮，宣佈脫離中央，兩年後自稱皇帝。這幫軍閥都是安史叛軍的親信，大唐對他們沒有一點向心力。而且，他們都很能打。

如果武力對抗，中央是沒有能力的。只能祭出最後一招：招安。

可是派誰去呢？盧杞選擇了顏真卿。

要知道，當時李希烈已經公開稱帝，明擺著沒打算講和，他們還特別不講究戰爭禮儀，兩軍交戰，先斬來使。

去，還是不去？這是一道送命題。

顏真卿又選擇了去。這時，他已經是個七十六歲的老頭了，很多人勸他，可以不去的。但他還是去了。

看過《三國演義》的都知道，對一身凜然正氣的人，敵人也捨不

得殺，先要招降，比如曹操對關羽。

李希烈見到顏真卿，情況也差不多。先許他宰相之位，榮華加身。顏真卿不但不從，反而對李希烈破口大罵。

軟的不行來硬的。李希烈架起火堆，威脅要燒死他，顏真卿逕直往火裡走，被拉了出來。又給他看被割下的將領的耳朵，顏真卿面無懼色。

最後又在他的牢房裡挖坑：再不服，這就是埋你的地方。顏真卿還是一身硬骨頭，寧死不從。

一通操作下來，李希烈沒了耐心，後來將顏真卿絞死。這一年，他七十七歲，是從盛唐走來的那一批文人裡最長壽的，也是死得最慘的。

復盤整個事件，與其說是李希烈殺了顏真卿，不如說是朝廷殺的，策劃人盧杞，決策人唐德宗。

顏氏一族在安史之亂中的表現，忠義功勳都是一等，說對大唐有再造之恩也不為過。

北島有詩：「卑鄙是卑鄙者的通行證，高尚是高尚者的墓誌銘。」

從玄宗後期的李林甫、楊國忠，再到肅宗、代宗時期的李輔國、元載，再到德宗時期的盧杞，卑鄙者總是暢行無阻、平步青雲，高尚者往往落得顏真卿的下場。

$$06$$

　　弄臣的上臺與藩鎮的騷亂、朝臣向心力的瓦解，都在同一個歷史點上出現，這絕非巧合。

　　安史之亂結束，大唐表面上又延續了一百五十年，但只是續命而已。那個統一的、獨立的、真正的大唐，從這一刻就滅亡了。所謂大唐，已是N個表面統一的小王國。

　　安祿山推倒了第一塊多米諾骨牌，後面中晚唐的困局只是它的連鎖反應。牛李黨爭、藩鎮割據、宦官干政，這三碗砒霜，大唐一直喝到死。

　　唐詩裡的雄性荷爾蒙，從初唐、盛唐到中晚唐，是遞減的。忠臣良將，在中晚唐已經找不到幾個。

　　西元907年，大唐壽終正寢。

　　江山崩塌前夜，亡國之君唐昭宗③，面對氣勢洶洶的農民起義軍和群起的藩鎮，發現身邊竟沒有一個可用之人。

　　他一聲哀歎，寫下一首蹩腳的《菩薩蠻》，其中兩句是：

　　　　安得有英雄，迎歸大內中。

　　呵呵。

---

③最後一任皇帝唐哀帝，十四歲即位，十七歲被殺，只是一個傀儡皇帝，連亡國的資格都沒有。

蘇軾：月亮代表我的心

他在城東的山坡上有塊地，
每天在田間地頭，
也會跟村婦樵夫聊天。
他新取了個網名叫『東坡』。

$$01$$

　　宋神宗末年，首都開封。

　　一個名為「詩詞小會」的群裡，突然熱鬧起來，先拋出話題的是宋神宗趙頊：「我大宋開國百年來，文學發展始終未有唐時高峰，精神文明建設就有勞大家了，眾愛卿說說，有何良策？」

　　皇上說話，大家不敢怠慢，紛紛發言。

　　「陛下，我在忙著搞經濟。」說話的是王安石。

　　「我在寫歷史。」司馬光也發上來一句話。

　　「我在練字。」黃庭堅說。

　　「臣也是。」米芾附和著。

　　「我看出來了，你們都很謙虛。眾愛卿不要怕，我大宋自太祖起，就不殺文人。大膽說，錯了沒關係。」宋神宗鼓勵大家。

　　片刻沉默過後，嘀嘀嘀，消息提示音響了。神宗看到一首詞：

　　　　鬥草階前初見，穿針樓上曾逢。

　　　　羅裙香露玉釵風。

靚妝眉沁綠，羞臉粉生紅。

署名：晏幾道。

「陛下，你看我這首《臨江仙》怎麼樣？」

「好是好，但這樣的詞在朋友圈已經氾濫了，再說，你比得過你爹嗎？比得過柳三變嗎？比得過李煜嗎？……朕要有大國氣象，又要老百姓喜聞樂見，懂嗎？」

神宗已經生氣，晏幾道丟下一個「臣妾做不到」的表情，就再也不說話了。

又是一段長長的等待。忽然，一個人打破了沉默：「讓我來試試。」

說這話的人，叫蘇軾。

02

彼時，大宋的文學界很尷尬。

唐詩的盛況早已遠去，宋詞的高峰還未到來，一貫有「詩莊詞媚」之說。

「詩莊」，是說詩太莊重，條條框框多，內容以主旋律為主。很多宋代文人一邊開腦洞寫詩一邊罵：唐朝人為啥把好詩都寫光了？

「詞媚」是說當時的詞都比較柔媚甚至媚俗，難登大雅之堂。這是晚唐的「溫韋」以及南唐後主李煜留下的風格，後來被柳永再度通俗

化，唱遍大街小巷和花街柳巷。

也可以用現在的歌曲打個比方。

「詩莊」就是：

> 難忘今宵，難忘今宵
> 無論天涯與海角
> ‥‥‥‥‥‥
> 告別今宵，告別今宵
> 無論新友與故交

「詞媚」就是：

> 你身上有她的香水味
> 是我鼻子犯的罪
> 不該嗅到她的美
> 擦掉一切陪你睡

彼時的蘇軾，已經是大宋公認的文壇大咖。他跟老爸蘇洵、弟弟蘇轍組建的「三蘇」組合，名震全國。一門三大神，歷史上也只有「三曹」可媲美。

有才歸有才，他面對的題目難度是極大的。

唐詩三百年，山水人文、詠物懷古、相逢送別，能寫的題材都有了，還都出過神作。要超越，很難。

宋詞一百年，家國山河、春花秋月、深閨夢怨，該寫的也都寫

了。要創新，也很難。

怎麼破？

發出這聲疑問的時候，蘇軾正在密州的市府大院。此刻，他是密州市市長。

他是從杭州調到這裡來的，雖說官位升了，由於當地遠沒有杭州富庶，等於明升暗降。朝內，以王安石為首的革新派還經常找他麻煩。

好吧。你們以為我只會寫時政作文嗎？那我就寫個不一樣的給你們看看。

唐詩什麼題材最厲害？月亮。那我就寫月亮。

我不用「曉風殘月」，我要創造一個新的月亮，來PK「海上生明月」、「床前明月光」和「月是故鄉明」。

既然都是月亮惹的禍，那就休怪老夫了。

03

那一天是西元1076年的中秋。

密州市府大院的門頭上貼著「歡度中秋」四個大字，領導班子一群人和幾個文藝界朋友正在搞聯歡。

那一晚，他們喝了很多酒。天微微亮的時候，蘇軾已經喝醉。

他走向露臺，一陣狂嘔，還打了個冷顫。這歡樂的盛宴已經結束。

遠處，一輪明月高懸。江流奔湧，月色如洗。

他想起了很多事。從眉山到開封，從文藝青年到政壇直男，從名震南北到兄弟離散。遠處的月亮，好像懂他。

一首以月亮為主題的詞，瞬間閃現 ──《水調歌頭》：

> 明月幾時有？把酒問青天。
>
> 不知天上宮闕，今夕是何年。
>
> 我欲乘風歸去，又恐瓊樓玉宇，高處不勝寒。
>
> 起舞弄清影，何似在人間？
>
> 轉朱閣，低綺戶，照無眠。
>
> 不應有恨，何事長向別時圓？
>
> 人有悲歡離合，月有陰晴圓缺，此事古難全。
>
> 但願人長久，千里共嬋娟。

這首詞的厲害之處，在於意境深遠而又通俗易懂。蘇軾在與月亮的對話中，完成了一次極其浪漫的暢想。尤其結尾句，更像是神一樣的存在。

當日，一封特快專遞，由密州直達開封。宋神宗連讀三遍，一邊讀一邊說：「神作，太神了，比我神宗還神。」

04

這首《水調歌頭》有多厲害呢？

後人評價說：「中秋詞，自東坡《水調歌頭》一出，餘詞盡廢。」不能再厲害了。

但這首詞的厲害之處，遠不止這些。

讓我們開一下腦洞，來看看蘇軾寫這首詞的時候，腦子裡到底在想什麼？

在此之前，世人都知道他不僅是個文人，還是個工程師、佛學家、食神和釀酒師，但都沒想到他還有一個更厲害的身份 —— 天文學家。

那一年，仰望夜空的蘇軾，沒有把月亮呼作白玉盤，而是得出一個科學發現：月亮上的黑斑，是山脈的陰影。

千年前能這麼想的人，是不是大神？

他寫了一篇題為《日喻》的文章，來說明觀察實踐的重要性，以及實事求是的做事態度，還被愛因斯坦引用過，來闡明普通人對相對論的理解。（參見林語堂《蘇東坡傳》）

我嚴重懷疑，蘇大叔是從現代穿越過去的。

好，再來看這首《水調歌頭》，是文學還是天文學：

「明月幾時有？」對宇宙起源、月球形成時間的思考。

「不知天上宮闕，今夕是何年。」對外星球紀年的思考。

「我欲乘風歸去，又恐瓊樓玉宇，高處不勝寒。」月球晝夜溫差是三百多攝氏度，夜晚零下一百八十三攝氏度。

「起舞弄清影，何似在人間？」另一個意思是，地球更適合人類生存⋯⋯

什麼感覺？

地球已經無法阻擋蘇軾了。

05

好，讓我們再次回到文學上。

《水調歌頭》之後，宋詞有了全新的氣象。

幾年後，在黃州吃土的蘇軾，創作出了《前赤壁賦》《後赤壁賦》和《念奴嬌・赤壁懷古》，後者與他的「老夫聊發少年狂」一起，告訴世人：詞，除了花間派、婉約派，還可以有豪放派。

那麼，快樂的時候可以寫出好詞，失意的時候，能寫出好的中秋詞嗎？

能。

西元1080年，四十三歲的蘇軾，已經在黃州參加了《變形記》，成為一個徹徹底底的農民。他在城東的山坡上有塊地，每天在田間地頭，也會跟村婦樵夫聊天。他新取了個網名叫「東坡」，並開始構思他的下一個大作。

又是一個中秋之夜，他望向千里之外的北方，那裡有朝廷，有他的親人。

他的情緒低到了極點。自己滿腹經綸，原本是用來「致君堯舜上」

的，如今卻在「汗滴禾下土」。悲從中來，他又寫了一首中秋詞，即
《西江月‧中秋》：

世事一場大夢，人生幾度秋涼？夜來風葉已鳴廊，看取眉頭鬢上。
酒賤常愁客少，月明多被雲妨。中秋誰與共孤光，把盞淒然北望。

　　這首詞容易理解，我簡單翻譯一下：

　　人生如夢，冷暖人間，年華老去。

　　一壺濁酒盡餘歡，月亮被遮掩。

　　知交半零落，舉杯向北看。

　　蘇軾一生寫過四首中秋詞，只是因為《水調歌頭》太過出名，人
們反而忽略了其他的。

　　他的四首中秋詞，長短不一，寫時的心態也不同，但簡單說，可
以用一句話概括：

　　你問我愛你有多深，月亮代表我的心。

李清照：大宋文壇的一股清流

在她之後，
元明清三朝，
再沒出過這樣一個女人。

西元1101年，大宋文藝界發生了三件大事。

一是張擇端五米多長的《清明上河圖》被選入皇宮。宋徽宗第一次見到如此高清無碼大圖，震驚了，蓋章點讚。

二是蘇軾老先生去世，宋詞半壁江山傾倒。他晚年最擔心後繼無人，收了四個學生，即「蘇門後四學士」，其中一位叫李格非。

三是李格非的女兒李清照，在這一年結婚。她剛過十八歲，老公是高幹子弟趙明誠。

在當時的文壇，不管豪放派還是婉約派，都沒有給女人留位子。

李清照是個不按常理出牌的姑娘，愛喝酒，有個性，自帶文藝氣質，好像一出生就掛了一身詞牌。

她每次寫詞前都會思考一個問題：雄性荷爾蒙旺盛的豪邁詞，和纏綿悱惻的婉約詞之外，應該還有另一條路，它清新質樸，像一股清流。

李清照做到了。

出閣之前，她向大宋首都開封的媒體界，扔過去兩首《如夢令》。

一首是「常記溪亭日暮，沉醉不知歸路」，一首是「昨夜雨疏風驟，濃睡不消殘酒」。尤其後者的點睛之筆「知否，知否，應是綠肥紅瘦」，使得媒體界震驚如一灘鷗鷺。

趙明誠是個有夢想的官二代，事業上主攻考古，業餘做做官。

梁思成和林徽因的故事說明，從事考古的直男，很容易愛上有才華的文藝女。趙明誠也不例外。

李清照芳華妙齡，才情泉湧，動不動還能喝個大酒，關鍵還「人比黃花瘦」，這樣的姑娘不追，簡直不配姓趙！

02

趙明誠馬上制訂了偶遇計畫。在一年一度的元宵節上，他鼓足勇氣，對正在看燈謎的李清照說：姑娘，這道燈謎的謎底我家裡有，要不加個好友，回頭發你。

那可是宋朝，這麼大膽的搭訕，要是一般女人估計要罵「臭流氓」了，但李清照沒有，她回覆的內容更大膽：

> 繡幕芙蓉一笑開，斜偎寶鴨襯香腮。眼波才動被人猜。
> 一面風情深有韻，半箋嬌恨寄幽懷。月移花影約重來。

這首《浣溪沙》可以有不同的理解，大致是說：早晨起床，我笑著撩開芙蓉花簾幕，抱著小鴨子香爐，托著香腮。我秋波流轉，怕別

人猜透心思。見你一面,就為你傾倒,忍不住給你寫信:夜晚花下,我們再約哦。

歐陽修一句「月上柳梢頭,人約黃昏後」,不知打動過多少青春少年。李清照這句「月移花影約重來」,也有同等殺傷力。

至少,趙公子被征服了,馬上跟老爹說:「我想脫單。」

父親很高興:「兒啊,咱有房有車,還有首都戶口,誰家姑娘?爹給你找媒人。」

趙明誠說:「我在夢裡讀到一本書,上面寫著『言與司合,安上已脫,芝芙草拔』。」

爺兒倆假裝研究了半天:「言與司合」是「詞」字,「安上已脫」是「女」,「芝芙草拔」是「之夫」,合起來就是「詞女之夫」。哦,懂了,這是天意呀。

還記得《紅樓夢》裡薛寶釵的「金玉良緣」嗎?誰說只有我們現代人會玩套路!這一對父子,和那一對母女一樣,都是套路高手。

提親那天,他們一早就到了。

李清照剛剛盪完鞦韆,一身汗,回到屋裡,看到趙家來提親。幸福來得太突然。

她將這個尷尬又幸福的時刻,寫成一首《點絳唇》。這個詞牌很有意思,「絳」是大紅色,從字面看,就是「塗上我的口紅」。

「蹴罷秋千,起來慵整纖纖手。露濃花瘦,薄汗輕衣透。」衣服因為汗濕貼在身上,肌膚若隱若現。一股荷爾蒙氣息撲面而來,青春動人。

然後筆鋒一轉,「倚門回首,卻把青梅嗅」。她以嗅青梅做掩護,又把來提親的趙明誠偷看一遍。

誰套路誰還不一定呢！

結局當然是有情人終成眷屬。

新婚燕爾，女才郎貌。在首都開封的CBD，在古玩市場，以及各大開封菜館裡，到處都是他們撒狗糧的身影。

$$03$$

趙明誠一心撲在考古上，青年時期就在醞釀他的大作《金石錄》。

這部巨作有多厲害呢？之前的文壇大神歐陽修寫過一本《集古錄》，是當時考古學的經典。而趙明誠的《金石錄》就是《集古錄》的Plus版本，收錄的金石拓本更多，考證更深。直到現在，它在考古界依然有重要價值。

除了寫寫詩詞、上上大宋媒體的頭條，李清照的大部分精力都用於協助丈夫的文物研究工作。

如果沒有政壇變故，他們很可能在詩酒年華中走完令人羨慕的一生，成為古代中國少有的文壇伉儷。

可是別忘了，那是北宋末年，政壇雲譎波詭。

婚後沒幾年，趙家被蔡京排擠，公公很快去世，趙明誠也被調往山東萊州，李清照作為家屬，搬到青州鄉下生活。這相當於現在從北京調到地方農村。

好在，目標明確的人，內心都比較強大。

夫妻二人沒被變故打倒，反而用更多的時間去完成《金石錄》。

十年間，趙明誠長年累月外出考察，搜集各種文物、題名、拓片，為
《金石錄》的寫作積累材料。李清照則到處搜尋字畫、奇書，這其中，
還有唐朝手抄本的李白、杜甫、韓愈和柳宗元的文集。

這是個特別燒錢的事，錢不夠，就變賣家當。有一次，李清照
看到有人賣的古代字畫正是自己想找的，可身上錢不夠，也沒帶信用
卡，就立馬去當鋪當掉衣服，買買買。

當然，李清照也不是單純的工作狂，生活情趣還是有的。

趙明誠熬夜加班，李清照就明目張膽地撩撥：

晚來一陣風兼雨，洗盡炎光。理罷笙簧，卻對菱花淡淡妝。
絳綃縷薄冰肌瑩，雪膩酥香。笑語檀郎：今夜紗廚枕簟涼。

洗過澡、化點淡妝、穿上蕾絲，衝趙明誠勾勾手指：今夜的竹蓆
好涼哦。

把不可描述之事，描述得這麼清新脫俗。除了她，誰還能寫？誰
還敢寫？

西元1127年，金兵入侵中原。趙明誠被調到南京，四十四歲的
李清照跟著南渡。

每到下雪，她就跑到郊外踏雪尋詩，趙明誠就推掉公務，苦哈哈
陪著。顛沛流離，苦中作樂。人到中年的李阿姨，還有一顆文藝心。

千萬別覺得，才女都不食人間煙火。除了詞寫得好、酒喝得多，
李清照還有一大絕技 ── 打麻將，不僅玩，還是專家。

為了將其發揚光大，她還寫了《打馬圖經》，「打馬」就是麻將的

前身。在序言裡，李清照說：「予性喜博，凡所謂博者皆耽之，晝夜每忘寢食。」（我天性喜好博戲，不能自拔，經常廢寢忘食。）文中列出多種博戲玩法，並一一評價，聲稱自己技術精湛。以我有限的知識量來看，這可能是中國古代最全的博戲記載。

這枚文藝女青年，竟然還是一位職業「賭神」。

不過，她很快就沒心情玩牌了。金兵大舉南下，大宋危在旦夕，很多城市一夜變幻大王旗。這其中，就包括南京。

04

趙明誠本該誓死抵抗的，可最令人惋惜的一幕發生了。

得到叛軍造反的消息，趙明誠萬分悲痛，拿起一根繩子……別擔心，他不是上吊，而是把繩子垂下城牆，帶著兩名副手連夜跑了。一個大宋知州、地區一把手，竟然關鍵時刻掉鏈子，這個汙點，趙市長永遠都洗不白了。

但分析一下當時的環境，還是替趙明誠感到一絲委屈。

宋朝從立國開始就是重文輕武，在官員任命制度上非常業餘。趙明誠無非是一個文物專家，不懂軍事、不懂治理，偏偏讓他管理南京這個南北對峙期的關鍵城市。讓管理也行，朝廷總得給點兵權呀，也沒有。而當時的叛軍，是朝廷直接領導的中央軍。趙明誠那樣的行政班子，在這樣的叛軍面前，抵抗力幾乎為零。

從後來趙明誠又被重新起用來看，估計朝廷也理解他的苦衷。

但不管怎麼說，臨陣脫逃、貪生怕死這兩口鍋，趙明誠是背牢了。沒過多久，他因痢疾去世，享年四十九歲。

四十六歲的李清照失去了依靠。

似乎一夜之間，那個「薄汗輕衣透」的女文青，「如今憔悴，風鬟霜鬢，怕見夜間出去」。

家國窮途，美人遲暮。

北宋文壇的風花雪月，正在風流雲散。李清照也文風大變，這期間，她最出名的是一首《夏日絕句》：

> 生當作人傑，死亦為鬼雄。
> 至今思項羽，不肯過江東。

有人說這是寫給趙明誠的，也有人說是暗諷朝廷，不管寫給誰，在李清照眼裡，這些男人都不夠男人。

李趙二人沒有子女，趙明誠去世後李清照失去了唯一依靠。她帶著一堆文物繼續南下，先去紹興，後來流落到杭州。

此時，一個叫張汝舟的男人，正在杭州等著她。

05

萬物皆有裂痕，那是渣男進來的地方。

在杭州，經人介紹，李清照認識了一個自己的崇拜者 ── 張汝舟。

這個小人物原本不會在歷史上留下痕跡，可是李清照選擇了他。他的身份，也不再是杭州的一個小公務員，而是著名女詞人的第二任丈夫。

事情的經過我們已經無從得知。唯一知道的是，已經四十九歲、在流亡中寡居的李清照，正好處在空窗期，她需要一個男人一起走完後半生。

這在禮教盛行的宋代，不被世俗道德壓死，也會被唾沫星子淹死。

但彪悍的人生不需要解釋。李清照老了，骨子裡還是那個李清照，不就是再嫁嗎？誰愛說就讓他說去。

老年人戀愛這事，幸運了是老來伴，不幸了就是老房子著火。

結婚之後，張汝舟很快暴露了動機，他要的不是李清照的文采，而是她的文物。

要知道，這些文物對於李清照可不是理財產品，而是她和趙明誠的事業，據說宋高宗曾經要出三百兩黃金購買，她都沒出手。一路逃難過來，或丟或盜，手裡僅存十之一二，怎麼能落到張汝舟手裡呢？

於是，李清照遭遇了嚴重家暴。

她在求救信中說，張汝舟對她「決欲殺之」、「遂肆侵凌，日加毆擊……」── 我快被他打死了。

離婚，必須離婚。

然而，這又面臨一道世俗障礙。按照宋朝法律，女人是不能提離婚的，除非丈夫犯了重罪。

巧了，張汝舟還真犯過事。他曾經虛報過應舉次數，並因此獲得官職。可能有人會說，不就是履歷造假嗎？這也叫事？嘿嘿，在古代這不僅是個事，還是個大事 —— 欺君之罪。

李清照以考古一樣的嚴謹精神搜集證據，一告張汝舟造假欺君，二告他家暴狠毒，訴訟離婚，成功恢復自由身。

這時的她，已是知天命之年。你以為她該消停消停養養老了？並沒有。

晚年李清照，似乎越來越激昂。她一邊流亡，一邊激發大宋的荷爾蒙：

子孫南渡今幾年，飄零遂與流人伍。
欲將血淚寄山河，去灑東山一抔土。

千古風流八詠樓，江山留與後人愁。
水通南國三千里，氣壓江城十四州。

西元1155年，整理完成趙明誠《金石錄》後的第二十年，李清照去世。那一年她七十二歲，善終。

06

　　大宋文壇上有很多狂人，柳永、蘇軾、陸游、辛棄疾，一個個比一個踐，那個叫周邦彥的，還敢跟宋徽宗爭李師師小姐，要不說文人最想去的時代首選宋朝呢，那是個允許文人傲嬌的時代。

　　李清照呢？一個女人，狂得起來嗎？

　　可以的。

　　她的狂，還不是喝酒、打馬、寫閨房詞，而是挑戰大佬。在她的《詞論》裡，李清照對北宋大佬一個個點名批評：

　　「柳永的名氣很大，也懂音律，就是太低俗。」

　　「晏殊、歐陽修、蘇東坡這些大佬，都有大才，可惜他們沒有音樂細胞，把詩當成了詞。」

　　「王安石、曾鞏，寫文章很厲害，但他們的詞一看就讓人暈倒，根本讀不下去！」

　　「晏幾道、賀鑄、秦觀、黃庭堅才是寫詞行家，可惜呀，晏幾道的詞缺乏鋪敘，賀鑄用典不行。」

　　「秦觀太婉約，沒內容，就像一個貧家美女，漂亮倒是漂亮，可惜沒氣質。黃庭堅略好一些，但總有點小毛病，不完美。」

　　以上內容可不是我瞎編，有興趣的讀者可以找她的《詞論》一看。

　　李清照寫這篇點評時不到三十歲，是什麼概念呢？想像一下，21世紀的今天，一個青年女作家，對著魯迅、巴金、沈從文一通批評會是什麼畫面？

　　更何況蘇軾是誰呀，她老爹李格非的老師，李清照應該叫師祖。

歐陽修是誰呀，蘇軾的老師，李清照應該叫曾師祖。

那麼，她說得對嗎？

不好意思，基本上是對的。只是在那個尊卑有序的時代，人們不適應這種表達。

文壇爆炸了，從宋朝炸到清朝，被李清照氣到吐血的文人一個接一個。他們對李清照的批評，最具代表性的是一句話是「其妄不待言，其狂亦不可及也」，總結為兩個字：狂妄。

你說李清照狂不狂？

很多人一想到古代才女，會把李清照跟薛濤、魚玄機並列，其實李清照有本質的不同。

薛濤、魚玄機有學識膽識，但沒有獨立意識，依然是男權時代下的小女人，而李清照不是。從愛情、婚姻、事業，到對時局的判斷、家國情懷，她始終清醒而主動。她不像千年前的宋朝女人，更像一個現代女性，獨立、勇敢，知道自己要什麼。在她之後，元明清三朝，再沒出過這樣一個女人。

李清照有一首《鷓鴣天》是寫桂花的，其中有一句：

何須淺碧深紅色，自是花中第一流。

這難道不是她自己的寫照嗎？無須用大紅淺綠來裝點，已是女人中的第一流。

辛棄疾：哥的憂傷你不懂

登上一個叫賞心亭的亭子。

他喝了一碗酒，

還沒殺過敵。

腰間的吳鉤寶刀都快生鏽了，

01

西元1157年，大宋首都開封，此時已被金國佔領。

一座朱門大院內，一個年輕人喝完一杯爺爺泡的茶，就要離開家了。

那一年，他十八歲，要去做大事。

爺爺叫辛贊，是當時的開封市市長，但一心想要抗金，收復中原。可是他已經老了，重任落在年輕人身上。

他想讓孫子長成一代猛男，就像西漢名將霍去病一樣，於是給孫子取名：辛棄疾。

辛棄疾是濟南人，從他出生那裡就是淪陷區。父親死於戰爭，他從小由爺爺辛贊帶大。

眾所周知，由爺爺帶大的孩子，一般都很厲害。比如，葫蘆娃兄弟。

但葫蘆娃是每人只有一個絕招，而辛棄疾是一個全能天才。

$$02$$

彼時，南北對峙期間，南宋對金國佔領區過來的人很謹慎，稱為「歸正人」，跟從良一個意思，明擺著搞地域歧視。

所以要想取得南宋的信任，就得拿出誠意。

那好，我就備幾份大禮。

年輕的辛棄疾，用了兩三年時間，玩了幾把cosplay（角色扮演）。

首先，他藉著趕考的機會，去了燕京，當時的燕京是金國首都。辛棄疾考完試，沒像別的同學那樣喝酒擼串，而是騎著單車滿城轉悠，把金國的高官住所、軍營位置、政府要員之類的情報，摸了個門兒清，還繪製了地圖。

這個時候，他就是龐德，詹姆士・龐德。

第二件事，是幾年後組建了一支兩千人的小部隊，跟金軍打游擊戰，還帶領同志們學習持久戰的精神，要跟金國死磕到底。

這時，他很像他的山東老鄉宋江。

第三，在他二十三歲那年，有個叫張安國的叛徒，殺了即將投靠南宋的愛國領袖。辛棄疾就帶著五十個兄弟，衝到五萬人的金軍大營，愣是把張安國綁了出來。

這時，他又成了趙子龍。

總之，青年時代的辛棄疾，一點都不像個寫歌詞的。

宋孝宗驚呆啦，這貨是個大猛人啊。當場表示：來了就是大宋人。

03

然而，辛棄疾到了南宋，發現的卻是另一番景象。

當時的南宋集團分為兩派，主戰派和主和派。主戰派的口號延續了岳飛的夢想：還我河山。主和派的口號是：人不犯我，我不犯人。人若犯我，我忍。

可是大boss太慫了，重用主和派，把主戰派都排擠出去了。

辛棄疾血氣方剛，每天的口頭禪就一個字：幹。

所以，被別人幹到一邊了。幾年裡，從江陰到廣德，從南京到滁州，總是屁股還沒坐熱，就被調離。

那一年秋天，被調到南京的辛棄疾很鬱悶。他終於知道南宋戰敗的原因了：不是敵人太猛，而是隊友太慫。

他喝了一碗酒，登上一個叫賞心亭的亭子。腰間的吳鉤寶刀都快生鏽了，還沒殺過敵。想到這裡，一首《水龍吟》浮現，其中幾句是：

> 落日樓頭，斷鴻聲裡，江南遊子。
> 把吳鉤看了，欄干拍遍，無人會、登臨意。
> ⋯⋯⋯⋯⋯⋯
> 倩何人喚取，紅巾翠袖，搵英雄淚！

大概意思是：我這麼能打，你卻讓我做個小文官。哥的憂傷，有人懂嗎？啊！有誰能給我找個妹子，幫我擦乾眼淚。

他以為這首詞能引起大boss的重視，可是什麼都沒有發生。

　　杭州城裡的達官貴人們，依舊天上人間。城市上空，夜夜飄著銷魂的歌聲：來呀，快活呀，反正有大把時光。

04

　　不過，對朝廷不滿的不止辛棄疾一個人。很多荷爾蒙旺盛的猛男，都在寫詩作文罵朝廷。

　　比如，最火的一首詩叫《題臨安邸》：

> 山外青山樓外樓，西湖歌舞幾時休。
> 暖風熏得遊人醉，直把杭州作汴州。

　　這詩一出，朝廷很不高興。

　　讓我們一起喝酒擼串不好嗎，為什麼非要打打殺殺呢？你們這些臭詩人，一點都不懂事。誰再提「抗金」「屈辱」，一律屏蔽。嚴重者，罷官。

　　大家一想，是呀。你看超級大咖岳飛，夠牛吧，整天喊著「待從頭，收拾舊山河」，結果，自己被收拾了。

　　所以，打字是高危職業，要當心。

05

　　從此以後，辛棄疾變成了一個「典故狂人」。在他的詞裡，到處都是典故，像密碼電文，要是不多讀幾本歷史書，根本看不懂。

　　這一年元宵節，辛棄疾到首都杭州出差。在回招待所的路上，他看到車水馬龍的杭州城，宅男美女走上街頭，參加一年一度的元宵大聯歡活動。

　　集市上，商人們在挑選貨品；花燈下，年輕人在相互加好友；青樓裡，大咖們在醞釀詩詞大作。

　　辛棄疾瞄了一眼手裡的調崗文件，又一首詞湧上心頭。在宋詞的浩瀚海洋裡，有過那麼多神作，但這首《青玉案·元夕》一直佔有重要一席：

　　　　東風夜放花千樹，更吹落、星如雨。寶馬雕車香滿路。鳳簫聲動，玉壺光轉，一夜魚龍舞。

　　　　蛾兒雪柳黃金縷，笑語盈盈暗香去。眾裡尋他千百度，驀然回首，那人卻在，燈火闌珊處。

　　有人說，這首詞沒法解釋，一解釋就是畫蛇添足。

　　而我喜歡的一種說法是：他這是跟朝廷說，我就是我，是顏色不一樣的煙火。你們要找人才，為啥還把我放在燈火昏暗處呀。

　　雖然不得志，但他這時對朝廷還沒有失去信心，他相信，總會有馳騁沙場的一天。

只是他沒想到，這一天一直都沒有來到。

06

此後的很多年，辛棄疾一直沒有得到重用，最大的成就就是在湖南平息茶商叛亂。其他時間他被朝廷調來調去，每到一處，就寫一首詞吐槽。

在江西，他寫了《菩薩蠻》：

> 鬱孤臺下清江水，中間多少行人淚。西北望長安，可憐無數山。
>
> …………

他很鬱悶，北方的家園都看不到了。

在湖北，他寫了《摸魚兒》：

> …………
>
> 長門事，準擬佳期又誤。蛾眉曾有人妒。千金縱買相如賦，脈脈此情誰訴。君莫舞。君不見，玉環飛燕皆塵土。閒愁最苦。休去倚危欄，斜陽正在、煙柳斷腸處。

他其實是告訴朝廷那些人，你們都別作死。看看楊玉環、趙飛

燕，再得寵，最終也都是塵土。南宋就像下午五六點鐘的太陽，快game over啦。

這些詞儘管很含蓄，但表達的基本是一個意思：我不是針對誰，我是說在朝的各位都是垃圾。

07

宋朝朝廷有個毛病，不用的人，也不讓你在一個地方好好待著，一定要把你調來調去。比如蘇東坡，也是一生顛沛流離，晚年寫了個工作總結報告：

> 心似已灰之木，身如不繫之舟。
> 問汝平生功業，黃州惠州儋州。

辛棄疾一定讀過前輩的詞，所以他的總結報告是：

> 平生塞北江南，歸來華髮蒼顏。
> 布被秋宵夢覺，眼前萬里江山。

歷史一直在重演，英雄一直在落淚。

但英雄都是惺惺相惜的。在不得志的後半生裡，辛棄疾結識了范成大和陸游，當時這二人與楊萬里、尤袤被稱為「中興四大詩人」，都

夢想著朝廷能雄起。

范成大作為外交官，去了一趟開封跟金國談判，回來就寫了一首詩：

> 州橋南北是天街，父老年年等駕回。
> 忍淚失聲詢使者，幾時真有六軍來？

皇上呀，中原人民等著我們去解救呢。

陸游則更厲害，可以想想他的「夜闌臥聽風吹雨，鐵馬冰河入夢來」，以及「楚雖三戶能亡秦，豈有堂堂中國空無人」。

都是被詩詞耽誤的「古惑仔」。

除此之外，還有很多大咖跟辛棄疾成為朋友，比如陳亮、劉過，以及哲學教授朱熹等等。他們都是主張復仇的主戰派，可以叫作：復仇者聯盟。

（08）

所有這些人裡，將復仇進行得最徹底的，還是辛棄疾。

他的一生，有二十年基本是被閒置的，在江西過閒居生活。

這二十年，他每一天都在想報國殺敵。每當前方傳來壞消息，辛棄疾都會大聲喊：穩住，我們能贏。

然後打開筆記本，寫下一首首殺氣縱橫的詞。詞裡有「男兒到死

心如鐵，看試手，補天裂」，有「醉裡挑燈看劍，夢回吹角連營」，有「易水蕭蕭西風冷，滿座衣冠似雪」。

當然，還有「金戈鐵馬，氣吞萬里如虎」，那首滿篇典故的《永遇樂‧京口北固亭懷古》。那首詞很長，典故很多，要想說清楚，這篇文章裝不下。

總之，不管辛棄疾怎麼憤怒，朝廷還是沒有重用他，在他五十歲那年，竟然給了他一個在武夷山主持道觀維修的小官。

唉，金戈鐵馬，被趕下地拉犁了。

這樣的日子，一直持續到他退休。

六十歲剛過，他突然收到一個offer：朝廷終於要打金國了。一個叫韓侂胄的宰相擔任總司令，他想要一戰成名。

但辛棄疾經過分析發現，這時並不適合打仗。韓侂胄之所以找他，是為了讓他背鍋。辛棄疾果斷拒絕，徹底辭官。這個鍋，老子不背。

果然，韓侂胄大敗而歸。南宋攢了多年的家當，一夜回到解放前了。

戰敗的消息傳來，病中的楊萬里痛哭流涕，大聲罵娘：「奸臣佞作，以至於此。」第二天去世。

辛棄疾在悲憤中撐到第二年，一天夜裡大喊三聲「殺賊」後去世。

陸游在悲痛中臥病三年，留下一句「王師北定中原日，家祭無忘告乃翁」，卒。

(09)

在人們的印象中，文人一般不懂軍事政治。但宋朝文人例外，他們都是業餘寫寫詩詞的實幹家，比如蘇軾、王安石。

到了南宋，遭遇家仇國難，岳飛、范成大、陸游這樣能文能武的人就出現了。而辛棄疾，是把多面手發揮到極致的人。

就好像一個數理化都考滿分的學霸，你以為他是個理科生，翻開他的試卷一看，人家地理歷史作文也是滿分。

要知道，他二十六歲就給朝廷寫了軍事論文《美芹十論》，後有著名的《九議》。他還有幾個觀點：「與虜騎互相出沒，彼進吾退，彼退吾進，不與之戰，務在奪其心而耗其氣。」

這是什麼？就是游擊戰呀。

再看看他三十來歲時的遠見：「仇虜六十年必亡，虜亡則中國之憂方大。」意思是：金國六十年後肯定滅亡，但是金國滅亡之後，中國才面臨真正的大患。這個大患，就是蒙古。

果然，六十二年後，蒙古幹掉了金國，開始收拾南宋。

這神一樣的預言，沒有軍事戰略眼光是不可能做出的。

結果呢？「卻將萬字平戎策，換得東家種樹書。」這些平亂的策略著作，朝廷根本不會看，還不如回家讀《樹木種植技術》。

所以，如果你也覺得自己懷才不遇，想想辛棄疾，就沒那麼憂傷了。

陸游：我一身盔甲，卻藏不住軟肋

多年以後，
陸游回味那壺酒，
它是那麼醇香，
又是那麼苦澀。

（01）

展開西元1205年的中國地圖，南宋蜷縮在東南一角，像一塊老年斑。

文壇也老了。

深秋，紹興一處宅院裡，一個八十歲的老人縮在躺椅上。身旁，已生起火爐，他的孫子正在煎茶。

老人雙眼微閉，喃喃地問：「還有什麼消息？」

孫子拿起爐上的陶壺，說：「上個月，辛棄疾從鎮江太守的位子上被罷免，走到京口，寫了一首詞，有『直須抖擻盡塵埃，卻趁新涼秋水去』的句子。」

老人無奈一笑：「『新涼秋水去』？哼哼，他那是故作輕鬆。」

「是呀爺爺，朝廷倉促起兵，卻罷免辛大人，誰不知道他一輩子都想北伐！」

老人沉默良久，輕聲歎息：「北方有什麼消息？」

孫子的語氣略微輕鬆了一些：「哦，一個叫鐵木真的蒙古首領，

剛剛打敗西夏，被尊為『成吉思汗』，聽說是『擁有海洋四方』之意。口氣倒不小。」

他還未說完，老人睜開了雙眼，一臉嚴肅。「辛大人說得沒錯，蒙古的野心絕不是草原，而是星辰大海。」

孫子憤憤不平：「可他們連文字都沒有，據說鐵木真親自坐鎮，正在造文字。」

老人又一聲歎息，岔開了話題：「金國呢？」

「金國正在備戰……哦對了，兩個月前，有個叫元好問的金國人，才十六歲，寫了一首詞。」

聽到詩詞，老人面色舒緩了一些。「唸來聽聽。」

孫子醞釀了一下情緒，款款唸道：「問世間情為何物，直教生死相許。天南地北……」

「停。再唸一遍。」

孫子重複前句，唸道：

> 問世間、情為何物，直教生死相許？
> 天南地北雙飛客，老翅幾回寒暑。
> 歡樂趣，離別苦，就中更有癡兒女。
> 君應有語：渺萬里層雲，千山暮雪，隻影向誰去？
> …………

屋內一片寂靜，只能聽到外面的秋風聲。兩行濁淚從老人的眼角流出。

良久，他望著窗外，吃力地探身，「扶我起來。」

「爺爺，外面冷，還是別出去了。」

老人很固執。拿起手杖，踩著滿地黃葉，顫顫巍巍走出院子。

紹興東南，有一座當地最大的園子。曾幾何時，每到春日，遊人如織，而這一年的深秋，園子一派蕭條。

老人站在門口，抬頭望，兩個紅漆大字斑駁暗淡，但依稀可辨，是「沈園」。

老人像是喃喃自語，又像低聲抽泣：「情為何物……千山暮雪，隻影向誰去？」

是呀，隻影向誰去？老人陷入回憶。

60年前，這個園子，一個叫唐琬的姑娘曾經來過。那是他們白衣飄飄的年代。

這個夢遊似的老人，叫陸游。

那一年，他二十歲，她十七歲，他們結婚了。

陸游的老爸，是曾經的臨安知府，也就是南宋首都杭州的一把手。婚禮上，江南的官場文壇很多人都來了，高朋滿座。陸家的藏書小樓「書巢」破例對外開放，因為他們剛剛為朝廷的藏書館，拿出一萬三千卷藏書。

唐琬的老爸，是曾經的鄭州通判，也是一位名儒。書香門第裡，

唐琬是獨生千金。

　　門當戶對，才子佳人，虐遍滿城單身狗。

　　他們一起吟詩作對，一起撫琴飲酒，一起踏青郊遊。

　　去得最多的地方，就是沈園。

　　婚後某天，春和景明，他們又到了沈園。

　　唐琬：「我突然好奇，你為什麼叫陸游？」

　　陸游：「我母親是秦少游的粉絲。我出生那天，她夢到秦少游，就用『游』字給我取了名。」

　　唐琬冰雪聰明：「哦，這麼說來，你的字『務觀』……」

　　陸游：「沒錯，取自少游的名『秦觀』。」

　　唐琬呵呵笑了：「我也喜歡秦少游，看來，我跟你媽能夠好好相處了。」

　　到底是十七歲，只看到詩情畫意，看不到婆婆的心意。

　　兩年之後，天真的唐琬小姐就發現，婆媳關係比國際關係還難處理。

03

　　她遇到了當時女人最怕的問題：不能生育。

　　在那個「無後等於不孝」的年代，這個問題很嚴重。況且陸游媽媽已不再是少女心，而是婆婆心。夢裡也不再抱秦少游，而是抱孫子。

或許，婆婆是提出過解決方案的。比如，讓陸游再娶妻，唐琬做妾。可唐琬是什麼出身呀，大家閨秀，讀書識字，她怎麼甘心。

　　一個書香世家，開始出現硝煙味。

　　婆媳開打，房倒屋塌。到最後，婆婆祭出終極大招 —— 讓他倆離婚。

　　但陸游也是個有脾氣的人。在這輪交鋒中，他選擇了媳婦，帶著唐琬離家出走，到外面租了房子。那套房子沒有甲醛，他們還年輕。他們相信，婆婆總有一天會妥協。

　　可是他們想錯了，只有不用心的婆婆，沒有拆不散的夫妻。

　　陸游他媽也出身名門，見多識廣，或許還有豐富的婆媳鬥爭經驗，有的是手段。想出去單過，沒那麼容易。婆婆帶著人找到他們，用盡一切辦法、一切理由，就是要拆散他們。

　　這一輪，陸游妥協了。

　　休書的最後，寫著：「任其改婚，永無爭執。恐後無憑，立此為據。」在左下角，陸游忍住眼淚，簽字蓋章。方方正正的大紅印章，很像他們洞房的喜字。

　　接下來幾年裡，陸游與唐琬一別兩寬，各自悲喜。

　　陸游又結婚了，新娘姓王，溫順賢慧，一輩子相夫教子，在七十一歲那年去世。唐琬也再婚了，丈夫叫趙士程，是宋太宗趙光義的五世孫，官方認證的趙宋宗室。

　　如果沒有後來的事，他們可能真的一別兩寬，你做你的才子，我當我的佳人，在各自眼裡，對方只是前夫前妻。

　　可是，後來的事接連發生。

$$04$$

又是一個遊園的好天氣。

沈園不愧是江南名園，亭臺樓閣，環湖而建，綠波蕩漾，斜橋倒影。

陸游正在橋上看風景，一轉身，發現一個熟悉的面孔。正是唐琬。

四年未見，她瘦了。

唐琬也看到了他，似乎有點不知所措，什麼話也沒說，只是拿出鮫綃一樣的手帕，快速擦掉眼淚。

陸游卻有一點興奮。他眼裡有一道光閃過，想起了那句著名的歌詞：「哦，原來你也在這裡。」

唐琬似乎真因為這突如其來的偶遇怔住了，吞吐半晌，才開了口：「是……是呀。」

陸游嘴角上揚，正要接話，唐琬說出了下半句：「我老公也在。」

「哦……那後會有期。」

陸游快步離開，去到一個無人的亭子，心潮起伏。

沒多大會兒，一個僕人模樣的少年走了過來，他身後，還跟著一男一女兩個僕人。他們送來了酒菜，在圓形石桌上整齊擺放好。菜品精緻，甜點可口，還有陸游最愛喝的黃縢酒。

送酒菜，是趙士程吩咐的。

送什麼酒菜，是唐琬叮囑的。

多年以後，陸游回味那壺酒，它是那麼醇香，又是那麼苦澀。

藉著酒勁，他找到一面白牆，擦掉上面的「到此一遊」，來了一首

「到此一吟」。正是那首催淚大作《釵頭鳳》：

> 紅酥手，黃縢酒，滿城春色宮牆柳。
> 東風惡，歡情薄。一懷愁緒，幾年離索。
> 錯、錯、錯。
>
> 春如舊，人空瘦，淚痕紅浥鮫綃透。
> 桃花落，閒池閣。山盟雖在，錦書難托。
> 莫、莫、莫！

　　唉，都是東風太惡，吹散滿城春色。唐琬的紅酥手再也不能牽，連一封信都不能寫了。

　　東風是春天的風，怎麼會「惡」呢？這個問題，只有陸游知道。媽是親媽，怎麼會「惡」呢？

　　沈園一別，陸游去了杭州，謀求事業。他是詩人，是愛國詩人，是胸懷大志的愛國詩人，怎能為一個女人困擾。

　　「莫作世間兒女態，明年萬里駐安西。」他的夢想，在廟堂，在沙場，在滅胡大計。

　　而唐琬，也去了一趟杭州。

（05）

西湖畔，一個簡樸的農家小院。

僕人在院子裡候著，唐琬推開房門。

屋子很小，書籍、字畫、拓片、佛像等堆滿一地，無處下腳，說是客廳，更像倉庫。只有中堂上一副對聯，證明這裡確是用來住的。這幅字遒麗飄逸、質樸淡雅：

壓沙寺裡萬株芳，一道清流照雪霜。

落款：晁補之。

晁補之是蘇軾的四大高徒之一，這幅字，是他寫給當時的翰林學士王拱辰的。

多年以後，王拱辰的孫女，嫁給一個叫李格非的人，生了個女兒。李格非很喜歡「一道清流照雪霜」，給女兒取名，叫李清照。

「來啦？」一個蒼老的聲音打招呼，正是李清照，此時她已將近七十。

唐琬「嗯」了一聲，在椅子上坐下。「前輩，我見到他了，在沈園，無意中撞見的。」

「見到就見到唄。」李清照有一種看破紅塵的從容。

唐琬：「可是，見到後才知道，我心裡一直有他。」

李清照：「忘掉失去的，珍惜眼前的。再說，你現在的趙士程，不也是個好男人嗎？」

是呀，論出身、論修養，趙士程在紹興城也是數一數二，關鍵他還能接受自己的過往。這一點，唐琬是知足的，她只是有所不甘。沉默了一會兒，歎口氣說：「唉，他陸游這麼有血性，怎麼就是個媽寶男呢？」

　　李清照微微一笑，「當朝太子都說了，以後要以孝治天下。」

　　唐琬：「前輩，這個我當然知道。我只是怕，我永遠忘不掉他。」

　　李清照：「你可以不用忘，放下就好。」

　　唐琬：「要是放不下呢？」

　　李清照：「心上多個人，會很沉。……」

　　聽到這裡，唐琬輕輕附和了一句：「我懂了。」

　　她真的懂了嗎？

　　也許都懂了，只是做不到。

　　而此時的陸游，事業上正在好轉，那個給他下絆子的秦檜死了。

　　陸游以「小李白」的稱號，紅遍江南，從一個小小的寧德縣主簿調到首都杭州，走馬上任大理寺。

　　可就在這年，一個消息從紹興傳來：唐琬死了，是病逝。

　　沒人知道陸游是怎麼回到紹興的。人們只知道，那天的紹興沈園，來了一個失魂落魄的男人。

　　偌大一個沈園，沒幾個遊人。陸游隻身到來。這裡有他們的曾

經，也是他們最後見面的地方。

　　鬼使神差，他又走到那面牆前。牆沒有改變，只有光禿禿的枯藤橫七豎八，他的《釵頭鳳》還很清晰。

　　餘光掃過，突然發現在他題字處三尺開外，也有一首詞。更巧的是，名字也叫《釵頭鳳》，陸游一行行念去，淚如雨下。那首詞寫道：

> 世情薄，人情惡，雨送黃昏花易落。
> 曉風乾，淚痕殘。欲箋心事，獨語斜闌。
> 難，難，難！
>
> 人成各，今非昨，病魂常似秋千索。
> 角聲寒，夜闌珊。怕人尋問，咽淚裝歡。
> 瞞，瞞，瞞！

　　詩尾署名：唐琬。

　　那個一直不敢問、不好意思問的問題，終於有了答案。可一切都已結束。

　　池閣頹敗，美人成土。

　　連念想也沒了。

07

那年之後，陸游突然變了。

他像一個老炮兒，看到不平事就開撕。

一個軍中大員獨攬大權，他上書直言。主和派人多勢眾，他跟一群人開撕。甚至上書皇帝，不要躲在杭州，要遷都到南京，那才是前線，才能壯軍民士氣。

這樣的性格，註定宦海沉浮。

朝堂待不住，那就去前線。他去了夔州、去了漢中、去了四川，那是離「滅胡」最近的地方，離夢想最近的地方。

有時候他很熱血，「書生快意輕性命，十丈蒲帆百夫舉」；也很自信，「南沮水邊秋射虎，大散關頭夜吹角」。

有時候很清高，自比梅花，「無意苦爭春，一任群芳妒。零落成泥碾作塵，只有香如故」。

當然，有時候也到成都的「海棠十萬株」裡走一走，「月浸羅襪清夜徂，滿身花影醉索扶」。

有人向朝廷打小報告，說他「放蕩不羈」。陸游說那好，我就叫「放翁」吧。

他終究沒有看到南宋收復失地的那一天。

> 胡未滅，鬢先秋，淚空流。
> 此生誰料，心在天山，身老滄州。

快七十歲的時候，這個老遊子終於回家了。

「夜闌臥聽風吹雨，鐵馬冰河入夢來。」收復國土的夢想，只能在夢裡想想。

壯士暮年，無盡凄涼。能給他慰藉的，只有沈園了。那裡曾經有一個人，有一雙紅酥手，一壺黃滕酒。

六十八歲，他去了：

> 林亭感舊空回首，泉路憑誰說斷腸。
> ⋯⋯⋯⋯⋯⋯
> 年來妄念消除盡，回向蒲龕一炷香。

七十五歲，他去了，寫了《沈園》二首：

> 城上斜陽畫角哀，沈園非復舊池臺。
> 傷心橋下春波綠，曾是驚鴻照影來。
>
> 夢斷香消四十年，沈園柳老不吹綿。
> 此身行作稽山土，猶吊遺蹤一泫然。

八十一歲，寒冬臘月，他病倒了，只能夢遊去沈園。於是，就有了那首《十二月二日夜夢游沈氏園亭》：

> 城南小陌又逢春，只見梅花不見人。
> 玉骨久成泉下土，墨痕猶鎖壁間塵。

八十二歲，他又去了，對著那面斑駁的牆，念著唐琬的《釵頭鳳》，黯然神傷：

> 域南亭榭鎖閒坊，孤鶴歸飛只自傷。
> 塵漬苔侵數行墨，爾來誰為拂頹牆？

八十四歲，他又到了沈園：

> 沈家園裡花如錦，半是當年識放翁；
> 也信美人終作土，不堪幽夢太匆匆。

唐琬作土半個世紀後，放翁也將匆匆跟隨。

西元 1210 年的元月，紹興陰冷，寒氣刺骨。八十六歲的陸游躺在床上，氣若遊絲，陸家子孫圍站一圈。

「爺爺，您還有什麼要吩咐的麼？」

陸游強打起精神，重複了日前寫的那句詩：

> 王師北定中原日，家祭無忘告乃翁。

眾人大聲應答：「一定會的。還有麼？爺爺儘管吩咐。」

陸游氣息更微弱，但嘴角分明露出一絲微笑：

「家祭的時候……別忘了……要黃縢酒。」

知否，知否，此話大有來頭

風雨落花的場景，
似乎一直埋在她腦子裡，
就等著那個
『不消殘酒』的早晨。

李清照有首詞，裡面有一句「知否，知否，應是綠肥紅瘦」，因為同名電視劇的熱播，也跟著火了。

今天就聊聊這首看似簡單的小令。

這首《如夢令》算是李清照的代表作，先回顧一下：

> 昨夜雨疏風驟，濃睡不消殘酒。
>
> 試問捲簾人，卻道海棠依舊。
>
> 知否，知否，
>
> 應是綠肥紅瘦。

這是哪一年寫的？書上沒記載，但基本可以肯定，她當時還是個小姐姐。

那個春天的夜晚她喝醉了，沉睡過去。第二天，睜開眼就問小丫鬟：「一夜風雨，院子裡的海棠花咋樣了？」

小丫鬟神經很大條：「還是老樣子呀！」

　　李清照覺得她們不是在一個頻道上溝通，趕緊糾正：「知否，知否，肯定是綠葉多、紅花少。」

　　碎了一地的海棠花，讓她傷感了。

　　這首詞看起來非常簡單，也只是作為一首單獨的詞放進了我們的課本裡，背完就翻篇了。

　　可事實上，這首詞大有來頭。

　　因為它不是李清照一個人寫的，而是好幾個人，用四百年時間寫的。

　　在那個海棠花落的早晨，它掉落在詩詞的大樹下，被李清照用她的妙手，偶然揀了起來。

　　來，我們看看它是怎麼穿越到李清照面前的。

（02）

　　時間回到大唐開元初年。

　　也是一個春天的早晨，襄陽城外，鹿門山上，二十出頭的孟浩然剛剛起床。他在這裡已經隱居兩年，不用在襄陽城擠地鐵，也不用為房租發愁，他要安安靜靜做一個美男子。

　　山裡風雨停息，腦海詩意洶湧，小孟同學幾乎脫口而出，一首簡單到極致的小詩就出來了：

春眠不覺曉，處處聞啼鳥。

夜來風雨聲，花落知多少。

好詩有兩個特徵，一是不能夠解釋，二是讀起來比看起來更好，並且百讀不厭。

這首《春曉》就是這樣。渾然天成，一點雕琢的痕跡都沒有，只用二十個常見字，就營造出一個詩意的場景。

或許你看出來了，孟浩然的「夜來風雨，花落多少」，不就是李清照「雨疏風驟，綠肥紅瘦」嗎？甚至，有的大咖在給李清照這首《如夢令》選標題時，直接叫它《如夢令·春曉》。

看到這想說啥？原來李清照也不過如此嘛。

先別急，事實沒這麼簡單。從《春曉》到《如夢令》，中間還缺幾樣東西。

第一個，叫作「情」。必須有一位足夠深情、心細如髮的人，才能補上這一環。

終於，一百多年後，一位情詩大高手緩緩走來。他的名字，叫李商隱。

03

孟浩然走的是田園風，很清淡，很佛系。

而李商隱是個男版林黛玉，體內有杜甫的真傳加持，情感洶湧，

一出招就是化骨綿掌，讀之輕者黯然神傷，重者肝腸寸斷。

在他的詩裡，什麼春風、春光、春日，菊花、桃花、荷花、杏花，一大堆，一有花花草草遭受風雨，他就會出招。

「我為傷春心自酸，不勞君勸石榴花。」

「莫驚五勝埋香骨，地下傷春亦白頭。」

「君問傷春句，千辭不可刪。」

「客散酒醒深夜後，更持紅燭賞殘花。」

…………

有沒有黛玉葬花的既視感？所以一句「留得枯荷聽雨聲」，就把處女座林妹妹給征服了。

這一年暮春，李商隱參加了一場詩友會，夕陽殘紅，曲終人散。他走進庭院，看到繁花凋謝，一陣傷感莫名襲來：

> 高閣客竟去，小園花亂飛。
> 參差連曲陌，迢遞送斜暉。
> 腸斷未忍掃，眼穿仍欲歸。
> 芳心向春盡，所得是沾衣。

滿地花瓣，他不是去喊清潔員，而是不忍心掃去。看到樹上的花還在繼續亂飛，他竟然哭了。

這是不是一記化骨綿掌？

跟李清照的「綠肥紅瘦」一起看，一樣見不得花謝，一樣傷春。只是當時的李商隱，是個命途多舛的中年大叔，功力深厚；而十七八歲的李清照還達不到「腸斷」的程度，只有淡淡的憂傷。

寫完這首《落花》，李商隱大叔一聲長歎：「碌碌塵世，會有人繼承我的衣缽嗎？」

「有。」一個清脆的聲音答道。

李商隱轉過身，見他十幾歲的外甥拿著一枝海棠。李商隱擦乾眼淚，面帶欣慰：「孩子你過來，小姨父把畢生功力都傳給你。」

這個叫李商隱「小姨父」的孩子，名叫韓偓。

韓偓是誰？可能很多人不熟悉，但關於他的一句詩非常有名。

那一年，才十歲的韓偓作文篇篇滿分，在家宴上被親戚們稱作「別人家的孩子」。

李商隱微微一笑：「不好意思，這是我家的孩子。」然後賦詩兩首誇外甥，其中一句是：「桐花萬里丹山路，雛鳳清於老鳳聲。」丹山上的鳳凰展翅高飛，雛鳳的叫聲比老鳳還清亮。

意思相當於長江後浪推前浪。

長大後，韓偓果真繼承了小姨父的衣缽，成為晚唐著名情感作家。後來有一本叫《香奩集》的詩集，被認為是韓偓寫的。

香奩，就是女人的化妝箱。光聽這名字就知道他的詩風，綺豔，纏綿。比如「三月光景不忍看，五陵春色何摧殘」、「樹底草齊千片淨，牆頭風急數枝空」，再比如「總得苔遮猶慰意，若教泥污更傷心」等等，題目都是「殘花」、「傷春」、「惜春」之類的，深得姨父真傳。

又是一個春天，韓偓看到一個小姐姐。她頭天晚上喝醉了，睡了個懶覺，第二天起來想到院子裡的海棠被風雨打落，春心萌動。

這意境太美了。韓偓站在小姐姐的角度，寫了一首《懶起》：

> 百舌喚朝眠，春心動幾般。
> …………
> 暖嫌羅襪窄，瘦覺錦衣寬。
> 昨夜三更雨，今朝一陣寒。
> 海棠花在否，側臥捲簾看。

是不是似曾相識？

沒錯，「百舌喚朝眠」，就是孟浩然的「春眠不覺曉，處處聞啼鳥」，但它比《春曉》更有煙火氣，加了一味「情」。後面三聯，簡直是唐詩版的《如夢令》。

是不是又忍不住了：原來你是這樣的李清照？

Easy，easy.

光有這首《懶起》，還是不能寫出《如夢令》，缺的另一樣東西，是音樂。

幾乎同一時期，又一個李家人上場了。他推開身邊的小姐姐，拿過話筒：

沒有音樂嗎？來人，上吉他！

05

上場的這位，名叫李存勗。

話說，晚年的韓偓已經不是大唐公民，當時唐朝已經倒閉，進入五代十國時期。其中一個叫後唐的短命小國，創始人就是李存勗。

李存勗不僅很能打，還特別喜歡玩音樂，被稱作「伶官天子」。他遷都洛陽後，把國家大事交給一幫太監打理，一門心思搞歌舞會演，各種作死。

諷刺的是，沒過多久，後唐爆發內亂，李存勗肉體毀滅。幾個宮廷樂師給他辦了一場很藝術的告別儀式：堆起一大堆樂器，把李存勗架上去，一把火燒了，做了「音樂發燒友」。

李存勗當皇帝不靠譜，卻是一個優秀的音樂導師。在某一場「後唐好聲音」活動上，有一位未來的天后級歌手如仙女下凡。李存勗後來念念不忘，給她的曲子填了一首詞：

> 曾宴桃源深洞，一曲舞鸞歌鳳。
> 長記別伊時，和淚出門相送。
> 如夢，如夢，
> 殘月落花煙重。

那次天上人間，小姐姐的舞姿太美了，如夢一般。李存勗擱下毛筆，對這首詞很滿意，就叫它《憶仙姿》吧。

這是一首經典金曲，從五代十國，一直唱到北宋末年。

西元1084年，是北宋文壇的黃金時代。

在首都開封，一個六十六歲的老頭終於完成了他的史學巨著。他長舒一口氣，鄭重寫上宋神宗欽賜的書名：資治通鑑。這個老頭叫司馬光。

這一年，四十八歲的蘇軾結束了黃州歲月，後幾經輾轉任職翰林院，守得雲開見月明。曾打算「西北望、射天狼」的他，突然歲月靜好起來。大江東去，就讓它去吧，做人，最重要的是開心。來，看看我的《憶仙姿》：

> 手種堂前桃李，無限綠蔭青子。
> 簾外百舌兒，驚起五更春睡。
> 居士，居士，
> 莫忘小橋流水。

曲子好是好，就是「憶仙姿」這個名字忒俗，要改。蘇大叔還是尊重原創的：如夢……如夢……就叫它《如夢令》吧。

還是這一年，首都開封，一個官宦人家喜提千金。老父親凝視中堂上一聯草書，「一道清流照雪霜」，給女兒取名：李清照。

老中青三代，都在這一年獲得新生，傳遞著文壇火炬。

直到這時，《如夢令》的曲調，以及「夜裡風雨花落遍地我很傷心」的意境都有了，一首全新的《如夢令》即將登場。

只是，接下來登場的人，依舊不是李清照。

$$06$$

　　眾所周知，蘇軾一生桃李滿天下，他最喜歡的是四個尖子生，叫「蘇門四學士」，其中一個叫秦觀。

　　是的，就是寫「兩情若是久長時，又豈在朝朝暮暮」那位。

　　這一年，喜歡朝朝暮暮的秦觀同學，又一次「柔情似水」了。他決定用《如夢令》向老師致敬：

> 鶯嘴啄花紅溜，燕尾點波綠皺。
> 指冷玉笙寒，吹徹小梅春透。
> 依舊，依舊，
> 人與綠楊俱瘦。

　　不愧是婉約派大師，一出手就釋放他的荷爾蒙，燃燒你的卡路里。

　　李清照的父親也是蘇軾的學生，前輩的這些作品，青春期的李清照都讀過。

　　風雨落花的場景，似乎一直埋在她腦子裡，就等那個「不消殘酒」的早晨。

　　這次真應該看出來了，在她這首《如夢令》誕生之前，幾乎每個字，前輩們早已替她寫完：

　　「昨夜雨疏風驟」與「夜來風雨聲」；

　　「試問捲簾人」與「側臥捲簾看」；

「卻道海棠依舊。知否，知否……」與「海棠花在否」；

甚至那個點睛的「瘦」字，都有「瘦覺錦衣寬」和「人與綠楊俱瘦」打底。

我都忍不住，真想對她說一句：知了，知了。

說了這麼多，絕不是要黑李清照。一樣的場景，一樣的意象，不同的人就有不同的感受。這恰恰是唐詩宋詞的魅力。

即便現在，對這首詞的解讀也是眾說紛紜。

有人說，她只是單純地惜春；有人說不對，不忍紅花凋零，分明是感歎容顏易老；還有的說，她在想念一位小哥哥。

當時真有這麼一位小哥哥嗎？天知道。

有意思的是，多年後的南宋，她那個叫辛棄疾的濟南老鄉，寫了這麼幾句：

> 小樓春色裡，幽夢雨聲中。
> …………
> 海棠花下去年逢。
> 也應隨分①瘦，忍淚覓殘紅。

①隨分：意思是「依舊」。

何以解憂，唯有粉絲

從作品到人品，
張籍用行動
做了一個死忠粉的標準姿勢。

（01）

西元744年，洛陽城東。

李白剛剛出席了一場粉絲見面會。

這是他被「賜金還山」的第一站。說白了，就是被擠出了皇家社交圈，賠了點安置費。他發現粉絲們的熱情大不如以前，探討詩歌的少，打聽楊玉環豐胸秘笈的多。

李白很鬱悶，當場發飆：「我怎麼會知道？就算知道我也不會告訴你！」說完揚長而去。

而就在一個月前，他還是全國詩歌界的第一大咖，長安的精英圈子「酒中八仙」之首，政壇名流賀知章、皇妹玉真公主都是他的粉絲。就連玄宗在路上看見他，也會搖下車窗打個招呼。

可是現在，恍若隔世。

02

李白走進一家小酒館，倒了一杯酒。「來，兄弟，走一個。」

坐在他對面的年輕人是杜甫，眉宇間一股英氣。

此時，杜甫已經在粉絲見面會候了一天，終於能跟偶像坐在一起喝酒了，他舉起酒杯。「白哥不必煩惱，是金子，總有散盡的時候。」

「你會不會聊天？」

「白哥不要捉急，我是說，功名如浮雲，而你志在星辰大海。」杜甫連忙解釋。

「那都是從前了，沒看我大批脫粉嗎？有的還回踩。」

「白哥還記得『擲果盈車』的故事嗎？潘安又帥又有才，一出門，姑娘們就往他車上扔水果。做不做官，都有人供養。而白哥你這麼帥，靠顏值，一樣能紅。」

「那都是死忠粉，我又沒有。」李白喝了一口酒。

杜甫停頓片刻，「砰」的一聲，把酒杯往桌上一磕。「有！我就是。」

03

李白呵呵一笑，並沒有說什麼。這樣的話他聽多了，自從飛黃騰達，連很多以前鄙視他的人也都轉粉：

當時笑我微賤者，卻來請謁①為交歡。

　　杜甫，會不會也是一個腦子發熱的小粉絲？

　　但他沒想到，杜甫是認真的。他真心仰慕李白的才華，每寫一首詩，他都要@李白：「求哥指點。」

　　但多年過去了，李白只把杜甫看作一個老實的小弟。他的朋友圈迎來送往，跟一個又一個大神搞互動。

　　孟浩然要去揚州，他秀圖發文：

　　　故人西辭黃鶴樓，煙花三月下揚州。

　　王昌齡被貶，經過貴州，他掛念兄弟之情：

　　　我寄愁心與明月，隨風直到夜郎西。

　　就連請他吃了幾頓農家樂的汪倫，李白也不吝筆墨：

　　　桃花潭水深千尺，不及汪倫送我情。

　　但對於杜甫，他只有一句調侃：

　　　借問別來太瘦生，只為從前作詩苦。

---

①謁（一ㄝˋ），拜見。

兄弟，別只顧著寫文章，該補補身子了。

而杜甫呢？對李白從來不吝讚美。他一生為李白寫了15首詩，除了崇拜就是思念。就算李白犯了政治錯誤，身敗名裂，杜甫依然力挺李白：

世人皆欲殺，吾意獨憐才。

很多時候，朋友看不下去了，心疼他：「李白不值得你粉。」

但馬上被杜甫打斷：「不，我不計較這些。我看重的是他的才華，我要給後人一個榜樣，怎樣才是一名優秀的死忠粉。」

04

你是什麼樣的人，就會遇到什麼樣的人。

幾十年後，李杜王孟，都隨著盛唐一起翻篇了。

中唐到來。

在洛陽的一座宅子裡，一個叫張籍的詩人正在吃早餐。

餐桌上放著一罐無添加蜂蜜，幾個饅頭片。他洗了洗手，小心翼翼，從抽屜裡拿出一張紙。把紙放在餐盤上，點燃，然後輕輕把灰燼聚攏，收好，倒上蜂蜜，攪拌均勻。

然後，他吃了下去。

吃完之後，張籍打了個飽嗝：「致君堯舜上」，比「星垂平野闊」好吃。

沒錯，他吃的是杜甫的詩。

彼時的張籍，是皇家大學著名教授，也是樂府詩的革新主力。他的朋友圈裡有韓愈，有孟郊，都是大神。

要是還沒想起張籍是誰，我就用他的名句嚇嚇你：

還君明珠雙淚垂，恨不相逢未嫁時。

按說，這麼有才，也有這麼多大神朋友，他用不著粉杜甫。可他卻是個骨灰級的杜甫粉。

杜甫寫：「生女猶能嫁比鄰，生男埋沒隨百草。」

張籍就寫：「家家養男當門戶，今日作君城下土。」

杜甫寫《新婚別》，有「暮婚晨告別，無乃太匆忙」。

張籍就寫《征婦怨》，有「夫死戰場子在腹，妾身雖存如晝燭」。

杜甫寫《春望》，有「烽火連三月，家書抵萬金」。

張籍就寫《秋思》，有「洛陽城裡見秋風，欲作家書意萬重」。

張籍不僅作詩向杜甫致敬，連做人也向杜甫靠攏。

張籍還有一個大咖朋友，叫白居易。這也是一個耿直的 boy，無論朝內朝外什麼事，他感到不爽就出手，連大 boss 唐憲宗做得不對，他也直言不諱，所以一生得罪了不少小人。

晚年的白居易，卸下官職，住在洛陽的一棟別墅裡。雖說衣食無

憂，但平時那些自稱腦殘粉的同僚和下屬，都漸漸不上門了。只有張籍經常登門拜訪，陪老同志下棋聊詩。

沒了權力，才能看清人間冷暖。白居易很感動：

> 昔我為近臣，君常稀到門。
> 今我官職冷，唯君來往頻。

我位高權重的時候，你很少上門。今天我沒有權力了，只有你還願意過來。

這種場景，千百年來都在上演，直到今天。

從作品到人品，張籍用行動做出了一個死忠粉的標準姿勢。

05

又是一個喝酒談詩的下午，秋風蕭瑟，夕陽斜照。張籍望著躺椅上的白居易問：「老白，你這輩子，就沒個偶像？」

「當然有。」

「哦？是誰？」

「你猜猜看。」

「你的《長恨歌》一出，誰還敢歌？你的《琵琶行》一出，誰還敢行？李賀，二十七歲就走了。元稹，你倆是好朋友。韓愈，跟你風格不搭。孟郊，太嚴肅了……真猜不出來。」

白居易從躺椅上坐起身。眼前的茶杯冒著霧氣，他抿了一口，看著張籍，吐出三個字 ——

「李商隱。」

「你是說那個毛頭小子？哈哈。」但隨即，張籍止住了笑。這在意料之外，又在情理之中。

沒錯，如果要在中晚唐選一個唐詩的旗手，除了李商隱，再無他人。

06

白居易真的是李商隱的粉絲嗎？

不僅是，還是絕對的死忠粉。

白居易粉李商隱，不是在朋友圈給他點讚，也不喝他的「詩灰」，而是 —— 叫他爸爸。

你沒看錯。

退休之後的白居易，越讀李商隱的詩，越覺得這是一個超級大神。於是，他公開對媒體說：「我死後，得為爾兒，足矣。」意思是：我死之後，來世願做你的兒子。

要知道，白居易比李商隱大四十歲，官也大了好幾級。按理說，如果真喜歡一個後輩，就讓他給自己做兒子呀。比如曹操，看孫權很有才，就說「生子當如孫仲謀」，打不打得過不重要，先占你點便宜。但白居易一個老前輩，對後生說這樣的話，這得死忠到什麼程度？

如果你也這麼問，說明你不知道，李商隱對晚唐的詩歌界意味著什麼。

07

這麼說吧，自初、盛唐以來，作為扛把子的詩仙詩聖，李杜已經站上了唐詩的珠穆朗瑪峰，光芒萬丈。

你看得著，但你永遠搆不到。

到了晚唐，後輩詩人都在走前輩的老路。這就好比，前者是開宗立派的宗師，後輩不管武功再高，也是在宗師的套路裡玩耍。

後人曾有總結：整個唐詩界，能夠開宗立派的只有四個人 —— 李白、杜甫、韓愈，以及李商隱。

李商隱的詩，既簡單直白，又朦朧難懂，讓漢字組合達到了最美的意境。

他寫情，深入淺出：

何當共剪西窗燭，卻話巴山夜雨時。

他吐槽皇帝不問國事，只想長生：

可憐夜半虛前席，不問蒼生問鬼神。

他敢揭開血淋淋的現實：

> 劍外從軍遠，無家與寄衣。
> 散關三尺雪，迴夢舊鴛機。

還能用最簡單的字，勾畫出蒼涼之美：

> 夕陽無限好，只是近黃昏。

而他更多美到爆的詩，竟然連標題都不要，名為《無題》，有如下名句：

> 相見時難別亦難，東風無力百花殘。
> 春蠶到死絲方盡，蠟炬成灰淚始乾。
>
> 身無彩鳳雙飛翼，心有靈犀一點通。
>
> 春心莫共花爭發，一寸相思一寸灰！
>
> 直道相思了無益，未妨惆悵是清狂。

如果這還不足以讓你獻出膝蓋，請看他這首謎一樣的神作 ——
《錦瑟》：

錦瑟無端五十弦，一弦一柱思華年。
莊生曉夢迷蝴蝶，望帝春心托杜鵑。
滄海月明珠有淚，藍田日暖玉生煙。
此情可待成追憶，只是當時已惘然。

每一個字你都認識，但你能說出它的意思嗎？
這就叫「詩意」。

在唐詩星空中，李商隱不是最令人矚目的那一顆，但一定是你不能忽略的一顆。

他的詩很少用生僻字，卻很難翻譯，從不讓中間商賺差價。這有點像王家衛的電影，只可意會不可言傳。你不用去管他想說什麼，你只要欣賞他怎麼說就行了。

白居易死忠於李商隱，就是一個老前輩對一個天賦異稟的少年的由衷欽佩。

08

現在，讓我們把時鐘撥回到西元769年。
那是在杜甫去世前。他從岳陽，一路顛簸，要去長沙投靠朋友。半路上，他回想自己的一生，寫了一首《南征》，結尾句是十個字：

百年歌自苦，未見有知音。

老子寫了一輩子詩，也沒個死忠粉啊。

那一年，張籍才四歲。如果他能聽到杜甫的歡息，不知道那一刻會不會吐出奶嘴，像杜甫對李白那樣，對杜甫大喊一聲 ——

「有，我就是！」

這個世界上，知音確實難尋，但並非沒有。

杜甫一輩子死忠李白，張籍喝杜甫的詩灰，白居易願來世做李商隱的兒子，盡是「知音」的致敬。

樓上有騷人

在中國文化裡，
沒有被命運蹂躪過、
沒有把屈原頭像設為螢幕保護的文人，
不足以聊詩歌。

01

「我喝多了，想睡一會兒。」

范仲淹放下酒杯，斜靠在小船上。秋天的涼風掠過湖面，吹亂他花白的鬢鬚。

「別睡呀哥，文章還沒給我呢！」

說話的人叫滕子京，是范仲淹的好朋友。他此時的身份，是岳陽市市長，確切地說，是被貶到岳陽的朝官。

「別，別催稿，我醒了……就給你寫……」范仲淹推開滕子京的手，裹了裹衣領，閉上了眼睛。

「哥，這是你第十二次說這話了，開工典禮時你答應我的，這都竣工一年了。沒有你的文章，我這岳陽樓怎麼打出名頭？《洞庭晚秋圖》都給你畫好了，哎哥，你醒醒，哥，醒醒……」

02

一望無際的洞庭湖，只有這一葉小舟。四周格外安靜，偶爾有一兩隻水鳥飛過的聲音，隨即就被范仲淹的鼾聲蓋過。

不知過了多久，遠處傳來漁歌。歌聲很悠遠，時斷時續，似真似幻，卻並不見漁船。

睡夢中，范仲淹只聽得入迷，冥冥中似乎有一種力量在召喚。他拿起船槳，循著歌聲奮力划去。

穿過一團厚重的水霧，一座巨大的宮殿赫然出現。宮殿正門沒有臺階，也沒有路，划船就可以進入。整個宮殿像是漂浮在湖面之上。

范仲淹被這景象驚呆了。就在幾年前，他可是大宋帝國的副宰相，洛陽的紫微宮，汴京的大慶殿，什麼世面沒見過，卻都不及眼前這座宮殿來得震撼。

那是什麼感覺呢？他沒法形容。

不管了，進去再說。他擦了擦滿頭汗水，整整衣冠。猛抬頭，只見大殿正門上方題著六個大字——

汨羅江殤學院。

03

「下面是誰？」

剛進門，聽到一個渾厚的男低音問，范仲淹打了下哆嗦，趕忙報上家門。

「來這裡做什麼？」那人又問。

「來……為尋找救國救民的方案。」

「哈哈哈哈……」四周突然爆發出一陣大笑，范仲淹這才看清楚，在這條「小河」兩岸 —— 宮殿的兩邊，竟然站滿了人。

「年輕人，這個話題我們談論上千年了，太沉重，聊個簡單點的吧。」

年輕人？我年近花甲，他竟然叫我年輕人？范仲淹摸著花白的鬍子搖搖頭。

可是隨即，他就承認自己年輕了。剛剛說話的人已飄然而至，他的鬍子、頭髮已經全白，臉上褶皺縱橫，看上去有八十多歲。

范仲淹整整衣冠。「好吧，我有篇命題作文要寫，沒思路。」

「啥命題？」

「《岳陽樓記》。」

又一陣大笑：「So easy. 聽好了年輕人，我只唸一遍。」老者從寬袖子裡摸出一壺酒，一口氣喝完，接著念道：

> 湖光秋月兩相和，潭面無風鏡未磨。
> 遙望洞庭山水色，白銀盤裡一青螺。

「您……您是劉禹錫前輩？」

范仲淹驚掉了下巴上的幾根鬍鬚。這首《望洞庭》，靜謐而空靈，充滿奇思妙想，如同神秘的洞庭湖。

「讀過我的詩？不錯，不錯。」

「這首詩乃前輩被貶途中所作，十幾年放逐生涯，竟然不帶一絲落寞氣息，請收下晚輩的膝蓋。」

「撲通」一聲，范仲淹健碩的身軀對著船底重重一擊，水面蕩開圈圈波紋。

「莫非，這位後生也是逐臣？」又一個聲音問道。

「這位前輩好眼力，我給朝廷上書十條，發起『慶曆新政』改革，卻被那幫小人攻擊，說我暗結朋黨，唉！」

問話者沒有直接搭話，也唸了幾句詩：

> 愛才不擇行，觸事得讒謗，
> 前年出官由，此禍最無妄。

范仲淹不禁心頭一喜，惺惺相惜之感油然而生。

這首《岳陽樓別竇司直》是在向朋友訴苦：我為了革新政壇，愛才心切，難免出現失誤，用了不靠譜的人，這次貶官，就是被政敵誹謗，無妄之災啊。

詩的作者，叫韓愈。

日夜敬仰的偶像，此刻就站在范仲淹面前，他反而驚愕得說不出話，只是吞吞吐吐：「您……您是……」

那人微微點頭，一言不發，飄然而去。

「說起岳陽樓，有比我更有資格的嗎！」

韓愈的背影剛剛隱去，又一個聲音傳來。

(04)

原本安靜下來的四周，頓時傳來一陣竊竊耳語。

范仲淹打量來人，也是一位老者，身上的紫色蟒袍表明了他的身份，這也是一位宰相。

「敢問前輩是……？」范仲淹恭敬地作揖，問道。

來人捋捋鬍鬚，吐出兩個字：「張說。」

這位大文豪，從混亂的武則天一朝，宦海沉浮，一路走到開元盛世，終成一代名相。無數個貶謫的夜晚，范仲淹都在羨慕這位老前輩，那是人臣宰輔的典範。更巧合的是，岳陽樓在唐朝的修建者，正是這位張說。

范仲淹一撩長袍，「失敬失敬！前輩，也請收下我的……」

「別跪了，把船底磕破，你就回不去了。」說話間，張丞相猛烈咳嗽幾聲，清清嗓子，也唸出他的詩：

> 巴陵一望洞庭秋，日見孤峰水上浮。
> 聞道神仙不可接，心隨湖水共悠悠。

秋日洞庭，君山孤立，看不見傳說中的仙人，只有悠悠湖水。

「好詩啊，好詩！不愧是盛唐七絕的劃時代之作。」范仲淹擊掌感歎。

「這首《送梁六自洞庭山》，是我被貶岳州時送友人所寫，跟你那位叫滕子京的朋友一樣。唉，自古文人，誰能逃脫這個魔咒呢。我做

了宰相，也主宰不了自己的命運哪⋯⋯咳咳⋯⋯」

范仲淹還想說什麼，張說卻轉過身，邁著蹣跚的腳步，漸漸挪去。

「張丞相留步！」一個急切的聲音拉著長調，從范仲淹身後傳來，「我還想為你寫詩。」

張說沒有回答，也沒有回頭，只伸出右手揮了揮。

范仲淹細看來人，也是一位老者。「前輩，唸給我聽吧。」

老人手持拐杖，把目光轉向范仲淹，凝視半天，幽幽說道：「好吧年輕人，這是我為張丞相寫的詩，你姑且一聽。」

> 八月湖水平，涵虛混太清。
> 氣蒸雲夢澤，波撼岳陽城。
> 欲濟無舟楫，端居恥聖明。
> 坐觀垂釣者，徒有羨魚情。

當「波撼岳陽城」唸出，人群中叫好聲此起彼伏：「孟襄陽大氣！」、「孟夫子威武！」⋯⋯

這個被稱作「孟襄陽」、「孟夫子」的人，正是孟浩然。這首詩，是他寫給張說的求職信，叫《望洞庭湖贈張丞相》。

「好詩啊，好詩！」范仲淹也伸出了大拇指，「不過我聽說，張丞相並沒有⋯⋯」

「是的年輕人，剛才你都看見了，張丞相對我還是很高冷。唉，沒人懂我孟浩然呀。」

「吾愛孟夫子，風流天下聞。」孟浩然話音剛落，一個高亢的聲音

從一旁傳來。來者一襲白袍，鬚髮飄飄，腰間一把七星大寶劍，清澈的眼眸透出桀驁。

不用遞名片，范仲淹已猜出他的身份，那是個讓歷代文人絕望的名字。

李白。

05

范仲淹又驚又喜，沒想到這座「汨羅江殤學院」，竟是文壇天才老年班。趕忙作揖，急切問道：「有詩嗎？」

「有酒嗎？」李白不囉唆，反問道。

范仲淹趕緊解下酒囊，雙手遞過去。

李白接過，並無一聲道謝，一口氣灌進喉嚨。將空酒囊隨手一扔，脫口唸道：

> 剗卻君山好，平鋪湘水流。
> 巴陵無限酒，醉殺洞庭秋。

「好詩好詩！」、「果真太白氣勢！」人群中叫好聲未落，李白又接連唸出兩首：

　　　　帝子瀟湘去不還，空餘秋草洞庭間。
　　　　淡掃明湖開玉鏡，丹青畫出是君山。

　　　　洞庭西望楚江分，水盡南天不見雲。
　　　　日落長沙秋色遠，不知何處吊湘君。

　　眾人的叫好聲，從熱烈升級為沸騰：「厲害了，我的白哥！」……

　　人群裡不知是誰，應該是剛喝完酒，藉著酒勁大喊一聲：「你咋不上天呢？」

　　李白用眼角餘光一掃，接著唸道：

　　　　南湖秋水夜無煙，耐可乘流直上天。
　　　　且就洞庭賒月色，將船買酒白雲邊。

　　大殿頓時陷入寂靜，眾人如同身臨無邊的天庭。冥冥中，有悠揚的笛聲響起，接著是急促的古箏，短促有力的音樂聲，抖落了大殿橫樑上的灰塵，空中彷彿飄來蕩氣迴腸的煙嗓歌聲：

　　　　滄海一聲笑，滔滔兩岸潮。
　　　　浮沉隨浪，只記今朝。
　　　　蒼天笑，紛紛世上潮。
　　　　誰負誰勝出，天知曉。
　　　　…………

遠離政壇，逍遙江湖，這是多麼巴適的人生啊！范仲淹沉浸在歌聲中，如癡如醉，卻絲毫沒注意到，李白已經跟隨孟浩然飄然隱去。

06

四周安靜下來。范仲淹拿起船槳，繼續向前划。

這座宮殿比他想像中大得多，兩邊有時傳來耳語聲，有時是歌聲。

在遠處大殿盡頭，正中央有一張寬大的座椅，坐著一位老者。

遠遠望去，烏黑的座椅，灰色的地板、牆壁，與老者的青灰色長袍融為一體，看不清他的面容。只有幾縷雪白的鬍鬚，在風中微微飄蕩。

范仲淹正欲加快速度，四周又響起音樂。是一種叫作瑟的樂器。聲音縹緲不定，如泣如訴，直抵靈魂深處，不像凡間音樂。

「那是湘靈在鼓瑟。」一個聲音打斷范仲淹的思緒。

「湘靈？可是堯帝之女，舜帝之妻？」

「沒錯，舜帝客死他鄉，湘妃夜夜鼓瑟，最後悲戚而亡，死在這洞庭湖裡，化作神仙，人們都叫她湘靈。」

「難怪這音樂聽了讓人想哭。」

來者沒有搭話，神情陰鬱，用蒼老乾枯的聲音唸道：

> 善鼓雲和瑟，常聞帝子靈。
> 馮夷空自舞，楚客不堪聽。

　　…………

　　流水傳瀟浦，悲風過洞庭。

　　曲終人不見，江上數峰青。

「你是錢起？」范仲淹激動地大叫。

「呵呵呵呵……」

老者並未作答，幾聲乾笑，同這縹緲的瑟聲一起漸漸消失了。

「太悲傷啦！」范仲淹揚起船槳，衝著宮殿上空一聲長歎。

空曠的大殿裡，像回聲一樣傳來一個聲音：「有我悲傷嗎？」

誰？

一個與范仲淹年歲相當的老者赫然出現。他面容憔悴，形容枯槁，破舊的酒囊比他身上的衣服還髒。

「不知這位前輩大名，莫非也有詩給我？」

老者用顫巍巍的手解下酒囊，猛灌幾口，說道：「自古傷心地，一座岳陽樓。若想要詩，拿去。」

接過那張殘破的紙片一看，范仲淹當場石化 ── 那是一首攝人心魄的《登岳陽樓》：

　　昔聞洞庭水，今上岳陽樓。

　　吳楚東南坼①，乾坤日夜浮。

　　親朋無一字，老病有孤舟。

────────────

①坼（ㄔㄜˋ），裂開。

戎馬關山北，憑軒涕泗流。

沒錯，這個枯瘦的老者就是杜甫。

那是在他去世前兩年，大唐戰火正烈，生民塗炭，杜甫拖著病軀來到岳陽樓上。他畢生的詩歌造詣和遭受的非人苦難，似乎就是為了寫這首詩。

後世千家註杜，可人們並不知道怎麼形容這首詩，只能用最高的評價致敬：「闊大沉雄，千古絕唱」、「元氣渾灝，目無今古」、「氣壓百代，為五言雄渾之絕」……

在杜甫的大氣壓下，他的頭號大粉絲、同樣被貶謫的白居易來了，他帶來的詩叫《題岳陽樓》：

岳陽城下水漫漫，獨上危樓憑曲闌。
春岸綠時連夢澤，夕波紅處近長安。

「一生襟抱未曾開」的李商隱來了，他拿出的詩也叫《岳陽樓》：

漢水方城帶百蠻，四鄰誰道亂周班。
如何一夢高唐雨，自此無心入武關。

楚懷王你這個渾蛋，為啥搞了一夜巫山雲雨，就沒心思搞國家大事了？

陶淵明來了：「寧固窮以濟意，不委曲而累己。」

王維來了：「日落江湖白，潮來天地青。」

賈至來了：「莫道巴陵湖水闊，長沙南畔更蕭條。」

柳宗元來了：「桂嶺瘴來雲似墨，洞庭春盡水如天。」

李益來了：「洞庭一夜無窮雁，不待天明盡北飛。」

…………

一個個前輩走來，一個個人咖隱去。范仲淹只覺得臉上一陣燥熱，自己之前寫的詩文實在拿不出手，連「酒入愁腸，化作相思淚」那樣的大金句，在這兒都顯得不值一提。

難道，這就是洞庭湖和岳陽樓的全部奧秘？

當然不是。

小船划過長長的水路，越來越接近大殿盡頭。

他看見了，在那團昏暗的雲霧後面，坐在烏黑大椅上的老者，正對著他招手微笑。老者頭頂，是一面巨大的匾額 ──

詩祖。

這個老者，就是屈原。

07

水面波濤翻滾，大殿風雲變幻。

范仲淹的思緒，回到遙遠的戰國時代。

屈原神情黯然，骨瘦如柴，走在洞庭湖的一條支流岸邊，這條江叫汨羅江。

那是屈原人生最暗淡的時刻。

他永遠愛國，永遠熱淚盈眶。可是楚懷王、楚頃襄王兩代君主都聽信讒言，屈原終被流放。楚國滅亡的消息傳來，他就在汨羅江抱石自沉。

屈原死了，詩歌活了。

「路曼曼其修遠兮，吾將上下而求索。」

屈原運一口「懸日月」的真氣，大筆縱橫飛舞，「唰唰」幾下，就給後世的文人開闢了幾條出路。

「長太息以掩涕兮，哀民生之多艱。」

這條路叫人民大道，走在上面的有張九齡，有陳子昂，有杜甫、顏真卿、韓愈、白居易、范仲淹、岳飛、文天祥……

「舉世皆濁我獨清，眾人皆醉我獨醒。」

這條叫孤獨西路，走在路上的有李白，有劉禹錫、蘇軾、陸游、辛棄疾……

「滄浪之水清兮，可以濯我纓，滄浪之水濁兮，可以濯我足。」

這條叫隱士胡同，在裡面穿梭的，有陶淵明，有王維，有孟浩然、柳宗元、張志和、馬致遠、楊慎……

「滿堂兮美人，忽獨與余目成。」

這條叫情人街，走在上面的有杜牧、李商隱、溫庭筠，有大晏小晏、元好問、曹雪芹……

「鳥飛返故鄉兮，狐死必首丘。」

這條叫思鄉大道，全年二十四小時堵車，每個人都走過。

當然，還有那句：「沅有芷兮澧有蘭，思公子兮未敢言。荒忽兮遠望，觀流水兮潺湲。」

這是浪漫的詩歌之路，明代詩論家胡應麟給出一個逆天評價：「唐人絕句千萬，不能出此範圍，亦不能入此閫②域。」

意思是：唐朝厲害的詩那麼多，都跳不出這個圈子，也達不到這個境界。

知道屈原有多厲害了吧。

離騷，是離別的憂傷。在中國文化裡，沒有被命運蹂躪過、沒有把屈原頭像設為螢幕保護的文人，不足以聊詩歌。

北宋慶曆六年（1046年）的九月十五日，范仲淹終於交稿。《岳陽樓記》帶著洞庭湖的大氣壓，橫空出世。

我自從初中三年級會背之後，到現在都沒忘，不是我記性好，而是已變成舌頭記憶，忘不掉。

當時覺得它的名句是「先天下之憂而憂，後天下之樂而樂」，現在長大了，更喜歡琢磨最後一句：

「噫！微斯人，吾誰與歸？」

---

②閫（ㄎㄨㄣˇ）：門檻、門限。

08

屈原之前，中國的詩歌殿堂裡只有孤單的《詩經》；以《離騷》為扛把子的楚辭成熟後，人們發現，《詩經》裡的《國風》與《離騷》可以雙劍合璧，於是有了一個風騷的名字，叫「風騷」。

　　誇一人有才，叫「獨領風騷」。說一個人弱雞，叫「稍遜風騷」。

　　這就是屈原的咖位。不管你是詩仙、詩聖、詩佛、詩魔、詩囚、詩鬼，都是我詩祖的信徒。

　　要是你還不明白屈原有多厲害，我只能祭出汨羅江殤學院的校歌了。

　　那是眾信徒對詩祖由衷的膜拜。預備 —— 唱：

　　　　你是電，你是光

　　　　你是唯一的神話

　　　　我只愛你

　　　　You are my super star

　　　　你主宰，我崇拜

　　　　沒有更好的辦法

　　　　只能愛你

　　　　You are my super star

　　　　…………

參考書目

《唐詩雜論》，聞一多著，萬卷出版公司，2015年7月。

《道教徒的詩人李白及其痛苦》，李長之著，北京出版社，2018年4月。

《杜甫傳》，馮至著，人民文學出版社，1980年3月。

《忠魂正氣 —— 顏真卿傳》，權海帆著，作家出版社，2014年7月。

《人間最美是清秋　　王維傳》，畢寶魁著，現代出版社，2017年1月。

《高適岑參詩選評》，陳鐵民著，上海古籍出版社，2018年7月。

《葉嘉瑩說初盛唐詩》，葉嘉瑩著，中華書局，2018年9月。

《杜甫詩選》，莫礪峰、童強撰，商務印書館，2018年4月。

《碧霄一鶴 —— 劉禹錫傳》，程韜光著，作家出版社，2015年8月。

《唐詩小劄》，劉逸生著，中國青年出版社，2016年10月。

《詩劍風流 —— 杜牧傳》，張銳強著，作家出版社，2015年9月。

《唐詩百話》，施蟄存著，上海人民出版社，2019年8月。

《花間詞祖 —— 溫庭筠傳》，李金山著，作家出版社，2016年10月。

《大唐鬼才 —— 李賀傳》，孟紅梅著，作家出版社，2015年2月。

《錦瑟哀弦 —— 李商隱傳》，董乃斌著，作家出版社，2015年9月。

《辛棄疾傳　辛稼軒年譜》，鄧廣銘著，生活‧讀書‧新知三聯書店，2017年3月。

《蘇東坡傳》，林語堂著，湖南文藝出版社，2018年1月。

《陸游傳》，朱東潤著，山西人民出版社，2018年3月。

《李商隱詩歌集解》，劉學鍇、余恕誠著，中華書局，2004年11月。

《唐才子傳》，元‧辛文房著，北京聯合出版公司，2017年7月。

《資治通鑑》，宋‧司馬光編著，中華書局，2018年12月。

《李清照與趙明誠》，諸葛憶兵著，中華書局，2004年4月。

《分類兩宋絕妙好詞》，喻朝剛、周航主編，生活‧讀書‧新知三聯書店，2019年1月。

《康震講李清照》，康震著，中華書局，2018年1月。

《六神磊磊讀唐詩》，王曉磊著，北京十月文藝出版社，2017年7月。

TITLE

鮮衣怒馬少年時 壹

STAFF

出版	瑞昇文化事業股份有限公司
作者	少年怒馬

創辦人 / 董事長	駱東墻
CEO / 行銷	陳冠偉
總編輯	郭湘齡
文字編輯	張聿雯　徐承義
美術編輯	謝彥如
校對	陳奕汝
國際版權	駱念德　張聿雯

排版	洪伊珊
製版	明宏彩色照相製版有限公司
印刷	桂林彩色印刷股份有限公司
	絋億彩色印刷有限公司

法律顧問	立勤國際法律事務所　黃沛聲律師
戶名	瑞昇文化事業股份有限公司
劃撥帳號	19598343
地址	新北市中和區景平路464巷2弄1-4號
電話	(02)2945-3191
傳真	(02)2945-3190
網址	www.rising-books.com.tw
Mail	deepblue@rising-books.com.tw

初版日期	2023年5月
定價	450元

國家圖書館出版品預行編目資料

鮮衣怒馬少年時 壹：唐宋詩人的詩酒江湖/少
年怒馬著. --初版.-- 新北市：瑞昇文化事業股份
有限公司, 2023.05 第1冊；14.5X21公分

ISBN 978-986-401-624-2(第1冊：平裝)
ISBN 978-986-401-625-9(第2冊：平裝)

1.CST: 唐詩 2.CST: 宋詞 3.CST: 文學鑑賞

831.4　　　　　　　　　　112004695